LOCUS

LOCUS

LOCUS

LOCUS

RECREATION

R32

抉擇（夜之屋3）

Chosen (the house of night, book 3)

作者：菲莉絲・卡司特＋克麗絲婷・卡司特（P. C. Cast & Kristin Cast）

譯者：郭寶蓮

責任編輯：廖立文 美術編輯：蔡怡欣

校對：呂佳真

法律顧問：全理法律事務所董安丹律師

出版者：大塊文化出版股份有限公司

台北市10550南京東路四段25號11樓

www.locuspublishing.com

讀者服務專線：0800-006689

TEL：(02) 87123898　FAX：(02) 87123897

郵撥帳號：18955675　戶名：大塊文化出版股份有限公司

總經銷：大和書報圖書股份有限公司　地址：新北市新莊區五工五路2號

TEL：(02) 89902588　FAX：(02) 22901658

排版：辰皓國際出版製作有限公司 製版：瑞豐實業股份有限公司

初版一刷：2010年8月

初版七刷：2015年1月

定價：新台幣 280元

Printed in Taiwan

抉擇

Chosen

THE HOUSE OF NIGHT, BOOK 3

P. C. CAST+ KRISTIN CAST
菲莉絲．卡司特＋克麗絲婷．卡司特 著　郭寶蓮 譯

1

「是啊，我出生的日子爛透了。」我告訴我的貓咪娜拉。

好吧，與其說娜拉是我的貓咪，倒不如說我是她的人。貓咪是怎麼一回事，你知道的嘛：人類不是他們的主人而是從屬。雖然我多半會故意忽視這個事實。

總之，我繼續對她說話，彷彿我說的每句話她真的都聽進去了，即使事實遠非如此。

「反正十二月二十四這種爛生日我已經過了十七年，早就徹底習慣，沒什麼大不了的。」我知道，我說這些話其實是用來說服自己。娜拉以她那像極了壞脾氣老太太的貓叫聲，對我「喵—呦—嗚」幾聲，然後坐下來，彎起身子舔自己的私處，擺明她很清楚知道我滿口屁話。

我在眼睛四周塗上一點點眼線——我眞的只塗**一點點**，那種把眼線塗到「像浣熊一樣可怕」的塗法當然不適合我，事實上也不適合任何人吧——然後繼續說：「這麼辦吧，我們就笑笑地假裝欣然接受別人好意送的蠢禮物，雖然那些根本不是生日禮物而是聖誕禮物。大家老想把我的生日和聖誕節攪和在一起，怎麼可以這樣，當然不行啊。」我看著鏡中娜拉的綠色大眼睛。「人們就是不懂，生日和聖誕節絕對不能混爲一談。他們想這樣混過去，是行不通的。」

娜拉打了個噴嚏。

「對，我就是想對他們這樣『嗤之以鼻』，不過我們必須表現得很友善，否則我隨便說點什麼，都可能把事情搞得更糟。我收到爛禮物就算了，可不希望大家也跟著不高興，場面變得很尷尬。」娜拉一臉不以爲然，我只好把注意力轉移到鏡中映現的自己。有那麼一會兒，我以爲我把眼線畫太濃了，仔細近瞧才意識到，我的眼睛之所以顯得又黑又大，可不是由於塗上眼線這一類普通的原因。雖然我被標記爲吸血鬼已經兩個月，雙眼間那道深藍色的弦月刺青，以及鑲飾在臉廓四周的細緻花紋圖案，仍然讓我驚訝稱奇。我以指尖撫挲著其中一條寶藍色的漩渦狀線條，然後不自覺地拉下黑色毛衣原本已經夠寬的領口，露出整個左肩，頭一甩，將黑色長髮甩到後面，從頸部延伸到肩膀，再沿著脊椎兩側擴展到下背的奇特刺青，乍然出現在眼前。如同往常，見到這些刺青，我感受到一股電流一般的戰慄，那半是驚奇半是恐懼的感覺。

「妳與眾不同。」我輕聲告訴鏡中的自己。接著，我清清喉嚨，刻意裝出輕快到誇張的語調繼續說道：「與眾不同沒關係，」我對著鏡中映像翻翻白眼，「反正無所謂。」我仰起頭，望向頭頂上方，有點詫異居然沒見到那片烏雲。我是說，過去這個月來，我真的一直感覺到，無論走到哪裡，總有一片龐大無比的烏雲如影隨形地跟著我。「該死，這裡居然沒下雨，實在令人驚訝。不過，話說回來，對我的頭髮來說，這算是好事一樁吧？」我對自己的鏡中映像挖苦地說，然後嘆了一口氣，拿起放在書桌上的信封。寄件人欄位上浮印著閃亮的金色字體：**海肥緘**。「說到烏雲罩頂……」我嘟囔著。

娜拉又打了個噴嚏。

「妳說得對，乾脆咬著牙，忍一忍就過去了。」我心不甘情不願地打開信封，拿出裡頭的卡片。「唉，眞慘，比我想的還糟。」卡片上有個木製的大十字架，十字架中央（以血紅色的釘子）釘著一張類似老式卷軸的紙張，上頭寫著一些字（當然，連字體也是血紅色）：**這季節是為了紀念祂**。卡片裡（以紅色字體）印著：**聖誕快樂**，下方則是媽媽的字跡：**在這個充滿祝福的時刻，我希望妳能想到家人。生日快樂，愛妳唷。媽和爸**。

「老掉牙的把戲。」我告訴娜拉，同時開始胃痛。「再說他根本不是我爸。」我將卡片撕成兩半，丟入廢紙簍，然後佇立原地呆望著那被我撕裂的卡片。「他們要不是忽視我，就是污辱我。既然這樣，我寧可被忽視。」

房門忽然傳來敲門聲，嚇了我一跳。

「柔依，大家都在納悶妳跑去哪兒呢。」戴米恩的聲音清晰地穿透房門。

「等等，我就快好了。」我大聲回話，把自己拉回現實，再看鏡中的我一眼，然後在心裡武裝起自己，決定故意露出肩膀。「我的記印是與眾不同。反正大家一定會議論，那就乾脆讓他們瞠目結舌看個夠。」我低聲嘟噥。

然後我嘆了一口氣。平常我的個性可沒這麼彆扭，但是一想到我有這麼爛的生日，這麼爛的父母……

不，我不能再欺騙自己了。

「好希望史蒂薇．蕾在這裡。」我喃喃自語。

這就是我這個月來遠離朋友（包括男友，兩個），始終感覺有一片悶濕可憎的巨大雨雲罩頂的主要原因。我好想念史蒂薇．蕾，我的前室友，也是我最好的朋友。一個月前大家目睹她猝死，但我知道其實她沒死，而是變成一種死了卻又沒死的夜行怪物。沒錯，這種事情聽起來很灑狗血，也像二流電影的情節，但真的如此。照說，這個時候，她應該會在樓下窮忙，安排我蹩腳生日的種種細節，然而，事實上，她此刻潛伏在陶沙市地底的某處老舊坑道裡，跟那些死而未死的怪物密謀籌畫什麼陰謀。那些怪物，真的很邪惡，而且臭得要命。

「喂，柔？妳在裡面還好吧？」戴米恩再次出聲，打斷我心裡的叨叨絮絮。我抱起又在發牢騷的娜拉，把爸媽寄來的生日兼耶誕爛卡片拋諸腦後，匆忙奔出門，差點撞上一臉憂慮的戴米恩。

「對不起……對不起。」我嘟囔著。他趕忙跟在我旁邊走，還乜斜著眼睛瞥了我一下。

「我從沒見過有人像妳這樣對自己的生日這麼不期待。」戴米恩說。

我把扭動不停的娜拉放在地上，聳聳肩，擠出一個笑容，裝作滿不在乎的樣子。「我只是在練習老到像化石，譬如三十歲時，必須謊報年齡的心情。」

戴米恩停下腳步，轉身看著我。「拜託~~」他拖長尾音，然後繼續說：「我們都知道吸血鬼三十歲時看起來仍只有二十歲，而且一樣性感得不得了。事實上就算一百三十歲，看起來也像二十歲，同樣是帥哥辣妹，所以拿年齡來當幌子根本是鬼扯。妳到底怎麼了？」

我遲疑不決，思索著哪些事情應該或者可以告訴戴米恩。他揚起修飾整齊的一邊眉毛，以老師的口吻說：「妳應該知道我們這種人心思細膩，能夠敏銳地察覺別人的情緒，所以妳就別再隱瞞，老實告訴我吧。」

我又嘆了一口氣。「你們男同志的第六感眞可怕。」

「我們這種人，我是說孽子，就是這樣啊，人數雖寡，但個個驕傲自信，還超級敏感細膩呢。」

「孽子不是貶抑的名詞嗎？」

「若使用這名詞的人本身是同性戀，就不算是貶抑。很快你就會習慣，然後你聽到別人這麼說就不會覺得刺耳了。」他還雙手叉腰，掌心貼著臀部，腳不停地輕輕點地。

我裝出笑臉看著他，不過我知道我的雙眼並沒流露笑意。霎時，我心中升起一股連我自己都驚訝的強烈衝動，好想把實情告訴戴米恩。

「我思念史蒂薇·蕾。」果然，來不及克制嘴巴，這句話就衝口而出。

他毫不猶豫地說：「我知道。」而且雙眼似乎開始濕潤。

就這樣，我內心的水壩潰堤，話語開始滔滔湧出。「她應該在這裡的！她應該興奮得像個瘋子跑來跑去，忙著幫我裝飾生日派對的場地，或許還會親手做生日蛋糕。」

「她的蛋糕一定會很可怕。」戴米恩說話時鼻子帶了點抽噎的聲音。

「是啊，不過那蛋糕一定是她**媽媽食譜裡的最愛之一**。」我誇張地模仿史蒂薇·蕾那種帶著鄉村味道的奧克腔鼻音說出這幾個字，說著說著，一邊掉淚一邊笑。我原本是要讓戴米恩看看我有多悲傷以及爲什麼這麼悲傷，結果變成這樣，連眼睛都在笑了，眞是怪異。

「然後我和孿生的都會被她氣死，因爲她一定會堅持要我們戴上那種用橡皮筋套住下巴的尖頭生日帽。」他還眞的打了個顫，恐懼之情溢於言表，一點也不像裝出來的樣子。「天哪，那種帽子醜斃了。」

我忍不住大笑，胸口的緊繃感開始放鬆。「史蒂薇．蕾就是這樣，讓我覺得很棒。」我沒注意到自己說這話的口氣簡直當她還活著，直到戴米恩帶淚的微笑收斂起來。

「是啊，她**以前**的確很棒。」他說，特別強調**以前**這個字眼，說話時還盯著我瞧，彷彿擔心我神智不清。

若他能知道整個眞相就好了，若我能告訴他就好了。

但我不能說。如果我說了，史蒂薇．蕾或我會有危險，搞不好兩人都會沒命。這次若沒命，恐怕就眞的永遠沒命了。

當戴米恩臉上又明顯地浮現憂慮的神色，我一把抓起他的手，拉著他走向樓梯。樓下就是女生宿舍的交誼廳，我的朋友（和他們要送我的那些蠢禮物）正在裡面等著我。

「我們走吧，我想拆禮物了。」我撒謊，以興高采烈的口氣。

「喔，天哪！我眞等不及看妳打開我送的禮物！」戴米恩熱切地說：「我可是逛了整輩子才找到這個禮物欸！」

我面帶微笑，聽著戴米恩喋喋不休說著他如何**千辛萬苦**找到這份**完美禮物**，並適時地點頭回應。通常他不會表現得這麼像同性戀。我這麼說不是因爲我們這位令人讚嘆的戴米恩·瑪斯林不是同性戀。相反地，他是個貨眞價實的男同志，只不過他實在可愛，身材高大，一頭褐髮，一雙大眼睛，其實也是當男友的絕佳人選（的確是，若你是男孩的話）。他不是那種成天蹦蹦跳跳的同性戀小鬼，不過若跟他聊起逛街購物，他絕對會露出女孩子的傾向。我一點也不討厭他這種氣質，相反地，我覺得，他口若懸河地談著買到好鞋子有多重要時，其實挺可愛的，而且此時此刻他滔滔不絕的聲音還滿具撫慰效果的。這有助於我準備好面對那些正等著我（但會令我傷心）的爛禮物。

可惜的是，這無法幫助我面對眞正讓我心煩的事。

戴米恩一面不斷聊著禮物大搜尋的過程，一面帶我走進宿舍的交誼廳。我則一邊揮手和聚集在一個個電視螢幕前的一群群女孩打招呼，一邊跟著戴米恩走向旁邊那間用來當作電腦室兼圖書室的小房間。戴米恩一打開門，我的朋友立刻大聲合唱「生日快樂」，但五音不全、荒腔走板。我聽到娜拉哀叫一聲，眼角餘光瞥見她退到門口，小跑步沿著走廊往外逃逸。**膽小鬼**，我在心裡暗罵，不過其實我也希望能跟她一起逃離。

歌聲結束（謝天謝地），大家開始圍向我。

「生日快樂！」孿生的齊聲大喊。好吧，其實她們不是眞正的雙胞胎。依琳·貝茲是陶沙市本地的白人女孩，而焦糖膚色的簫妮．科爾則來自康乃迪克州，具有牙買加血統。不過她們兩個很多地方相似得讓人不敢置信，相較之下，膚色和地域的差異顯得微不足道。她們可說是靈魂的雙胞胎，這種關係遠比生物基因上的雙胞胎更加親密。

「生日快樂，柔。」有個我熟悉到不能再熟悉的低沉性感聲音這麼說。我跨出依琳和簫妮的包夾，走向我男友艾瑞克的懷抱。嗯，嚴格來說，艾瑞克是我兩個男友中的一個，另一個就是西斯，我還沒被標記之前交往的對象。照理說，我現在不該再跟西斯見面，不過我意外地吸了他的血，使得我們之間產生烙印連結，因此他自然而然地又成了我的男友。沒錯，這聽來讓人一頭霧水。沒錯，這讓艾瑞克難過得快發瘋。沒錯，我知道艾瑞克隨時可能因此甩掉我。

「謝謝。」我喃喃地說，抬頭看著艾瑞克，再次被他那迷人的雙眼給震懾住。艾瑞克高大性感，一頭與超人相同的黑色鬈髮，還有一雙美麗的湛藍眼眸。我全身放鬆地依偎在他懷裡，享受過去一個月來我一直不允許自己擁有的幸福感，暫時沉浸在他甜美的氣味和靠近他時所感受到的安全感中。他凝視著我的眼睛，霎時周遭所有人消失，全世界只剩我們倆，就跟電影畫面一樣夢幻。見我沒掙脫他的懷抱，艾瑞克慢慢漾起驚喜的笑容。看到他這種神情，我的心好痛。我一直讓他承受很大的痛苦，而他甚至不知道爲什麼我會如此對待他。我情不自禁地踮起腳尖親吻他，惹得我這群朋友起鬨叫好。

「嘿，艾瑞克，這麼甜的生日禮物你要不要大放送一下啊？」簫妮挑眉問我咧嘴傻笑的男友。

「就是嘛，甜心。」依琳說，果然跟著模仿起簫妮的挑眉動作。「給大家來個小小的生日之吻吧。」

我對著孿生的翻白眼。「喂，這又不是**他的**生日。妳們要吻的應該是過生日的人吧。」

「去妳的，柔，」簫妮說：「我是喜歡妳，不過可不想吻妳。」

「同性之吻就省省吧。」依琳說，然後對著（一臉愛慕地望著艾瑞克的）戴米恩咧嘴笑著說：「我把這種戲碼留給戴米恩吧。」

「什麼？」戴米恩回神似地問，顯然他的注意力全放在艾瑞克的迷人風采上，沒聽到孿生的說了什麼。

「好，再說一次——」簫妮開始說。

「他跟你不同掛！」依琳把話接完。

艾瑞克和善地笑笑，很男性地捶了戴米恩的臂膀一下，說：「嘿，哪天我想投奔你那一掛，肯定會讓你第一個知道。」這是我這麼欣賞艾瑞克的原因之一。他很酷，人氣超旺，但是心胸寬大，能接納別人，從來不會表現出「只有我最行」的態度。

「喂，我希望我是第一個知道，如果你決定轉性愛男人的話。」我說。

艾瑞克大笑，抱緊我，在我耳邊悄聲說：「這點妳絕不用擔心。」

我正認真地考慮是否該偷偷給艾瑞克一個吻，這時戴米恩的男友，傑克·崔斯特，一陣小旋風似地衝入房間。

「耶！太好啦，她還沒拆禮物。生日快樂，柔依！」傑克張開雙手摟著我們（沒錯，他一把摟住我和戴米恩），給我們一個大擁抱。

「我告訴過你，動作要快啊。」我們三人擁抱完分開時，戴米恩這麼說。

「我知道，不過我一定得把禮物包裝得**恰到好處**才行。」傑克說。他帶著只有同志男孩才表現得出來的誇張姿態，將手伸入掛在手臂上的男用皮包，拿出一個以紅色箔紙包裝的禮盒，上頭有個閃閃發亮的綠色大蝴蝶結，尺寸大到幾乎蓋住整個盒子。「這個蝴蝶結是我自己做的。」

「傑克擅長做工藝，」艾瑞克說：「只是不擅長做完以後把作品收拾好。」

「對不起啦，」傑克溫柔地說：「我保證等生日派對完，回房後立刻收拾乾淨。」

艾瑞克和傑克是室友，這點更加證明艾瑞克很酷。他是五年級生（換言之，高年級生），並且是全校的風雲人物。而傑克才三年級（換言之，是新生），很可愛，不過有點書呆子氣，還是個百分之百的同性戀男孩。所以，艾瑞克大可把自己跟一個怪咖同寢室這件事鬧得沸沸揚揚，將傑克趕出寢室，讓他在夜之屋過得生不如死，但艾瑞克沒這麼做。相反地，他還特別關照傑克，待他如自己的弟弟，並且愛屋及烏地善待迄今已跟傑克交往二點五週的戴米恩。（我們全都知道他們的羅曼史，因爲戴米恩浪漫到無可救藥，不只每週要慶祝，甚至每半週就要來個紀念日。沒錯，他這種舉動讓我們其他人覺得想吐，不過這是一種幸福的嘔吐。）

「喂！該是拆禮物的時候了。」簫妮說。

「是啊，現在該把那個蝴蝶結超大的禮盒拿到桌上，讓柔依來拆吧。」依琳說。

我聽見傑克小小聲問戴米恩：「超大？」然後看見戴米恩的雙眸流露出求救的眼神，同時以保證的語氣告訴傑克：「一點也不，恰到好處！」

「我來拿到桌上，第一個就打開它。」我從傑克手中一把抓起禮盒，快步走到桌邊，開始小心翼翼地拆開紅色箔紙上那個巨大無敵還閃閃發亮的綠色蝴蝶結，並說：「這個蝴蝶結太酷了，我要把它留下來。」戴米恩對我眨眨眼，表示感激。我聽見艾瑞克和簫妮低聲竊笑，伸腿偷踢其中一人，讓他們兩人閉上了嘴。我將蝴蝶結放到一旁，開始解開包裝紙，打開小盒子，然後拿出……

喔，唉。

「是個水晶雪球。」我說，努力擠出快樂的語氣，「裡頭還有雪人呢。」拜託，有雪人的水晶球根本**不是**生日禮物，而是聖誕節的裝飾品，還是俗豔了的那一種。

「是啊！是啊！聽聽它的音樂吧。」傑克說，從我手中接過水晶雪球時還雀躍地幾乎跳上跳下。他轉動雪球底座的發條，「雪人佛斯帝」的歌曲響起，我們被低俗又走音的曲調籠罩著。

「謝謝你，傑克，眞的好美。」我睜眼說瞎話。

「很高興妳喜歡，」傑克說：「這恰好符合妳生日的主題。」他眼神瞥向艾瑞克和戴米恩，三人相視而笑，眞像一起幹了什麼壞事的頑皮小男孩。

我臉上擠出微笑。「喔，嗯，很好，那現在來拆下一個禮物吧。」

「接下來換我的！」戴米恩遞給我一個長形的軟盒子。

我繼續掛著笑容，開始打開禮盒，不過我眞希望自己能變成貓咪，喵嗚一聲後從房間衝出去。

2

「哇，好美！」我手撫著摺疊起來的圍巾，發現自己竟然眞的能得到這麼酷的禮物，不禁驚喜萬分。

「上等的喀什米爾質料。」戴米恩洋洋得意地說。

我將圍巾從盒子裡拿出來，看到它是高雅的亮米色，而不是我的生日兼聖誕禮物通常會有的紅色或綠色時，簡直樂壞了。但我隨即楞住，發現自己高興得太早。

「瞧見圍巾尾端繡的雪人了嗎？」戴米恩說：「很可愛吧？」

「是啊，很可愛。」我說。廢話，以**聖誕禮物**來說當然可愛。不過，若當成生日禮物，唉，實在沒那麼可愛。

「好，接下來換我們嘍。」簫妮說，遞給我一個以綠色包裝紙隨意裹住的大盒子，包裝紙上裝飾著聖誕樹圖案。

「我們可沒跟從他們的雪人主題。」依琳說，對著戴米恩不悅地皺眉。

「對啊，沒人告訴我們。」簫妮也對戴米恩怒目相向。

「沒關係！」我說，語氣略顯急切，然後動手拆開包裝盒，發現裡頭是一雙黑色的細跟皮靴。照理說，這禮物酷斃了、超有型，棒到讓人想尖叫……若兩隻靴子側邊沒有繡上鮮豔的聖誕樹和樹上花花紅紅、金金亮亮的裝飾物的話。這禮物，只．適合．在．聖誕節．穿。又是一個爛斃的生日兼聖誕禮物。

「喔，謝謝妳們。」我努力說得很感激：「眞的好可愛。」

「我們快跑斷了腿才找到呢。」依琳說。

「是啊，一般靴子哪適合送給耶誕前夕出生的美眉啊。」簫妮說。

「的確。普通的黑色細跟皮靴絕對不合適。」我這麼回答，感覺好想哭。

「喂，還有個禮物沒拆。」

艾瑞克的聲音將我從生日兼聖誕禮物的沮喪黑洞中拉出來。「喔，還有啊？」但願只有我自己聽得出語氣裡的弦外之音：「唉，又是個不像生日禮物的爛禮物吧？」

「是啊，還有一個禮物。」他帶著近乎羞怯的神情遞給我一個很小的長方形盒子。「希望妳會喜歡。」

在伸手接過禮物之前，我低頭瞥了一眼盒子，興奮得險些尖叫。這個以金銀色箔紙包裝的盒子的正中央，雅致地貼著從陶沙市起家的連鎖珠寶店「慕笛」的貼紙。（我發誓，此時我真的聽見哪裡響起「哈利路亞」大合唱的樂音。）

「是慕笛的珠寶！」我上氣不接下氣，興奮得克制不住自己。

「我希望妳會喜歡。」艾瑞克同樣的話又說了一次，將拿著禮物的手舉高，彷彿捧著閃亮珠寶般將金銀色的盒子呈獻給我。

我撕開美麗的包裝紙，見到裡面有個黑色絲絨盒子。我發誓，真的是絲絨材質。我咬緊下唇，免得欣喜得咯咯笑出聲來，然後屏住呼吸，打開盒子。

第一個映入眼簾的東西，是一條閃爍耀眼的白金鍊子。我高興得說不出話，視線沿著鍊子往下看，見到厚絲絨上有個美麗的珍珠墜子。絲絨！白金！珍珠！我深吸一口氣，準備一口氣說出**喔我的天啊謝謝你艾瑞克你是前所未有的最佳男友**。就在這時，我發現那珍珠的形狀很奇怪。是瑕疵嗎？難不成咋舌天價的「慕笛精品珠寶」把我男友當肥羊來宰？隨即，我明白自己見到了什麼。

一顆雪人形狀的珍珠。

「妳喜歡嗎？」艾瑞克問：「妳知道嗎，我一見到它，它就對我吶喊，要我選它當柔依的生日禮物，所以我非買下它不可。」

「喔，我喜歡。這看起來，呃，很特別。」我設法擠出這些話。

「以雪人爲主題這主意是艾瑞克想的！」傑克興高采烈地說。

「嗯，不是什麼主題啦。」艾瑞克說，還羞赧地兩腮酡紅。「我只是想來點不一樣的，不想送一般人都會收到的心型禮物罷了。」

「是啊，心型之類的生日禮物太過普遍，誰要那種東西啊？」我答腔。

「我來幫妳戴上。」艾瑞克說。

我無計可施，只能將頭髮撩開，任由艾瑞克將精緻的項鍊戴在我的脖子上。我可以感覺到那個雪人沉甸甸地垂在我的乳溝上方，還噁心地散發出歡樂的節慶氣氛。

「好可愛。」簫妮說。

「這很貴呢。」依琳說，和她那孿生的同步點點頭。

「跟我送的圍巾很配。」戴米恩說。

「也很搭我送的雪人水晶球！」傑克補上一句。

「很有聖誕兼生日的味道吧。」艾瑞克說，愧疚地看了孿生的一眼，幸好兩人笑笑，不跟他計較。

「對，對，的確有聖誕加生日的味道。」我這麼說，手指撫摸著珍珠雪人，對著大家擠出一個虛假的燦爛笑容。「謝謝你們大家，我很感激你們花了這麼多時間和心力去找這麼特別的禮物，眞的謝謝你們。」我是眞心誠意地感激他們。雖然這些禮物讓我不怎麼高興，禮物背後的心意卻是另外一回事。

我這群天眞無知的朋友圍攏過來，大家笨手笨腳地抱在一起，笑成一團。就在這時門被推開，走廊燈光反射在一大蓬金髮上，熠熠閃亮。

「拿著。」

幸好我即將蛻變成吸血鬼的過程造就我優越的反應能力，成功地接住她往我身上丟過來的盒子。

「有包裹寄來給妳，而妳躲在這裡跟這群傻蛋廝混。」她不屑地說。

「滾開，愛芙羅黛蒂，妳這個母夜叉。」簫妮說。

「不然我們就拿聖水潑妳，讓妳這邪惡的東西融化。」依琳補上一句。

「隨便妳們。」愛芙羅黛蒂說，轉身準備離開，不過，她停頓了一下，對我露出無邪的燦爛笑容，然後說：「這雪人項鍊很漂亮。」我們四目相接，我發誓她甩頭並輕盈離去之前眞的還對我眨眨眼。她的笑聲像一團薄霧，在她身後瀰漫開來。

「臭娘兒們一個。」戴米恩說。

「原本由她領導的黑暗女兒現在歸妳管，而且奈菲瑞特也公開宣布，女神已經撤回之前賜給愛芙羅黛蒂的天賦，我們還以爲這下子她應該會學到教訓，」艾瑞克說：「沒想到她還是本性難移。」

我直直盯著艾瑞克。**艾瑞克．奈特，你可是她的前男友，竟然說出這種話**。我不必把這念頭說出來。從艾瑞克急忙從我臉上移開視線的神情，我知道，他輕易從我的眼睛看出我心裡的話了。

「別讓她搞砸妳的生日，柔。」簫妮說。

「妳別管那可惡的母夜叉，大家都別理會她。」依琳說。

依琳說得沒錯。愛芙羅黛蒂的自私行徑，已經讓她當著眾人的面被奪走黑暗女兒領導人的職位，現在由我領導這個學校最重要的菁英學生社團，而且我成爲見習女祭司。也就是說，她不再是最受歡迎，最有權勢的雛鬼了。況且我們的女祭司長，也就是我的導師，奈菲瑞特已經明白告訴大家，我們的女神夜后妮克絲已經收回她對愛芙羅黛蒂的恩寵。基本上，愛芙羅黛蒂已經從眾人擁戴的寶座上被踹了下來。

然而，很不幸地，我知道整個眞相不只是大家以爲的那樣。愛芙羅黛蒂的靈視能力顯然**沒有**消失，她甚至利用這能力拯救了我阿嬤和人類男友西斯的性命。當然，在拯救過程中她仍維持可惡、自私的一貫作風，不過終究還是幫我救了他們兩個。西斯和阿嬤能活命，有很大一部分要歸功於愛芙羅黛蒂。

另外，我最近已經發現奈菲瑞特其實不像她外表那樣。我的導師，事實上不是大家所認識的那位學校裡最受景仰的成鬼。我開始相信，奈菲瑞特的力量有多大，她很可能就有多邪惡。

黑暗不一定等於邪惡，就像光亮不必然帶來良善。我被標記那天妮克絲對我說的話掠過我心頭，幫我對奈菲瑞特這個人下了結論：她表裡不一。

這件事我不能告訴任何人，至少不能告訴任何活人。因此，知道這件事的，只剩我和我那已變成活死人的最要好的朋友，但過去一整個月，我一直無法和她聯絡上。幸好過去這一個月我也不必和奈菲瑞特說話。她離開學校去歐洲參加冬季靜修，預計元旦才會回來。我想，她回來之前，我應該會想出與她周旋的策略吧。不過，到目前為止，我的策略只有一個：得想出策略。該死，這根本不是策略嘛。

「喂，包裹裡面是什麼啊？」傑克的話語將我從內心思緒的夢魘拉回生日兼聖誕派對的夢魘。

他一說完，大家目光全集中到我手中那個牛皮紙包裹。

「我不知道。」我說。

「我猜一定也是生日禮物！」傑克嚷嚷：「快打開！」

「唉……」我嘆了一口氣，遲疑起來。但當大家向我投來不解的眼神，我趕忙打開盒子。普普通通的褐色包裝盒裡有另一個盒子，這盒子裹在薰衣草色的美麗包裝紙中。

「果然是生日禮物！」傑克興奮地尖叫。

「是誰寄來的？」戴米恩納悶地問。

我也同樣納悶，心想，這包裝紙彷彿在暗示，禮物來自住在一大片美麗薰衣草田中的阿嬤。不過，待會兒就要跟她見面，她何必將禮物郵寄給我呢？

揭開薰衣草色包裝紙，裡頭是一個光滑的白色盒子。打開這盒子，裡頭還有一個更小的白色盒子，穩穩地躺在一團薰衣草淡紫色紗紙中。我禁不住好奇，從紫色紗紙堆中拿出小盒子。盒底黏著一些因靜電作用而附著的紗紙，我先將它們撥掉，然後打開盒子。紗紙慢慢飄落桌面的同時，我瞄見盒裡的物件，驚訝地倒抽一口氣。裡頭鋪著白色棉布，上面是一只我所見過最最美麗的銀手鐲。我拿起手鐲，對著這個閃爍耀眼的首飾連聲「哇」、「啊」，讚嘆不已。手鐲上環繞著海星、貝殼和海馬造型的小飾物，間接穿插著可愛的銀色心型小雕飾。

「這生日禮物眞是太完美了！」我說，將銀鐲掛上手腕。「不曉得是誰送的？」我開心地笑著，將手腕轉來轉去，我們雛鬼敏感的眼睛最能適應的煤氣燈映照出手鐲滑潤的銀色光澤，讓它像高級的切磨珠寶一樣熠熠生輝。「一定是阿嬤送我的，不過眞奇怪，我們待會兒就要見面……」這時我察覺大家安靜得很徹底，很詭異，也很令人不安。

我將視線從手腕移向朋友們，他們臉上的表情有驚嚇（戴米恩）、不悅（孿生的）和惱怒（艾瑞克）。

「怎麼啦？」

「這個。」艾瑞克說，遞給我一張卡片。一定是跟那些淡紫色紗紙一起掉出盒外的。

「喔。」我立刻認出那潦草的筆跡。**慘啦！**是西斯送的，大家都認得他是我的第二號男友。我讀著卡片上短短的留言，感覺臉頰開始發燙，知道自己臉上一定泛著一點都不好看的緋紅。

> 小柔，生日快樂！我知道妳有多討厭那些把妳的生日跟聖誕節攪和在一起的蹩腳禮物，所以我知道我送的這個禮物妳一定會喜歡。喂，這東西跟聖誕節可完全沒關係喔！這是廢話！真討厭這次我得陪爸媽去什麼開曼群島度假，無聊死了，我整天倒數日子，滿心

期盼見到妳。那，二十六日見嘍。愛妳唷！西斯。

「喔。」我像個白癡，只會重複說「喔」。「是，呃，西斯送的。」眞希望此刻有個地洞讓我鑽下去。

「拜託喔，拜託，妳爲什麼不告訴任何人妳不喜歡妳的生日禮物跟聖誕節扯上關係呢？」簫妮以她那種不說廢話的一貫口吻開門見山地問我。

「是啊，妳只要說一聲就行了嘛。」依琳說。

「呃。」我無言以對，只能這麼回應。

「我們還以爲雪人這個主題很棒呢。不過，若妳討厭與聖誕有關的東西，那顯然就不棒了。」戴米恩說。

「我不討厭與聖誕有關的東西。」我設法擠出這句話。

「我自己喜歡雪花水晶球。」傑克輕聲說，看起來好像快哭了。「看到雪花我就很快樂。」

「看來西斯那傢伙比我們更了解妳喜歡什麼。」艾瑞克的聲音冷靜平淡，不過那眼神因難過而顯得黯然。看他這樣，我的心都揪成一團了。

「不是，艾瑞克，不是這樣的。」我趕緊這麼說，朝他走近一步。

他往後退，彷彿怕被我傳染到什麼可怕的疾病。突然間，我惱火了，眞眞正正惱火了。這又不是我的錯。誰叫西斯從國小三年級起就認識我，幾年前就弄清楚我不喜歡自己的生日禮物與聖誕禮物牽扯在一起。好吧，沒錯，他是了解他們所不知道的一些事情，不過這有什麼好奇怪的！畢竟他在我生命中已待了七個年頭了，而艾瑞克、戴米恩、孿生的和傑克跟我才相識兩個月，甚至兩個月不到。所以這種事情怎麼能怪我？

我故意在他們面前瞥視自己的手錶。「十五分鐘後我得去星巴克和阿嬤碰面，最好別遲到。」語畢，我走向門口，跨出房間前停頓了一下，回身看著這夥朋友。「我不想讓你們任何一人難過，我很抱歉西斯這張字條讓你們不好受，不過這眞的不是我的錯。而且，我確實告訴過某人，我不喜歡人們把我的生日跟聖誕節牽扯在一起——我告訴過史蒂薇・蕾。」

3

夜之屋校門前那條街道走到底便是尤帝卡廣場，一個很酷的戶外購物中心。這會兒，廣場上的那家星巴克遠比我預期的熱鬧許多。我的意思是，今晚雖然是個罕見的溫暖冬夜，但現在可是十二月二十四日晚上將近九點鐘，這個時間大家不是都應該在家裡期待聖誕禮物之類的嗎？怎麼會跑到外面追尋咖啡因的刺激呢？

不行，我堅定地告訴自己，**絕不能帶著壞心情來跟阿嬤見面。我難得見到她，可不能毀了兩人短暫的相聚時光**。再說，阿嬤完全了解，將生日禮物與聖誕禮物攪和在一起很扯，所以她送給我的禮物一定會很特別，很精彩，就跟她的人一樣。

「柔依！我在這裡！」

我看見阿嬤在星巴克店外人行步道區的另一端跟我揮手。這次不需要擠出笑容，因爲一見到她，我就打從心底漾起幸福快樂的感覺。我穿越人群，朝她急奔而去。

「哇，柔依鳥兒，我好想妳啊。**嗚威記阿給亞**！」我們切羅基族語「女兒」一詞的發音，連同阿嬤熟悉、溫暖的臂膀，霎時環繞著我，帶給我一股薰衣草和家的甜蜜撫慰感受。我緊緊摟著她，吸取她帶給我的關愛、安全感，以及接納和包容。

「我也好想妳，阿嬤。」

她再次抱緊我，然後雙手抓著我的肩膀，將我們倆之間的距離拉開一點。「讓我好好看看妳。是喔，看得出來十七歲嘍，現在更成熟了，而且我覺得妳好像比十六歲時長得更高了。」

我咧嘴笑著說：「喔，阿嬤，妳明明知道我看起來其實沒什麼變化的。」

「當然有變化啊。歲月會讓某種類型的女人變得更美，更有活力，而妳就是屬於這種類型。」

「妳也是，阿嬤，妳看起來好極了！」我可不是嘴巴說說而已。阿嬤已經很多很多歲了，嗯，起碼五十多歲，不過在我眼中她永遠都不會老。好吧，不是吸血鬼五十多歲（或一百五十多歲）時看起來仍像二十多歲的那種青春永駐，但阿嬤是那種迷人、可愛的人類，頂著一頭濃密銀髮，褐色的眼眸和善慈祥，就是不顯得老。

「我眞希望妳來這裡和我見面時不必遮住那美麗的刺青。」阿嬤輕輕撫摸一下我的臉頰。出門前我匆匆鋪上厚厚的特殊遮瑕膏，因爲學校規定，雛鬼離開夜之屋校園時必須遮住刺青。沒錯，人類知道有吸血鬼存在，而成鬼也不會隱藏自己的身分，不過雛鬼就是要遵守這項規定。我覺得這種規定不無道理，畢竟青少年通常無法妥善處理衝突場面，而人類也確實容易與吸血鬼發生衝突。

「沒辦法啊，規定就是規定嘛，阿嬤。」我聳聳肩，表示這沒什麼大不了的。

「妳沒把脖子和肩膀上的漂亮記印也遮住吧？」

「沒有，所以我才穿這件夾克啊。」我環顧四周，確定沒人注意我們後，將頭髮往後撥開，一把拉下夾克的領口，露出頸後和肩膀的深藍色花紋。

「喔，柔依鳥兒，它們看起來就是這麼神奇。」阿嬤輕聲道：「我真的好驕傲妳能被女神揀選，擁有這麼獨特的記印。」

她再次擁抱我，我緊緊回摟著她，好高興我的生命裡有阿嬤。她完全接納這樣的**我**、本來的**我**，不介意我就要變成吸血鬼，也不在乎我已經體驗到嗜血的欲望，而且有能力彰顯風、火、水、土、靈宇宙五元素。對阿嬤來說，我是她真正的**嗚威記阿給亞**，她心靈的寶貝女兒，其他附隨在我身上的一切都是次要的。她在現實世界的女兒，也就是我媽，跟她是那麼截然不同，但我們祖孫兩人卻可以這麼親密，又這麼相似，真是不可思議，也讓我覺得幸福無比。

「妳們在這裡啊。交通一團亂哪，我實在很討厭在這種假日巔峰時間離開斷箭市，一路上辛辛苦苦地跑來陶沙市。」

彷彿不知怎麼地，我的思緒很不幸地召喚了她，我媽突然冒出的聲音活像對著我的幸福感覺潑上一大桶冷水。阿嬷和我鬆開彼此，一轉頭，竟然眞的看到我媽站在桌子旁，手裡拿著一只長方形的糕餅盒和一個包裝起來的禮物。

「媽？」

「琳達？」

阿嬷和我不約而同地驚呼。見到阿嬷因著我媽的突然出現，而跟我一樣，露出訝異神情，我並不意外，因爲阿嬷一定會先徵求我同意，才可能邀請我媽一起出現。而現在她不請自來，讓我們嬷孫當下出現相同感受：第一，她害我們心情壞透了；第二，眞希望她已經變得不一樣；第三，我們知道她應該還是以前那副德性。

「別一臉驚訝，好像我不該出現在自己女兒的生日派對上。」

「不過，琳達，我上個禮拜和妳談起時，妳說要把柔依的生日禮物郵寄給她。」阿嬷說，表情跟我一樣氣惱。

「那時妳沒說要和她在這裡碰面啊。」媽媽這麼回答阿嬷，然後對我蹙起眉頭說：「不敢寄望柔依會親自邀請我啦。不過，話說回來，我女兒本來就很不體貼，我早習慣了。」

「媽，妳已經一個月沒和我說上話了欸，我要怎麼邀請妳到任何地方啊？」我努力讓語氣保持平穩，不帶情緒。我可不想讓阿嬤的來訪演變成什麼戲劇性場面，但我媽還沒說上十句話，就已經把我惹惱了。這段時間，除了她寄來的那張愚蠢的聖誕兼生日賀卡，她和我之間唯一一次聯繫，就是一個月前她和她那可怕的丈夫到夜之屋參加懇親會。那次經驗眞是徹頭徹尾噩夢一場。我那身爲信仰子民教會長老的垃圾繼父，那天依然故我，不折不扣是個胸襟狹窄、偏執自大的傢伙。最後，他可說是被女祭司長轟出去的，而且女祭司長叫他不可以再踏進夜之屋一步。他離開時，我媽如同往常那樣，驚惶地跟在他後頭，像個百依百順的小妻子。

「妳沒收到我的卡片嗎？」在我堅定的目光注視下，她不悅的口吻開始軟化。

「有，我收到了。」

「瞧，我一直想著妳呢。」

「知道了，媽。」

「妳知道，妳可以偶爾打個電話給媽媽的。」她說，還聲中帶淚呢。

我嘆了一口氣。「對不起，媽，學校期末考和一堆事忙得我根本沒時間。」

「我希望妳在這所學校能念出好成績。」

「我成績很好，媽。」這下子我被她說得既感到難過、寂寞，又生氣。

「嗯，那就好。」她擦擦眼睛，開始忙著處理她帶來的禮物。她以顯然硬擠出來的愉快聲音說：「來吧，我們都坐下來。柔依，妳待會兒進去星巴克給大家買點喝的。妳阿嬤能邀請我來，眞是太好了。唉，老樣子，除了我之外，就是沒人想到買個生日蛋糕給妳。」

我們坐下後，我媽開始跟綁在蛋糕盒子上的繩子纏鬥。趁她在忙，阿嬤和我交換了個心照不宣的眼神。我知道她才沒邀請我媽來，她則知道我壓根兒討厭生日蛋糕，尤其是我媽老是從糕餅店訂購的那種過分甜膩的便宜貨。

我帶著通常見到車禍殘骸才有的驚駭神情，瞠目結舌地看著我媽打開蛋糕盒子，露出裡頭一小塊方形的單層白色蛋糕。沒標示出壽星名字的**生日快樂**紅色字體搭配著四個角落的一撮撮聖誕紅圖案，另有綠色糖粉撒綴整個蛋糕。

「看起來很棒吧？美麗又有聖誕氣息。」媽邊說邊試著摳掉盒蓋上那個寫有對折優惠的標籤。突然，她停下動作，睜大雙眼看著我。「不過妳已經不再慶祝聖誕節了，對吧？」

我趕忙找回之前擠出來的假笑，重新種到臉上。「我們慶祝的是冬至重生節，兩天前剛慶祝過。」①

「我想，現在校園裡一定很美吧。」阿嬤對我微笑，拍拍我放在桌上的手。

「爲什麼校園會很美？」我媽的口氣又變差了。「如果不慶祝聖誕節，何必裝飾聖誕樹？」

阿嬤搶先替我回答。「琳達，冬至重生節的歷史遠比聖誕節更悠久，古人本來就有布置**耶誕樹**的習慣，」她以略帶訕笑的口吻跟我媽解釋：「這項傳統已歷時數千年了。是基督徒採用異教徒的這種傳統，而不是異教徒跟著基督徒慶祝聖誕。事實上，教會將十二月二十五日擇定爲耶穌生日，便是爲了配合重生節的節慶。妳應該沒忘記，在妳成長的過程中，家裡慶祝的就是冬至耶誕。我們會將松果放在花生醬裡滾動，將蘋果、爆米花和莓果串在一起，除布置屋內的聖誕樹外，也會裝飾戶外的一棵樹。那棵樹，我一向都稱之爲我們的重生節樹。」阿嬤對她女兒露出有點兒哀傷，又帶些迷惑的笑容，然後轉頭跟我說：「所以，你們也布置了校園裡的樹？」

---

①譯註：Yule，太陽重生的日子，是北歐、日耳曼、盎格魯撒克遜的傳統節日，時間點落在北歐古代陰曆冬至後的一段日子。如後文紅鳥阿嬤所解釋的，基督信仰進入歐洲之後，便配合傳統習俗，擇定爲耶誕之日。時至今日，在許多歐洲語言裡，Yule形同Christmas的同義詞。但我們吸血鬼世界是在萬靈節（Samhain）送走黑暗，在重生節迎接光明復生。在這個日子，我們會以聖物裝飾樹木，然後在空曠之地焚燒木頭。

我點點頭。「是啊，看起來好漂亮，那些鳥啊、松鼠的，也高興得不得了。」

「嗯，妳何不現在打開禮物，然後我們就可以吃蛋糕喝咖啡了？」我媽突然岔開話題，彷彿我和阿嬤剛剛什麼話都沒說。

阿嬤語氣開朗起來。「是啊，我已經期待一個月了，就等著把這些禮物送給妳。」她彎腰，從她那側的桌子底下拿出兩個禮物。一個體積頗大，以亮麗色彩（當然與聖誕節無關）的包裝紙裹成帳篷形狀。另一個大約有書本大小，包在時尚精品店會有的那種米色細緻紗紙裡頭。「先打開這個。」阿嬤將帳篷狀的禮物推過來給我，我迫不及待打開，找尋包裹底下童年時所感受到的幸福夢幻。

「噢，阿嬤！謝謝妳！」我將臉埋入紫色陶盆裡盛開的薰衣草，深吸一口氣。這神奇植物的芬芳讓我想起夏日的慵懶時光，以及與阿嬤一起歡度的野餐光景。「太棒了。」我說。

「我得把它放在溫室裡加速成長，以便來得及這時候為妳綻放。喔，這個禮物妳也會需要。」阿嬤遞給我一個紙袋。「裡頭是能幫助它生長的日照燈和托架，這樣一來，妳不用打開臥房窗簾，傷害自己眼睛，也能讓它在妳房間裡獲得充分的光線。」

我對阿嬤微笑。「妳想得好周到啊。」我瞥了媽媽一眼，發現她面無表情，立刻明白她現在巴不得身在別處。我很想問她，若覺得這麼無趣，何必來這裡，不過心痛梗塞了我的喉嚨，讓我無法開口。眞驚訝我到現在還會有這種感覺。我以爲我已經長大，不會再被她傷害，但看來邁入十七歲並不像我以爲的那樣會變得足夠成熟。

「拿著，柔依鳥兒，我還有這個東西要送妳。」阿嬤將那個以紗紙包住的禮物遞給我。我看得出來，阿嬤注意到我媽那鐵石心腸一般的靜默，所以試圖彌補她女兒差勁的母職表現。

我嚥下梗在喉頭的酸楚，打開禮物，看見一本顯然很古老的書，還是皮革封面的呢。接著，我注意到書名，驚愕得倒抽一口氣。「《吸血鬼德古拉》！妳送我古書版的《吸血鬼德古拉》！」

「寶貝，看看版權頁吧。」阿嬤說，雙眼閃爍著欣喜。

我翻到版權頁，不敢相信眼前所見。「喔，我的天哪！是第一版！」

阿嬤開心地笑著說：「再往後翻兩頁。」

我照做，看見書名頁的下方竟然有作者布蘭姆．史托克潦草的親筆簽名，時間標示著一八九九年一月。

「是有**作者簽名**的第一版！這肯定要很多很多錢才買得到吧！」我張開雙手環住阿嬤，緊緊摟著她。

「其實我是在一家要結束營業的破爛舊書攤買到的，價錢便宜到不行。說到底，這畢竟只是史托克這本書在美國發行的第一版。」

「酷到令人難以置信，阿嬤！眞是太謝謝妳了。」

「嗯，我知道妳非常喜歡這部古老的恐怖小說，加上最近發生這些事，我心想，對妳來說，若能得到這本書的作者簽名版，肯定諷刺又有趣。」阿嬤說。

「妳知道嗎，布蘭姆．史托克就是因爲被吸血鬼烙印，才會寫下這本書的？」我激動地衝口而出，同時小心翼翼地翻閱厚厚的書頁，瀏覽裡頭那些古老的插畫。這些畫，嘿，眞的有夠恐怖。

「我不知道史托克和吸血鬼有過一段情呢。」阿嬤說。

「我可不會把被吸血鬼咬到後開始迷戀吸血鬼稱爲一段**感情**。」我媽說。

阿嬤和我都轉頭盯著她。我嘆了一口氣。「媽，人類和吸血鬼的確可能發生感情，烙印指的就是這種現象。」嗯，其實也跟嗜血以及其他強烈的欲望有關，而且還會產生足以讓人倉皇失措的心電感應。這些，從我自己跟西斯的烙印經驗，我都已經明白。不過，這些事我可不想告訴我媽。

我媽渾身打顫，彷彿有什麼噁心的東西沿著她的脊椎往上爬。「我聽得好想吐。」

「媽，妳還不明白我現在只有兩個選擇嗎？一，是變成妳口中的那種噁心東西；二，在未來四年內死去。」我原本不想跟她提到這點，不過她那種態度實在惹毛了我。「那麼，妳比較想看到我死去，或者蛻變爲成鬼？」

「當然兩種都不想。」她說。

「琳達，」阿嬤將手收到桌底，擱在我的大腿上，安慰地捏捏我。「柔依要說的是，妳必須接納她，接受她的新未來，不要用這種態度來傷她的心。」

「**這種**態度！」我以爲我媽要開始滔滔不絕地質問阿嬤「妳幹麼老是挑剔我」，不過讓我驚訝的是，這次她竟然深呼吸，直視我的眼睛，然後說：「我無意傷妳的心，柔依。」

霎時，她彷彿變回原來的她，那個還沒嫁給約翰・海肥，變成「超完美教會嬌妻」的媽媽。我感覺自己的心揪了一下。「不過妳的確傷了我的心，媽。」我聽見自己這麼說。

「我很抱歉。」她說，然後朝我伸出一隻手。「那，這個生日，我們現在重新來過好嗎？」

我將手放在她掌心裡，戰戰兢兢地感覺到一絲希望。或許我以前那個媽媽仍有一部分存在她裡面。我的意思是，今天她自己一個人來，沒帶著那個垃圾繼父，這就是天殺的奇蹟了。我捏捏她的手，微笑地說：「好。」

「嗯，那，妳先拆禮物，然後我們吃蛋糕。」媽媽說，然後把放在仍未有人動過的蛋糕旁的那個禮物盒子滑過來給我。

「好！」我努力讓聲音聽起來很雀躍，即便這禮物的包裝紙上有令人心情晦暗的耶穌誕生圖。我臉上掛著笑容，直到認出那白色皮革封面，以及鍍金的頁緣。我的心往下沉，將書翻過來，看著封面上以昂貴的燙金草寫體印成的標題：《聖言錄．信仰子民會恭印》。除此之外，還有另一個金光閃閃的地方吸引我的目光，就在封面的下方，那裡印著一排字：**海肥家族**。書中開頭某一頁夾著一張帶有金色流蘇的紅色絲絨書籤，我緩緩把書翻到那一頁，想給自己多爭取點時間來思考，除了「這禮物爛透了」這種反應，我還能說些什麼。然後，我眨眨眼睛，想看得更清楚，希望眼前這東西只是我的幻覺。不，它真的在那裡。這一頁就是家譜。我媽的名字**琳達．海肥**就在上頭，我一看就知道這種左撇子的黑色怪筆跡出自我那垃圾繼父的手。她的名字和**約翰．海肥**之間有條線聯繫起來，旁邊標示著他們的結婚日期。兩人的名字底下還寫著我弟弟、姊姊和我的名字，彷彿我們是他們兩人的親生骨肉。

沒錯，我的生父保羅．蒙哥馬利在我很小的時候就離開我們，而且就此從人間蒸發，消失得無影無蹤。偶爾我們會收到他寄來的支票，少得可憐的微薄心意算是給小孩的扶養費吧，不過上面從不曾載明寄件人地址。除了這幾張難得出現的支票外，這十多年來他完全不存在於我們的生活當中。沒錯，他是個很糟糕的爸爸，但不管怎樣，終究是我爸爸，而約翰．海肥，那個打從心底討厭我的傢伙，壓根兒與我無關。

我從這份假家譜中抬起頭，直視我媽的眼睛。雖然我內心情緒翻騰，聲音卻出奇地平穩，甚至可說得上冷靜。我問她：「你們決定將這當成我的生日禮物時，心裡想些什麼？」

她似乎被我的問題惹惱。「我們以爲，妳會樂於知道自己仍是這個家的一分子。」

「但我不是。遠在我被標記之前很久，就已經不是了。這點妳知，我知，約翰也知。」

「妳爸一定不——」

我舉起手阻止她往下說。「不，約翰．海肥不是我爸。他是妳丈夫，就只是這樣。這是妳的選擇，不是我的。一直以來就是這樣。」自從我媽在心靈深處棄我而去後，我內心就出現一道流血的傷口，現在那傷口裂開，夾帶著憤怒的血液竄遍我全身。「這麼說吧，媽，妳幫我買禮物時，應該挑選的是妳認爲我會喜歡的東西才對，而不是妳丈夫想要硬塞給我的東西。」

「妳根本不知道自己在胡言亂語些什麼，小姐。」我媽這麼回答，然後怒目瞪著阿嬤。

「她這種態度都是跟妳學的。」

阿嬤挑起一道銀色眉毛，對她女兒說：「多謝啊，琳達，妳這話還眞把我捧上天了。」

「他在哪裡？」我問我媽。

「誰？」

「約翰啊，他在哪裡？妳來這裡不是爲了我。妳來這裡是因爲他要妳來讓我心裡難過，他絕對不會錯過這種場面的。他在哪裡？」

「我不知道妳在說什麼。」她眨眨眼，露出心虛的眼神。我就知道我猜得沒錯。

我站起來，往步道區的另一端大喊：「約翰！出來！不管你躲在哪裡，現在就出來！」

果然，步道區另一端，最靠近星巴克咖啡館門口的高腳桌旁有個人站了出來。我看著他朝我們走過來，一邊設法思索我媽到底看上他哪一點。這傢伙根本毫不起眼。身高中等，黑髮漸白，下巴薄弱，肩膀狹窄，雙腿瘦巴巴。只有注視他的眼睛，才會見到一些特別之處：他那種不帶一絲溫暖的眼神，冷酷得非比尋常。我一直納悶，像他這種沒血沒淚的冷血動物，竟然有辦法滔滔不絕地談論宗教。眞是奇怪。

他走到我們的桌位邊，準備開口說話，但我搶先將「禮物」丟回給他。

「自己留著吧，這不是我的家譜，也不是我的信仰。」我說，並堅定地直視他的眼睛。

「所以，妳選擇站在邪惡與黑暗那邊。」他說。

「不是，我選擇相信的女神是慈愛的，她標記我成爲她的孩子，賜給我特別的法力。我選的道路與你不同，如此而已。」

「就像我說的，妳選擇了邪惡。」他將手搭在我媽的肩上，彷彿沒有他出力相助，她就無法在那裡坐定。媽的手伸到肩上搭住他的手，發出吸鼻子的啜泣聲。

我當他不存在，把注意力放在媽媽身上。

「媽，拜託，以後別再這樣。如果妳能接受我，而且真的想見我，就打電話給我，我們可以約時間碰面。如果因爲約翰要妳這麼做，妳就假裝說想要見我，這只會讓我傷心，而且對我們母女倆來說都不是好事。」

「妻子順服丈夫是好事。」約翰說。

我很想說他這種男性沙文主義和自以爲高貴的態度根本大錯特錯，不過我決定不浪費唇舌，只對他說了這麼一句：「約翰，你下地獄吧。」

「我只是要妳遠離邪惡啊。」媽媽說，輕聲哭泣著。

阿嬤開口說話了，她的聲音聽起來很難過但非常堅定。「琳達，眞是太不幸了，妳找到的信仰，妳全心擁抱的信仰，基本教義之一竟然堅持認爲異己代表邪惡。」

「妳女兒找到的是眞神。謝謝妳的批評指教。」約翰怒氣沖沖地回嘴。

「不對，我女兒找到的東西是你。這麼說雖然很悲哀，但千眞萬確，她從來不喜歡自己動腦筋，現在全由你替她思考。不過，在這裡，柔依和我只想讓你看看，獨立思考是怎麼回事。」阿嬤邊說邊將那盆薰衣草和第一版的《吸血鬼德古拉》遞給我，然後抓住我的手肘把我拉起身。「這裡是講究自由的美國，也就代表你沒有權利替別人思考。琳達，我的想法和柔依完全一樣，如果妳哪天腦袋稍微清醒過來，並且因爲妳愛的是**原原本本的我們**，而想跟我們見面，那就打電話給我。如果不是，我不想再聽到妳的聲音。」阿嬤停頓一下，一臉嫌惡地對著約翰搖搖頭。「至於你，我永遠不想再聽到你的任何事情，永遠不想。」

我們邁步離去時，聽見約翰帶著憤怒與仇恨的尖銳聲音向我們吼叫。「哼，妳們會再聽到我的消息的，妳們兩個都會，因爲到處都有敬畏上帝的高尚好人，他們不會再忍受妳們的邪惡勢力，他們再也無法忍受了。我們不想再和你們這種崇拜黑暗的人並存在世上。記住我的話……等著瞧吧……你們悔改的日子就要到了……」

幸好，我們很快就走出聽得見他叫嚷的範圍。我覺得自己快哭了，不過這時我發現可愛的阿嬤正喃喃自語。

「那傢伙眞是隻該死的猴崽子。」

「阿嬤！」我叫喚她。

「喔，柔依鳥兒，我有那麼大聲嗎，說妳媽的丈夫是隻該死的猴崽子？」

「對，阿嬤，很大聲。」

她看著我，深黝雙眸閃閃發亮。「很好。」

4

阿嬤想要爲我剩下的生日做點補償。我們橫越尤帝卡廣場，走到石馬餐廳，決定在那裡吃點像樣的生日蛋糕。也就是說，阿嬤會叫兩杯紅酒，而我會點可樂，配上一大塊濃濃的、濕潤的巧克力蛋糕。（沒錯，這種蛋糕暱稱爲惡魔蛋糕，但我們就愛這種反諷的趣味。）

阿嬤沒有爲了讓我好過一些而編出一堆鬼話，說我媽不是故意的……說她有一天會清醒過來……只要給她一些時間……劈里啪啦之類的。阿嬤的作風務實多了，比這種空泛安慰酷上好幾百倍。

「妳媽是個軟弱的女人，只能透過男人來認同自己。」她邊啜飲紅酒邊說：「不幸的是，她選了一個很糟糕的男人。」

「她永遠都不會改變，對不對？」

阿嬤溫柔地摸摸我的臉。「或許會，不過老實說我很懷疑，柔依鳥兒。」

「阿嬤，我就喜歡妳這樣，不會對我說謊。」我說。

「說謊解決不了事情，就連讓事情變得更容易處理都不可能，至少長久來看是如此。誠實爲上策，我們應該說出眞相，然後把我們誠實面對的難題清理掉。」

我嘆了一口氣。

「寶貝，妳有什麼難題需要清理嗎？」阿嬤問。

「是啊，但不幸的是，恐怕這不是容易誠實面對的難題。」我靦腆地對阿嬤笑笑，然後告訴她我在學校裡那場慘不忍睹的生日派對。

「妳知道的，妳終究必須把男友的事情擺平。西斯和艾瑞克對彼此的忍耐限度大概就剩這麼一點了。」她伸出手指，比出大約一吋的距離，代表「這麼一點」。

「我會的。不過我從那個連續殺人狂手中救出西斯後，他就住院住了將近一個禮拜，出院後他父母立刻帶他到開曼群島過聖誕假期。我已經一個月沒見到他了，所以實在沒什麼機會處理西斯和艾瑞克的事。」我專注地掃光碟子底部的蛋糕渣，沒抬頭看阿嬤。將西斯從「連續殺人狂」手中救出這種說法，根本是狗屁。我的確是救了西斯，但不是從哪個瘋狂人類手中救了他這麼單純，而是從一群噁心的怪物手中救出他，並且這群怪物的首領正是我那變成活死人的好友史蒂薇．蕾（或許現在她仍是他們的頭目呢）。但我不能告訴阿嬤這些。事實上，我誰都不能說，因爲那些怪物背後的主人就是夜之屋的女祭司長，也就是我的導師奈菲瑞特，而她的神奇感應力對我來說實在不是好事。她似乎無法看穿我的心思，至少無法看得很清楚，但若我把這事告訴任何人，她一定會讀出那人的心思，這樣一來我們都會有麻煩。

壓力好大呀。

「或許妳應該回去，把事情好好解決一下。」阿嬤說。她見到我訝異的神情後，趕緊補上一句：「我說的是生日禮物的事，不是西斯和艾瑞克的問題。」

「喔，好。我會的，我的確該這麼做。」我停頓了一下，想著她剛剛說的話。「妳知道嗎，那裡眞的變成我的家了。」

「我知道。」她面露微笑地說：「我很替妳高興。柔依鳥兒，妳找到屬於妳的地方了，我眞以妳爲榮。」

阿嬤陪我走回我那輛福斯老爺金龜車停放的地方，然後跟我擁抱道別。我又一次謝謝她送我那麼棒的生日禮物，但我們誰都沒再提起我媽。有些事情，你再怎麼拿出來談都沒有用。我告訴阿嬤我要回夜之屋，去跟朋友解釋清楚生日禮物的事。我心裡眞的這麼想，卻發現自己不知不覺將車子開往市中心的方向。眞是的，我又這麼做了。

過去這個月以來，每天晚上我總會掰出一些爛理由，或者乾脆沒跟任何人說，自己偷溜到陶沙市中心的街道，像鬼魂一樣出沒、搜尋……我對自己嘲諷地冷哼一聲，這種說法還眞讚啊，絕對適合用來描述我尋找史蒂薇．蕾下落的詭祕形跡。我這位最要好的朋友一個月前死去，後來變成活死人。

對，整件事確實就像乍聽之下這麼詭異。

雛鬼會死，這點眾所周知。我來到夜之屋以後，就已經有三個雛鬼猝死，其中兩個的死亡過程我還親眼目睹。好，所以大家都知道我們可能會死，但不是所有人都知道最近這三個猝死的雛鬼復活了，或者說又活過來了，或者……要命，最簡單的說法，我看，還是把他們描述成一般人刻板印象中的吸血鬼模樣：會走路，嗜血，人性泯滅的怪物。而且，他們還散發出可怕的臭味。

我知道這些，是因爲我夠倒楣，撞見了我一開始以爲是頭兩名猝死雛鬼的鬼魂之類的鬼東西。後來人類青少年慘遭殺害，整起事件看似有人故意設局嫁禍給吸血鬼。發生這種事眞的讓人難以置信，尤其我還認識那兩個被殺的男孩，也因此有一陣子警方特別注意我。更扯的是後來西斯也被擄走。

哼，我可不會讓西斯被殺死，況且，我們有意無意之間產生烙印關係了。透過愛芙羅黛蒂的協助，我弄清楚如何循著烙印的感應找到他，不過我讓警方以爲我是從某個變態連續殺人狂手中救出狼狽不堪的西斯。

然而，我眞正見到的東西是什麼？

是我那死了又活過來的好友，和她那群噁心的小嘍囉。我從那個地方把西斯救了出來——「那個地方」指的是陶沙市中心那座舊火車站地下，禁酒令時期挖出的坑道。也是在那個地方，我跟史蒂薇・蕾正面交鋒。嗯，跟我交手的也許不能說是她，而應該說是死了卻沒死以後剩下的那個她。

瞧，這就是我遭遇的難題之一：我不相信她的人性已經完全泯滅，變得像其他也曾是雛鬼，當時想把西斯活剝生吞掉的噁心活死人。

我的難題之二就是奈菲瑞特。史蒂薇・蕾告訴我，他們變成這種活死人，幕後是奈菲瑞特在操縱。我知道她所言不假，因爲就在警察趕到之前，奈菲瑞特對我和西斯下了可怕的魔咒，讓我們忘記在坑道裡發生的所有事情。我想，這魔咒對西斯起了作用，但對我只有短暫的影響。我運用五元素的力量，成功地打破了魔咒。

長話短說，從此之後，我就一直擔心必須面對三個該死的問題：一，史蒂薇・蕾。二，奈菲瑞特。三，西斯。過去這一個月，這三件令人憂心的事情都沒來煩我。你以爲這就代表沒事了嗎？其實不然。

「好吧，」我對著虛空大聲說：「今天是我的生日，但過得實在爛透了，就連我這麼不挑剔的人，都難以接受。所以，女神妮克絲，我現在只跟妳要求一樣生日禮物：讓我找到史蒂薇．蕾。」說完後趕緊補上一句「麻煩妳了」。（戴米恩一定會提醒我，對女神說話最好有禮貌一點。）

我並沒真的期望得到什麼回應，所以，**搖下車窗**這幾個字不斷在腦海裡盤旋時，我還以為是收音機播放的某首曲子的歌詞。可是我的收音機沒開啊，而且這些字句出現時也沒伴隨著音樂——再說，這些字是出現在我的腦袋裡，而不是收音機裡。

我緊張不安地搖下車窗。

這整個禮拜，天氣罕見地暖和。今天氣溫最高時甚至將近攝氏十六度，對十二月天來說，這種溫度很不尋常。不過這裡是奧克拉荷馬州，這裡的天氣本來就一個「怪」字可以形容。話說回來，現在畢竟將近午夜，氣溫著著實實降了一些，不過這礙不到我，因為吸血鬼對寒冷的感覺不像人類那麼強烈。之所以如此，不是因為吸血鬼是死的，全身冷冰冰，成了活過來的行屍走肉（但是，嗯，搞不好史蒂薇．蕾眞的變成了這種東西），而是因為吸血鬼的新陳代謝與人類大不相同。我身為雛鬼，雖然才被標記兩個月，卻已經比多數雛鬼蛻變得快，使得我的抗寒能力也勝過人類青少年。所以灌入金龜車裡的寒涼夜氣沒冷到我，但我忽然打了個噴嚏，還不寒而慄。

嗯，那是什麼氣味？迎面撲來的，像是潮霉的地下室，加上沒及時放進冰箱而發臭的雞蛋沙拉，再加上爛泥巴，混合在一起所發出的噁心氣味。聞起來眞熟悉。

「啊，要命！」我頓時明白自己聞到了什麼，立即催緊油門，迅速駛著金龜車橫越三條單向行駛的巷子，停在市中心公車站稍北的地方，然後以迅雷不及掩耳的速度搖上窗戶，衝下車，鎖上車門（萬一第一版的《吸血鬼德古拉》被人偷走，我可眞會難過死），跑向路旁人行步道，一動也不動地佇立在那裡，猛吸空氣。果然，我立刻聞到那股氣味。嗯，那氣味可怕得想「充鼻不聞」都很難。我繼續像隻白癡小狗站在那裡猛嗅，然後跟著我的鼻子慢慢走離公車站溫暖人心的光線，走向步道的另一端。

就在一條小巷弄裡，我看到了她。乍見之下，我以爲她趴在裝滿垃圾的大垃圾袋上，整顆心難過地揪了一下。我必須讓她脫離這種生活，我必須想辦法保護她的安全，直到解決掉發生在她身上的可怕事情。**要不，就讓她一次死得徹底**！不！我閉上心念，不准自己這麼想。我已經親眼目睹史蒂薇．蕾死過一次，不想再經歷第二次。

我還沒來得及走過去抱住她（這時非得閉氣不可），並告訴她我會想辦法解決一切問題之前，就發覺那袋垃圾發出痛苦呻吟，還開始蠕動。這時，我驀然明白，史蒂薇．蕾並不是在翻找垃圾，而是正咬著一個女遊民的脖子！

「啊，好可怕！拜託妳別這樣！」

史蒂薇．蕾以凡人所不能及的速度，倏地轉過身。遊民倒在地上，但史蒂薇．蕾仍扣著她一隻骯髒的手腕不放。她眼睛發射出令人毛骨悚然的紅光，咧嘴齜牙，對我嘶鳴。這場景實在令人噁心，厭惡的感覺壓過了害怕與驚懼。再說，我才剛度過一個糟糕透頂的生日，現在任何人都可能惹毛我，就連我這位變成活死人的好友也不例外。

「史蒂薇．蕾，是我。妳別再對我咧嘴齜牙，這套可笑的吸血鬼把戲眞的老掉牙了。」

她半晌沒說話，霎時我有個可怕的想法，擔心從我初次見到她到現在的這一個月內，她的情況已經惡化，變得跟其他那些鬼東西沒兩樣——殘暴如獸，無法溝通。我的胃攪痛了一下，不過我還是正面迎向她紅色的雙眼，並翻了翻我自己的白眼。「還有，拜託，妳渾身臭死了。你們那陰森的活死人樂園裡沒有淋浴間嗎？」

史蒂薇．蕾一聽，皺起眉頭。眼前的景象總算改善了一點，因爲這時她的嘴唇闔起，蓋住牙齒。「走開，柔依。」她說。那聲音平淡冰冷，以前可愛的奧克腔變粗嘎了，活像那些以拖車爲家的廢物。不過她喚了我的名字，對我來說這就是莫大的鼓舞。

「除非我們好好談過話，否則我哪裡也不去。所以，史蒂薇．蕾，放開那個女遊民吧

——噁，搞不好她身上有蝨子或什麼鬼東西——讓我們談談。」

「要談，就等我吃完再說。」史蒂薇．蕾歪頭側向一邊，那動作看起來眞像昆蟲。「咦，我記得妳不是烙印了妳那個人類男孩小玩具嗎？看來妳自己應該也喜歡吸血吧。想加入，跟我一起咬一口嗎？」她冷笑，還舔了舔尖牙。

「夠了，噁心，有夠噁心！聽著，西斯不是我的小玩具，他是我的男性**朋友**，或者男朋友之一。我是無意之間吸到他的血，我正準備告訴妳這件事時，妳就死了。所以，我根本不會想咬那個女人。誰知道她是什麼來歷啊。」我對那個雙眼圓睜，頭髮糾結雜亂的可憐女人，無奈地笑笑。「喔，無意冒犯啊，這位太太。」

「很好，那我就能多吸一點。」史蒂薇．蕾開始俯身靠近那女人的喉嚨。

「住手！」

她轉過頭來告訴我：「我說了，妳快走，柔依，妳不屬於這裡。」

「妳也不屬於這裡。」我說。

「妳搞錯了很多事情，這是其中之一。」

那女人見她轉回頭，哭著反覆說：「求求妳，求求妳！」我往前跨出兩步，雙手高舉過頭。「我說了，放她走。」

史蒂薇·蕾再度嘶嗚，作爲回覆，並張開嘴，準備往那女人脖子大口咬下去。我趕緊閉上眼睛，集中念力。「風，吹向我！」我下令。在我四周乍起的風立刻吹得我頭髮飛揚。我一手在自己胸前畫圈圈，想像有個迷你龍捲風正在此處運行。然後，我睜開眼睛，手腕一振，將風的力量擲向那不停哭泣的女遊民身上。果然如我所料，旋風開始包圍她，但幾乎沒動到史蒂薇·蕾。她那頭蜷曲黏膩的頭髮，連一根都沒動到。旋風將史蒂薇·蕾的獵物捲起來，帶離暗巷，直到安全的街燈下才放下她。「謝謝你，風。」我喃喃地說，感覺風在離去前還輕拂我的臉龐。

「妳現在愈來愈會這一套嘛。」

我轉回頭，看見史蒂薇·蕾一臉不放心地看著我，彷彿以爲我會召喚另一陣龍捲風將她捲得無影無蹤。

我聳聳肩。「我有練啊，其實要領不過是專注力和控制力。如果妳也經常練習，自然就會知道。」

史蒂薇·蕾憔悴的臉龐瞬時閃過一抹痛苦表情，速度之快讓我不禁孤疑，這表情是眞的出現在她的臉上或只是我幻想出來的。「現在宇宙元素跟我沒關係了。」

「鬼扯，史蒂薇·蕾，妳對土元素有感應力。就在妳死掉之前，或隨便怎麼說啦，妳明明有感應力的。」我說得有點結巴，畢竟，跟死去之後變成活死人的史蒂薇．蕾談死亡，感覺實在彆扭。「那種能力不會就這樣消失的。況且，妳還記得在坑道裡的事嗎？那時妳仍有感應力啊。」

史蒂薇．蕾搖搖頭，她頭上少數幾捲比較不黏膩、骯髒的金色鬈髮隨之跳動，讓我想起她以前的模樣。「消失了。我以前擁有的一切，已經隨著我的人性消失了。妳必須接受現實，繼續過日子。我已經接受這個事實了。」

「我永遠都不會接受。妳是我最要好的朋友，我不要這樣過下去。」

突然間，史蒂薇．蕾齜牙發出野獸般的可怕嘶鳴，雙眼露出血紅的濁光。「這樣的我看起來像妳的好朋友嗎？」

我的心臟在胸口怦怦猛跳，但我不予理會。她說得沒錯，她變得完全不像我所認識的史蒂薇．蕾，但我不相信原來的她全部消失了。我既然在坑道裡瞥見了我這位好朋友的些微人性，我就不會放棄她。我現在好想哭，但我沒哭，反而強自鎮定，好讓聲音聽起來沒異狀。

「唉，眞該死，妳的確不像史蒂薇．蕾了。說，妳多久沒洗頭啦？還有妳穿的是什麼衣服啊？」我指了指她身上的運動褲和過大的上衣，還有罩在外面那件髒兮兮的長款軍用雨衣。那些愛走黑暗哥德風的變態小鬼就喜歡這種打扮，就連外頭三十八度高溫，也照穿無誤。「如果我穿得像妳這副德性，看起來也不會是原來的我。」我嘆一口氣，然後往她趨近兩步。「妳何不跟我回去？我可以偷偷帶妳進宿舍。很簡單的——現在整棟宿舍幾乎沒半個人，而且奈菲瑞特也不在學校裡頭。」我補上最後這句（但我心想，我們誰都不想提到奈菲瑞特吧。可惡，最好永遠不用提起她），然後緊接著往下說：「多數老師都在放寒假，學生也都暫時回家探望去了，絕對不會有什麼事的。就連戴米恩、孿生的和艾瑞克也不會來煩我們，因爲現在他們對我很不爽，所以妳可以放心地洗個長長的泡泡澡。我會找些像樣的衣服給妳穿，然後我們可以聊一聊。」我一直凝視她的眼睛，很確定看見她眼神裡的渴望之情。瞬間，那種神情消失，她迅速瞥向別處，但我知道那眼神確實出現過。

「我不能和妳回去。我得進食。」

「這不成問題，我可以到宿舍廚房裡給妳弄些吃的。嘿，我肯定能幫妳弄到『幸運符』穀物脆片。」我笑笑說：「記得吧，這可是超級美味，而且絕對沒有營養價值。」

「就像『巧古拉伯爵』穀物脆片？」

我鬆了一大口氣，咧出一個大笑臉，因爲史蒂薇·蕾接下了我的話，回復我們之前的習慣，爭論起誰鍾愛的早餐穀物脆片最好。「『巧古拉伯爵』有椰子口味，椰子是植物，所以絕對是健康的食物。」

史蒂薇・蕾這時注視著我的眼睛，雙眸不再發射出紅色濁光，也不再試圖隱藏就要滑落臉龐的滿眶淚水。我情不自禁走上前要擁抱她，但她往後退。

「不！柔依，別碰我。我不是原來的我了。現在的我既骯髒又噁心。」

「那就跟我回學校梳洗乾淨啊！」我央求她。「我們會把事情弄清楚的——我保證。」

史蒂薇・蕾難過地搖搖頭，抬手抹去淚水。「沒什麼好弄清楚的。我說我既骯髒又噁心不是指外在。我外表是不堪，但還不及我內在的骯髒噁心的一半。柔依，我必須進食，但不是吃穀物脆片、三明治，或喝可樂。我必須吸血，人類的血。如果不這樣——」她停頓了一下，我看見她全身劇烈顫抖。「如果不這樣，就會出現可怕的灼燒的飢餓感，我實在無法忍受那種啃齧般的痛苦。而且妳必須了解，是我自己**想要**吸血，我想撕開人類的喉嚨，喝下他們那充滿恐懼、憤怒和痛苦的溫熱血液，這種血液令我醺醉。」她再次停頓，同時呼吸變得沉重。

「妳不是眞的想要殺人，史蒂薇・蕾。」

「妳錯了，我眞的想要。」

「妳嘴巴這麼說，但我知道我那個最要好的朋友有一部分仍活在妳裡面。而那個史蒂薇・蕾連打小狗屁股都不忍心，更不可能動手殺人。」我在她開口反駁之前趕緊接著說：

「要不，如果我能替你弄到人類的血液呢？這樣，妳就不必殺人取血了。」

她以可怖的冷漠語氣說：「我喜歡殺人。」

「難道妳也喜歡自己骯髒、發臭又噁心？」我氣急敗壞地說。

「我已經不在乎自己看起來是什麼德性。」

「真的嗎？如果我說我能幫妳弄來Roper名牌牛仔褲、牛仔靴，以及燙得啪里啪里，好看到不行的長袖高級襯衫呢？」我看見她眼睛亮了起來，知道我已經觸動了原來的史蒂薇・蕾。我的腦袋快速思索，趁著她還願意聽我說話的時候，設法想出該說的話。「這樣吧，我們明天午夜十二點碰頭——喔，等等，明天是星期六，午夜之前我肯定沒辦法把事情搞定到可以溜出來。這樣吧，改成凌晨三點在菲爾布魯克藝術博物館的涼亭見面。」我停頓幾秒，微笑看著她。「妳還記得那地方吧？」當然，我知道她絕對記得我說的地方。她跟我去過那裡，只不過那次是她努力拯救我，而不是我拯救她。

「對，我記得。」她一個字一個字地說，語氣同樣單調冷漠。

「好，那我們就約在那裡見面。我會把妳的衣服帶來，也會帶血液給妳。妳可以吃點東西，或者喝點血，隨便怎麼樣啦，然後換衣服，接著我們可以開始討論，看該怎麼辦。」我在心中對自己補充一點：還得記得帶肥皂和洗髮精，到時候也要召喚一些水，讓這女孩能好好梳洗一番。噁，她身上的臭味就跟那外表一樣噁心。「這樣好嗎？」

「這麼做沒什麼意義。」

「妳可不可以讓我自己決定？再說，我還沒跟妳說我的生日有多悲慘呢。阿嬤和我跟我媽及垃圾繼父吵了一架，阿嬤還叫他猴崽子呢。」

史蒂薇·蕾噗嗤笑了出來，那笑聲眞像原來的她。我不禁淚眼朦朧，得用力眨眼才能眨掉淚水。

「拜託，妳一定要來。」我激動得聲音哽咽。「我眞的好想念妳。」

「我會去，」史蒂薇·蕾說：「不過，妳一定會後悔。」

5

說完最後這句不怎麼正面的話，史蒂薇．蕾整個人迅速旋轉一圈，一溜煙地跑往小巷弄另一頭，消失在臭氣沖天的漆黑中。我走回自己的金龜車，速度比她慢多了。我心裡好難過，整個人煩躁不安，加上有好多事情要想，根本不想直接回學校。我將車子開往陶沙市南區第七十一街那間二十四小時連鎖鬆餅店「國際鬆餅屋」，點了一大杯巧克力奶昔，和一大盤撒上碎巧克力的鬆餅，然後邊思考，邊開始爲紓解壓力而暴飲暴食。

我想，史蒂薇．蕾這邊的事情應該進行得還可以。我的意思是，她同意明天跟我見面，而且也沒想要咬我，這是個好跡象。當然，她企圖啃咬女遊民的畫面讓人看了膽戰心驚，還有她的模樣和味道都極端惡劣，不過在她滿腔憎恨的瘋狂活死人的外表下，我發誓我仍然可以感覺到**我的**史蒂薇．蕾，那個我最要好的朋友。我會緊緊抓住這一點，設法誘導她回到光明面。當然是比喻的光明面。我想，現在光線對她造成的不舒服一定遠甚於對我或成鬼，這點用膝蓋想也知道。那些死了之後活過來，變成可怕東西的雛鬼，絕對比我們更像人們刻板印象中的典型吸血鬼。我不禁納悶，如果被陽光照射到，她會不會整個燃燒起來，化成火焰。糟糕。這眞的不妙，尤其我們約見面的時間是凌晨三點，離破曉只有兩小時。想到這裡，我再次哀叫一聲：糟糕！

彷彿擔心陽光這些有的沒的還不夠，我開始擔心起老師們（尤其是奈菲瑞特）即將放完寒假回學校。到時候我該怎麼辦？我絕不能讓任何人知道史蒂薇・蕾沒徹底死去，而是變成活死人般的鬼東西。算了，先別多想，等幫史蒂薇・蕾梳洗乾淨，找到安全的地方安置下來，再來操這個心吧。現在，就且一次跨出一小步吧，只希望妮克絲（顯然是她帶我找到史蒂薇・蕾的）能幫助我想清楚該怎麼做。

我回到學校時，天已經矇矇亮。學校的停車場空蕩無人。我沿著校園內一幢幢宛如城堡的校舍側邊慢慢踱步，也沒遇到半個人。女生宿舍在校園另一頭，不過我一點也不急著回去。況且，在回到宿舍，撞見那幾位對我滿心不高興的朋友之前（唉，我眞的、**眞的**很討厭我的生日），我還有事得先去辦。

座落在夜之屋主校舍對面的那棟屋子，就跟學校其他建築物一樣，也是由古老磚塊與突出的岩石混砌而成，不過這幢較小，外觀造型較接近圓弧形，而且前面還豎立了一尊女神妮克絲的大理石雕像。她雙手高舉，手掌撐開，彷彿捧著一輪滿月。我站在那裡凝視女神。照亮校園的老式煤氣燈不只不會傷害我們經歷蛻變的視力，它們投射出來的溫暖光線還緩緩搖曳，彷彿輕撫著妮克絲的雕像，給它注入生命。

懷著對女神的崇高敬意，我輕輕放下薰衣草盆栽和《吸血鬼德古拉》，然後在妮克絲雕像底座旁的越冬草之間尋覓，終於找到了倒在草間的祈禱用綠色長條蠟燭。我將蠟燭扶正，然後閉眼凝神，專注想著煤氣燈散發的美麗溫暖光芒，也想著區區一根蠟燭的燭光就足以改變整間暗室的氣氛。

「我召喚火，請給我光亮。」我喃喃祈求。

燈芯隨即劈啪作響，我感覺到一股熱氣拂過臉龐。睜開眼，看見代表土元素的綠蠟燭正欣喜地燃起火焰，我滿意地微笑。我剛剛可沒對史蒂薇．蕾說大話。過去這個月來，我的確經常練習召喚元素，現在已經熟能生巧。（雖然女神恩賜我的這種神奇法力無助於我安撫朋友們受傷的情緒，但能夠召喚元素，有時還是很有幫助。）

我小心翼翼地將點燃的蠟燭放在妮克絲腳邊。接著，我沒低下頭，反而抬頭仰望遼闊的夜空。然後，我向女神祈禱。不過，我得承認，我禱告的方式聽起來比較像閒聊。並非我故意對妮克絲不敬，而是我本來就習慣這麼跟她說話。打從我被標記，女神向我現身的第一天起，我就覺得自己跟她很親近，彷彿她是個真正關心我生活的人，而不是個不可名狀的神祇，高高在上，蹙眉俯視我，手裡還拿著很快就會記滿我惡行的筆記本，隨時準備將我送下地獄。

「妮克絲，謝謝妳今晚幫助我。我很迷惘，也被史蒂薇．蕾的處境嚇壞了。不過，我知道，只要有妳相挺，我一定——不，我們一定可以渡過難關。拜託，請妳眷顧她，也讓我知道我該怎麼做。我知道妳基於某種理由標記了我，賜給我特殊法力，我現在開始覺得，這某種理由與史蒂薇．蕾有關。我不會對妳撒謊，我承認整件事嚇到了我。不過妳選中我時，就知道我是膽小鬼啊。」我望著天空微笑。第一次和妮克絲說話時，我就告訴過她，她可能標記錯人了，因爲我一點都不像她說的那樣特別，而且我笨到連路邊停車都不會。看來她似乎不在乎，而現在我希望她依然不介意我這麼沒用。「總之，我只是想替史蒂薇．蕾點燃綠蠟燭，代表我不會忘記她，而且也不會逃避妳要我做的事，雖然我現在對於細節仍毫無頭緒。」

我打算在這兒坐一會兒，希望腦袋裡能再次出現女神的呢喃低語，告訴我明天和史蒂薇．蕾碰面時應該怎麼辦。所以，我繼續坐在妮克絲雕像前，抬頭凝望夜空，忽然，艾瑞克的聲音讓我差點嚇破膽。

「史蒂薇．蕾的死眞的對妳打擊很大，是不是？」

我眞的嚇了一大跳，發出難聽的尖叫聲。「啊，艾瑞克！你把我嚇到差點尿褲子。拜託，別這樣偷偷摸摸嚇我。」

「好，對不起，我不該打擾妳。待會兒再說吧。」他轉身準備離去。

「等等，我沒要你走。只不過你嚇到了我。下次冒出來之前，請先撥弄樹葉或者咳一聲之類的，好嗎？」

他停步，轉身回來看著我，一臉戒愼恐懼的表情，不過還是僵硬地對我點頭，說了一聲「好」。

我站起來，對他微笑，希望這笑容能鼓勵他放輕鬆。撇開活死人好友和被我烙印的人類男友不談，我眞的很喜歡艾瑞克，壓根兒不想和他分手。「其實我很高興你在這裡。我要爲之前的事情跟你道歉。」

艾瑞克的手一揮，直率地表示無所謂。「別擔心這個。妳不必硬戴上我送妳的雪人項鍊，妳可以拿去退掉，或者另外換一條，隨便都可以。我還留著收據。」

我舉起手摸摸那個雪人形狀的珍珠項鍊。一想到可能失去它（及艾瑞克），就驀然發現它其實很可愛（至於艾瑞克，他不只可愛）。「不！我不退。」我衝口而出後趕緊打住，鎮定自己，免得聽起來像個滿心渴望的神經病。「好，這麼說吧，對於生日合併聖誕節一起過這件事，我可能過於小題大做。我的確是應該先讓你們知道我的感受，不過我已經過了好多年這種爛生日，想都沒想到要說，至少今天之前都沒想過。然後，為時已晚，我來不及事先明說了。我本來沒打算說的，而且若不是見到西斯的紙條，你們也不會知道。」我想起自己手腕上還戴著西斯送的美麗手鐲，趕緊將手垂下，壓在身側，希望上頭那些可愛的心型小墜飾不再叮叮噹噹，發出興高采烈的聲響。隨後，我心虛地接著說：「況且，你說得沒錯，史蒂薇．蕾這傢伙真的大大地打擊了我。」語畢，我趕緊打住話語，閉上嘴巴，因為我發現談起照理說已經死去的史蒂薇．蕾，再一次地，我的口氣仍像她還活著——或者，以這種狀況來說，該說仍像她其實沒死。當然，我這樣劈里啪啦說一堆，聽起來還真像個滿心渴望、急切的神經病，雖然我努力讓自己看起來不像。

艾瑞克湛藍的雙眸似乎看透了我。「我先離開，讓妳獨處一下，這樣會不會比較好呢？」

「不要！」他這話把我急得胃都痛了。「你離開當然不會比較好。」

「史蒂薇．蕾死後，妳就一直**失魂落魄**的。如果妳需要一些獨處空間，我可以諒解的。」

「艾瑞克，不只史蒂薇．蕾的事讓我煩心，其實還有其他事情，不過很難說出口。」

他靠近我，抓起我的手，跟我十指交纏。「不能告訴我嗎？我很擅長解決問題的，或許我幫得上忙。」

我抬頭凝視他的眼睛，霎時好想對他傾訴，和盤托出史蒂薇·蕾、奈菲瑞特，甚至西斯的事，以至於我可以感覺到自己正逐漸往艾瑞克的身體傾靠過去。艾瑞克拉近我們之間僅存的一點距離，我滿足地輕輕吐了一口氣，整個人倒進他懷裡。他身上的味道一直都那麼香，聞起來有一種不可思議的力量和踏實感。

我將臉龐靠在他胸膛上。「你眞愛說笑，你當然很會解決問題啊。你什麼都很厲害，事實上我覺得你完美到幾乎不正常。」

他大笑，我聽見他胸膛裡隆隆作響。「妳說得好像這是壞事。」

「不是壞事，不過挺嚇人。」我咕噥著。

「嚇人！」他身子往後退，雙手抓著我肩頭，直直看著我。「妳才在說笑吧！」他再度大笑。

我對他皺起眉頭。「有什麼好笑？」

他摟著我說：「柔，妳知道跟有史以來法力最強的雛鬼女孩約會是什麼感覺嗎？」

「不知道，因爲我不和女孩約會。」不過，當然，搞蕾絲邊沒什麼不對。

他抬高我的下巴，仰起我的臉龐。「妳才嚇人呢，柔，妳能夠**操控元素**，所有元素。有這種女朋友，得心臟夠強才不會嚇跑。」

「喔，拜託！別傻了，我可不曾以法力對付你啊。」我沒有說事實上我曾用法力對付過別人。更具體來說，應該是對付那些活死人，嗯，還有他的前女友愛芙羅黛蒂（她讓人又氣又惱，差不多跟那些活死人一樣）。不過，或許最好別提起那些事吧。

「我只是說妳不需要被任何人嚇到。柔依，妳神奇得令人讚嘆，難道妳自己不知道嗎？」

「我想，我是不知道。最近很多事情都變得有點混亂了。」

艾瑞克又將身子往後傾，專注地看著我。「那麼，讓我幫妳釐清啊。」

我感覺自己泅泳在他湛藍的眼眸中。或許我真的可以告訴他。艾瑞克是五年級生，已經在夜之屋待兩年半了。將近十九歲的他是個很有天分的演員（也很會唱歌），若說有哪個雛鬼可以保守祕密，那應該非他莫屬。不過，就在我張嘴準備一股腦兒對他傾吐，訴說史蒂薇．蕾沒死的事情時，一種恐怖的感覺湧上心頭，胃開始揪緊，話語卡在喉嚨說不出口。又是**那種**感覺。內心深處湧起的那種感覺有時會要我閉嘴，或者快點離開，或者深呼吸好好想清楚。而現在它明確地告訴我，我必須閉上嘴巴。那感覺清楚到我無法置之不理，而艾瑞克接下來說的話，更讓我確信不該告訴他。

「嘿，我知道妳寧可告訴奈菲瑞特，不過或許還要一個禮拜她才會回來。她回來之前，我可以暫代她成爲妳的傾吐對象。」

奈菲瑞特正是我絕對不能傾吐的人（或吸血鬼）。該死，我之所以不能對我那夥朋友或艾瑞克提起史蒂薇．蕾的事，就是因爲奈菲瑞特和她所具有的超自然感應力。

「謝謝你，艾瑞克。」我不自覺地蠕動身體，要掙脫他的懷抱。「不過，這事我得自己解決。」

他猛然放開我，害我差點往後倒。「是他，對不對？」

「他？」

「那個人類男孩，西斯，妳以前的男朋友。再兩天他就要回來，所以妳才會怪怪的。」

「我沒有怪怪的，至少不是你想的那種怪。」

「那妳爲什麼不讓我碰妳？」

「你在說什麼呀？我有讓你碰我啊。我剛剛才跟你擁抱。」

「只持續兩秒鐘，妳就好像已經跟我擁抱了好久，急著將我推開。聽著，如果我做錯什麼，妳只需讓我知道，這樣——」

「你沒做錯什麼！」

艾瑞克沉默了幾個呼吸，什麼都沒說。再次說話時，他的語氣聽起來老了許多，遠超過十九歲，還顯得很傷感。「我就是比不過烙印造成的影響力，這點我知道。其實我也沒指望跟烙印較勁，只不過我以爲妳和我之間的感覺夠特別。我們的關係能持續得比妳和人類之間的生物性迷戀長久。妳和我是同一類，和西斯則不一樣。至少你們不再是同一類生物了。」

「艾瑞克，你不要拿自己跟西斯比。」

「我研究過烙印，知道那與性有關。」

我可以感覺到自己整張臉開始紅燙。當然，他說得沒錯，烙印會引發性欲，因爲吸吮人類血液會啓動吸血鬼和人類腦袋裡的某種感受體，而那正是性高潮時被啓動的同一個感受體。**但我可不想跟艾瑞克討論這種話題**。所以，我決定打馬虎眼，扯些表面東西，不去探究更深入的事實。「烙印與血液有關，與性無關。」

他看了我一眼。那眼神彷彿在說，很不幸，他說的是實話，因爲他做過研究了。

我出於本能地想替自己辯解。「我還是處女，艾瑞克，而且我還沒打算獻出我的童貞。」

「我又沒說妳——」

「聽起來你把我跟你的前任女友混為一談了。」我打斷他的話。「別當我是我看見過的，那個跪在你面前，想再一次幫你吹喇叭的女孩。」好吧，這麼說不公道，我不該提起無意間撞見愛芙羅黛蒂和他之間發生的齷齪事。那時我壓根兒還不認識艾瑞克。不過，這會兒找他吵架，似乎比跟他討論我對西斯確切無疑的嗜血欲望來得容易些。

「我沒有要把妳當作愛芙羅黛蒂看待。」他咬緊牙關，從齒縫蹦出話來。

「嗯，或許重點不在於我舉止怪異，而是你要求的比我現在能給你的多。」

「不是這樣的，柔依。該死，妳應該知道，在性愛方面我不會逼妳，不會無理索求。我不想跟愛芙羅黛蒂那樣的女孩交往。我要的是妳。但我希望在碰觸妳時，妳別急著把我推開，好像我有痲瘋病似的。」

我有這樣嗎？糟糕，或許眞的有。我深吸一口氣。跟艾瑞克爭執這種事情實在有夠蠢。但是，他萬一知道了史蒂薇．蕾的事，難保不會無意間讓奈菲瑞特探知。現在，我必須想辦法讓他在不知道實情的情況下願意親近我，否則我就要失去他了。我低頭盯著地面，思索哪些事情可以說，哪些不可以。「我不覺得你有痲瘋病，我覺得你是全校最性感的帥哥。」

我聽見艾瑞克深深嘆一口氣。「妳都說了妳不和女孩約會的，那代表妳應該喜歡我碰妳啊。」

我抬頭望著他。「對啊，我喜歡。」接著，我準備告訴他實情，至少能說的都要告訴他。「但是，我在處理，呃，處理一些**東東**的時候，就是很難跟你親近。」好，太棒了，我竟然用**東東**來說這件事。我這麼智障，這男孩怎麼可能還會喜歡我？

「柔，妳說的**東東**是不是跟妳想搞清楚怎麼運用法力有關？」

「對。」好吧，基本上我沒說實話，不過也不盡然是謊言。那些**東東**（史蒂薇．蕾、奈菲瑞特、西斯的事情）之所以發生在我身上，的確是因爲我有法力，而且，雖然我顯然表現得不夠好，我確實必須學會怎麼運用法力。我眞想把手放在背後，食指和中指交叉，以減輕我說白色謊言的罪惡感，不過我怕艾瑞克會發現。

他往我靠近一步。「所以，那**東東**不是指妳不喜歡我碰妳？」

「那**東東**不是指我不喜歡你碰我。當然不是，絕對不是。」我往他靠近一步。

他微笑，雙手忽然再度伸出來抱住我。只是這次他還俯身親吻我。他嘗起來的味道就跟他身上聞起來的氣味一樣香甜，所以這個吻眞的很美好。這時，我才驀然發現，艾瑞克和我已經很久沒好好親熱過。我的意思是，我當然不像愛芙羅黛蒂那麼放蕩，但也不是修女一個。當我說我喜歡艾瑞克碰我時，我可沒扯謊。我將雙手滑上他寬闊的肩膀，往他身上貼得更緊。我們兩人的身體是這麼搭，可以緊密黏在一起。他眞的長得很高大，但我就是喜歡他這種身材。他讓我覺得自己小鳥依人，受到呵護。這種感覺，我也喜歡。我的手指撫挲著他的後頸，那兒有一片濃密微捲的黑色毛髮。我的指甲輕輕地逗弄那裡的柔嫩肌膚，我感覺到他身體微微顫抖，喉底還發出愉悅的呻吟聲。

「撫摸妳的感覺好棒。」他的嘴貼著我的唇，呢喃地說。

「撫摸你的感覺也是。」我呢喃回應，整個人緊貼住他，擁吻得更火熱。接著，在一陣亢奮下（那種放蕩的亢奮），我拉起他原本放在我下背的手，往上移動，讓他捧住我的乳房側邊。他再次呻吟，他的吻也愈來愈火熱。他的手往下滑，探進我的毛衣裡，然後再往上移動，握住我的乳房，中間只隔了蕾絲黑色胸罩。

好吧，我承認我喜歡他撫摸我的乳房，感覺好舒服。尤其想到能藉此證明我沒拒絕他，更讓我高興。我移動姿勢，讓他更容易愛撫，結果不知怎麼地，這無心的輕微移動（嗯，半無心啦）讓我們雙唇一滑，我的門牙撞破他的下唇。

他血液的味道撲鼻而來，我的嘴巴緊貼住他的嘴巴，急促地喘氣。那味道濃郁、溫暖，還帶著難以形容的鹹甜味。我知道這麼說很噁心，但我真的按捺不住，立刻起了反應。我雙手捧住艾瑞克的臉，將他的下唇含進嘴裡。被我輕輕一舔，他的血液流得更快。

「對，就是這樣，吸吧。」艾瑞克低啞著聲音說，呼吸愈來愈急促。

我現在正需要他這種鼓勵。我把他的唇含進嘴裡，品嘗他血液裡那美妙神奇的魔力。他的血與西斯不同，沒有給我一種強烈到近乎痛苦，甚至失控的愉悅感。他的血不像西斯，沒有噴薄出熾烈白熱的激情。艾瑞克的血像一圈小營火，溫暖、穩定，又充滿活力。它夾帶著火焰，燃遍我全身，讓液體般的愉悅逐漸升溫，一路擴散到我的腳趾，讓我渴望更多，更多的艾瑞克和更多的他的血。

「咳—嗯！」

蓄意且大聲的明顯清嗓聲，嚇得艾瑞克和我彷彿突然遭到電擊，害我們兩個倏地彈開。我看到艾瑞克抬頭望向我背後時雙眼圓睜，然後露出小男孩般的笑容，而那是一個被逮到手偷偷伸進餅乾罐（這餅乾罐分明就是我）的小男孩。

「不好意思啊，布雷克老師，我們以為這裡只有我們兩個人。」

6

喔，天哪，眞想死。我想立刻暴斃，化爲煙塵，被微風吹到**任何地方**，任何地方都行，離這裡愈遠愈好。然而，我只能原地轉身。果然沒錯，是羅倫．布雷克，吸血鬼桂冠詩人，宇宙天下無敵第一帥的男性。他就站在那裡，古典俊俏的臉龐掛著笑容。

「喔，呃，嗨。」我結結巴巴。或許這樣聽起來還不夠蠢，於是我又補上一句讓自己蠢個夠。「你人在歐洲啊。」

「我之前是去歐洲，今晚剛回來。」

「那，歐洲如何？」艾瑞克從容鎭定，滿臉不在乎地一手摟住我的肩。

羅倫的笑容更加綻放了，視線從艾瑞克轉移到我身上。「不像這裡這麼友善。」

艾瑞克似乎心情很好，輕笑幾聲，說：「嗯，重點不在你去的地方，而在你認識的人。」

羅倫挑起完美的一道眉毛。「看來的確是這樣。」

「今天是柔依的生日，我們在親吻慶祝。」艾瑞克說：「你應該知道，柔和我正在交往。」

我的目光從艾瑞克移向羅倫，清清楚楚看見雄性睪丸素瀰漫在他們兩人之間。唉，這兩個傢伙正各自施展男性雄風，相互較勁呢。尤其是艾瑞克。我發誓，若他往我頭上一敲，把我打昏，抓住我頭髮，拖著我到處晃，我也不意外。眞是的，腦海浮現的這種畫面實在不甚好看。

「對，我聽說你們正在交往。」羅倫說。他的笑容看起來好詭異——帶著嘲諷，幾乎像訕笑。然後他指著我的嘴唇說：「妳那裡有點血，柔依。或許妳該去清洗乾淨。」我的臉轟地一陣火燙。「喔，對了，祝妳生日快樂。」他說完後就轉身沿著人行道走向校園裡的教師宿舍區。

「眞丟臉。我不知道還有比這更丟臉的。」我舔淨唇上的血，把毛衣拉好後這麼說。

艾瑞克聳聳肩，咧著嘴笑。

我朝他胸口捶了一下，然後彎腰拿起阿嬤送我的書和薰衣草盆栽。「我眞搞不懂你爲什麼會覺得跟他那樣說話很有趣。」我邊說邊邁步走向宿舍。他自然而然地跟上來。

「我們只不過在接吻啊，柔。」

「你在接吻，而我在吸你的血。」我斜目看著他。「喔，還有，你的手探進了我的衣服。最好別忘了這個小戲碼。」

他從我手中接過薰衣草盆栽，然後抓起我的手。「我不會忘的，柔。」

現在我沒有空出的手可以往他身上捶，只能以瞪眼代替。「好丟臉，我眞不敢相信我們被羅倫撞見。」

「只不過是布雷克先生啊，他根本不算是眞正的老師。」

「丟死人了。」我反覆絮叨，希望紅燙的臉龐趕緊冷卻下來。其實我也好希望能再多吸一些艾瑞克的血，不過我可不打算說出口。

「我不覺得丟臉。我很高興被他看到。」艾瑞克說得沾沾自喜。

「你高興？什麼時候在大庭廣眾下親熱會爲你『助性』？」太好啦，艾瑞克竟然是這種變態怪胎，而我到現在才發現。

「在大庭廣眾下親熱不會爲我『助性』，不過我還是很高興布雷克看到了。」艾瑞克聲音裡的嬉鬧成分消失，笑容也變得嚴肅。「我不喜歡他看妳時的樣子。」

我的胃突然翻滾了一下。「什麼意思？他怎樣看我？」

「就好像妳不是學生，而他不是老師。」他停頓一下。「難不成妳沒注意到？」

「艾瑞克，我覺得你瘋了。」我小心翼翼避開他的問題。「羅倫看我時的樣子沒什麼特別的。」我的心怦怦撞得快要跳出胸口。該死，我當然注意到羅倫看我時的表情！我心裡可**清清楚楚**呢，甚至還跟史蒂薇．蕾談過。但最近發生了這些事，加上羅倫離校將近一個月，所以我開始告訴自己，我們之間發生的那些事多半是我自己幻想出來的。

「妳親暱地叫他羅倫，而不是稱呼他的姓氏。」艾瑞克說。

「對，你自己也說了，他不算是眞正的老師。」

「但我也沒因此叫他羅倫。」

「艾瑞克，我構思黑暗女兒的新規則時，他幫我做了些研究。」這不算撒謊，只是確實有點誇大其詞。我在圖書館搜尋、研究相關資料時，羅倫的確在那裡，而且我們確實談到這件事。然後他就摸了我的臉。我當然不該繼續回想這事，於是趕緊說：「另外，他還問了我一些刺青的問題。」他的確問了。在滿盈的月光下，我裸露出一大片後背，好讓他看見我的刺青……撫摸它們……啓發他的作詩靈感。我趕緊將心思轉移，不敢再順著這個思緒想下去，最後以這句話當總結：「所以我可以說認識他。」

艾瑞克嘟噥著什麼。

我覺得心頭彷彿有一群小老鼠在一個大輪子上急速奔跑旋轉，忐忑不安，不過我設法讓聲音輕快起來，用開玩笑的口吻說：「艾瑞克，你在吃羅倫的醋啊？」

「哪有。」艾瑞克看了我一眼，然後瞥向旁邊，接著又轉回來注視著我的眼睛。「對，好吧，或許有一點。」

「別這樣，你根本沒理由吃醋。我和他之間沒什麼，我保證。」然後我嬌嗔地用肩膀撞撞他。我說這句話時心裡的確這麼想。現在光是怎麼處理和西斯之間的烙印，就已經讓我傷透腦筋，我可不想再和誰搞出一段祕密戀情，況且還是比人類前男友更不可以碰的師生戀禁區。（慘的是，通常我最不希望發生的事好像偏偏都會發生在我身上。）

「我就是感覺他不對勁。」艾瑞克說。

我們在女生宿舍前面停下腳步。我仍握著他的手，回身面向他，眨眨睫毛，裝出天真無辜的表情，跟他開個冷玩笑：「難不成你摸過羅倫，才會感覺到他不對勁？」

他臉一沉，「半點都不可能。」他伸手一把將我拉靠過去，摟住我。「對不起，我不該發神經，亂想布雷克跟妳有怎樣。我知道你們之間沒什麼。我想，我是愚蠢又嫉妒。」

「你不蠢，我也不介意你嫉妒，至少一點點嫉妒無所謂。」

「柔，妳知道我爲妳癡迷，爲妳發狂。」說著，他俯下身，在我耳畔磨蹭。「眞希望現在時間不是這麼晚。」

我顫抖，回應他：「我也是。」不過從他肩頭望出去，我發現天空已露出魚肚白。再說，我也累斃了。除了忙著應付我的生日、我媽和那個垃圾繼父，以及死掉又活過來的好朋友，我還需要有點獨處的時間靜靜思考，也必須好好睡一覺（以我們的作息來說，當然是在白天睡）。不過我還是依偎進艾瑞克的懷裡。

他親吻我的頭頂，將我摟得更緊。「對了，在月圓儀式中，妳想到要找誰來代表土元素了嗎？」

「沒有，還沒想到。」眞慘，再過兩個晚上就要舉行月圓儀式，我卻一直逃避，不想面對這個問題。倘若史蒂薇．蕾眞的死了而必須找人取代她，我會很痛苦。但現在我知道她沒死，而是變成活死人之類的鬼東西，在臭烘烘的暗巷和噁心的地下坑道裡遊蕩，在這種狀況下，還是得找人取代她，想到這點我就更加難過。更何況這麼做根本不對呀。

「你知道我願意幫忙，就等妳開口。」

我側頭看他。他和孿生的、戴米恩一樣，都是領袖生委員會的成員，當然我也是。雖然嚴格說來我是新生，不是高年級生，我仍擔起「領袖生長」的責任。史蒂薇．蕾也曾是委員會的一員。而現在，不，我還沒決定要請誰來取代她。事實上，我還得另外「拍肩」或挑選兩名學生來加入委員會，而就連這件事，我也還沒去想。天哪，我眞是累壞了。我深深吸一口氣，正式邀請他：「你願意在月圓儀式中代表守護圈的土元素嗎？」

「沒問題，柔。不過，妳不覺得正式舉行儀式前，我們先來練習設立守護圈會比較妥當嗎？大家對元素各有感應力，妳甚至能感應所有元素，而現在有我這個沒天賦的傢伙加入，或許最好先練習一下，確保一切會運作得很順利。」

「你不完全沒天賦啊。」

「嗯，我說的不是我了不起的親熱技巧。」

我翻了翻白眼。「我也不是那個意思。」

他將我抱得更緊，讓我整個人貼緊在他身上。「看來我得讓妳再多領教領教我的本事。」

我咯咯笑，他又吻了我。他唇上的血液滋味猶存，使得這個吻更加甜美。

「我猜你們兩個和好了。」是依琳的聲音。

「看來比較像親熱而不只是和好，孿生的。」簫妮說。

這次艾瑞克和我沒立刻彈開，我們只是同時嘆了一口氣。

「這學校毫無隱私可言。」艾瑞克嘟噥著。

「喂，是你們自己當著大庭廣眾，在對方臉上吸來吸去欸。」依琳說。

「我覺得這挺甜蜜的。」傑克說。

「那是因爲你很甜啊。」戴米恩答腔，手還勾著傑克的手臂，兩人走下宿舍前方的寬大階梯。

「孿生的，我快吐了，妳呢？」簫妮說。

「當然，快噴出來了呢。」依琳說。

「所以，這種甜蜜戲碼會讓妳們兩個作嘔，是嗎？」艾瑞克問，眼中閃過一絲狡黠的神情。眞不知道他想要什麼把戲。

「徹底反胃。」依琳說。

「深有同感。」簫妮搭腔。

「這樣看來，妳們應該不會有興趣知道克爾和堤杰要我帶什麼話給妳們嘍？」

「克爾．科里夫頓？」簫妮說。

「堤杰．霍金斯？」依琳問。

「對，沒錯。」艾瑞克說。

我看著簫妮和依琳原本冷嘲熱諷的負面態度頓時丕變。

「克爾**棒透了**～～」簫妮的聲音低沉、愉悅又嬌嗔。「一頭金髮，一雙淘氣的湛藍眼睛，讓我眞想往他屁股拍下去。」

「至於堤杰——」依琳誇張地給自己猛搧風。「這小伙子**唱歌**眞好聽。而且身材好……喔，他簡直**帥呆**了。」

「妳們這樣子激烈演出，代表妳們現在對甜蜜戲碼有興趣嘍？」戴米恩洋洋得意地挑著眉說。

「是的，戴米恩皇后。」簫妮回嘴。依琳則瞇起眼睛怒視著他，但不忘點頭表示贊同。

「克爾和堤杰要你帶什麼話給孿生的？」我搶在戴米恩對孿生的開砲回擊前，催促艾瑞克說話。見他們這樣吵吵鬧鬧，我開始深深懷念起史蒂薇．蕾。充當和事佬，她比我擅長多了。

「他們說：我們在想，若簫妮、依琳，還有妳——」艾瑞克說到這裡時捏捏我的肩膀——「明天晚上能和我們去IMAX影城，看超大銀幕放映的電影，那一定很酷。」

「『我們』是指你和克爾及堤杰嗎？」簫妮問

「沒錯。喔，還有戴米恩和傑克也在受邀之列。」

「要看什麼影片？」傑克問。

艾瑞克故意停頓一下，製造效果，然後說：「IMAX爲了聖誕假期，特地重映《三百壯士：斯巴達的逆襲》。」

這次換傑克猛往自己身上搧風。

戴米恩咧嘴笑著說：「我們當然會去。」

「我們也會去。」蕭妮說。依琳在一旁表示贊同地猛點頭，動作激烈，一頭金色長髮隨之四處跳動，看起來眞像瘋瘋癲癲的啦啦隊員。

「你們知道，《三百壯士》或許眞的是一部超完美的電影，任誰去看，都能從中各取所需。」我說。「譬如，喜歡猛男小乳頭的人不會失望，喜歡波霸美女的也能看得賞心悅目，而且還有一堆勇猛的動作場面。這種片子誰不愛啊？」

「而且IMAX影城還特地爲我們這些不喜歡陽光的人放映午夜場。」艾瑞克說。

「眞是太完美啦。」戴米恩說。

「深有同感。」孿生的搭腔。

我沒說話，只是站著傻笑。這群朋友眞讓我愛死了。他們五個人，每一個我都愛死了。我仍然想念史蒂薇·蕾，不過這是近一個多月來我首次覺得自己回來了——甚至有滿足、快樂的感覺。

「那，就這樣約定嘍？」艾瑞克問。

大家紛紛出聲稱是。

「我們最好趕緊回男生宿舍，可別在門禁時間到了以後，被人抓到還逗留在神聖的女生地盤。」他揶揄地說。

「是啊，我們得走了。」戴米恩說。

「嗨，柔依，祝妳生日快樂。」傑克說。

啊，他眞是好窩心。我對他咧嘴微笑。「謝謝你，親愛的。」然後我看著其他朋友，「各位，對不起，我之前太混蛋。其實我眞的很喜歡你們送的禮物。」

「所以，妳會**穿戴**這些禮物嘍？」簫妮說，那雙銳利的巧克力色眼睛瞇起來盯著我。

「是啊，妳會穿我們花了兩百九十五點五二美元買的那雙超辣長統靴吧？」依琳補了一句。

我驚愕地倒吸一口氣。簫妮和依琳都是富家女，而我根本不曾穿過三百美元的靴子。現在，我知道自己的生日花了她們那麼多錢，就更喜歡這份禮物了。「對，我一定會穿這雙**棒透了**的靴子。」我模仿簫妮的口吻和用詞。

「我送的喀什米爾羊毛圍巾也不便宜喔。」戴米恩驕傲地說：「我提過這圍巾是最高級的喀什米爾羊毛做的吧？百分之百純羊毛。」

「你提起的次數多到我們數不清了。」依琳嘀咕著。

「我超愛喀什米爾羊毛的。」我向戴米恩保證。

傑克皺著眉頭，低頭看著自己的腳。「我送的雪花水晶球不是什麼昂貴的禮物。」

「不過很可愛啊，符合雪人的主題，很搭配我那條美麗的雪人項鍊。對了，這條項鍊我絕不會拿下來的。」我微笑看著艾瑞克。

「就連夏天也戴？」他問。

「夏天繼續戴。」我說。

艾瑞克悄聲說：「謝謝妳，柔。」然後輕輕吻了我。

「我又開始反胃了。」簫妮說。

「甚至有嘔吐物已經湧上我的嘴巴了。」依琳搭腔。

艾瑞克再次抱了我一下，然後跑著去追已經先行離去的傑克和戴米恩。他邊跑邊轉頭喊：「那我就告訴克爾和堤杰，說妳們兩個眞的不喜歡接吻這種事。」

「你敢說的話，我們會殺了你。」簫妮回答，聲音甜美。

「讓你死翹翹。」依琳搭腔，聲音同樣甜美。

我呵呵大笑，呼應艾瑞克逐漸遠颺的笑聲，然後拿起薰衣草盆栽，將《吸血鬼德古拉》

抱在胸口，跟著朋友一起進宿舍。我不自主地開始想著，或許我可以想出辦法解決史蒂薇．蕾的事，然後我們這群朋友又能重新聚在一起。

可惜，最後證明我這想法太天眞，事情遠比我想像的艱難。

7

週六晚上（其實是人類的週六早上）通常是大家懶洋洋的時刻。女孩們會穿著睡衣，頂著沒梳的鳥巢頭，睡眼惺忪地吃著一碗碗的穀物脆片或冷掉的爆米花，盯著起居室裡那幾台寬螢幕電視上的重播影片。所以，簫妮和依琳見到我拿著一根燕麥棒和一罐可樂（呵，**不是**低卡的）出現在她們的視線和電視機之間，難怪會蹙起眉頭，對我露出既呆滯又困惑的眼神。

「怎麼了？」依琳說。

「柔，妳怎麼會這麼清醒？」簫妮問。

「是啊，一大早就神采奕奕，很不健康欸。」依琳說。

「就是啊，孿生的。每個人的精力不過那麼多，一大早消耗光後就沒了，然後就會整天擺臭臉、發脾氣。」簫妮說。

「我沒神采奕奕，我是很忙。」幸好她們聽了我這句話後沒繼續說教。「我要去圖書館研究一些有關儀式的東西。」我沒說謊，只不過她們以為我說的是月圓儀式，不知道我是指要讓變成活死人的可憐的史蒂薇．蕾脫離那種鬼狀態的儀式。「趁著我去圖書館，我要妳們去找戴米恩和艾瑞克，跟他們說大家在圍牆邊的大樹下集合，時間就約——」我瞥了一眼手錶。「現在是五點半，我應該七點左右會找完資料，那我們約七點十五分，如何？」

「可以啊。」孿生的齊聲說。

「不過，集合做什麼？」依琳問。

「喔，不好意思，我忘了說。在明天的月圓儀式中，艾瑞克要代表土元素。」我的聲音突然哽咽起來。孿生的也跟我一樣難過，看來我們沒人真的從史蒂薇．蕾的事情所帶來的打擊中復原過來。就算他們以為她真的死去了，也仍未走出哀慟的情緒。「艾瑞克認為，明天正式儀式之前我們應該先練習一下設立守護圈。妳們知道的，我們所有人都對元素有感應力，但艾瑞克沒有。我也覺得先練習練習是個好主意。」

「對……聽起來是好主意……」孿生的喃喃回應。

「史蒂薇．蕾一定不希望我們因為太想念她而搞砸儀式。」我說：「她一定會帶著濃厚的奧克腔鼻音說，『你們大家好好做，可憋處大糗』（可別出大糗）。」我模仿奧克腔，惹得孿生的哈哈大笑。

「我們會到的，柔。」簫妮說。

「很好，那練習完後我們就去看《三百壯士》。」我說。

她們一聽我這麼說，笑得更開心。

「對了，妳們會把代表元素的蠟燭都準備好吧？」

「會的，柔。」依琳說。

「謝謝妳們。」

「喂，柔——」就在我幾乎跨出門時，簫妮從房間另一頭喊我。

我停步回頭看她們。

「那雙長統靴眞漂亮。」依琳說。

我笑笑，刻意抬高一隻腿。我今天穿牛仔褲，不過是那種往上捲到膝蓋下方的七分牛仔褲，也就是說，所有人都可以清楚看見我兩隻靴子外側亮晶晶的聖誕樹圖案。而且，我也披上了戴米恩送的雪人圍巾，眞的是夢幻中的喀什米爾純毛料才有的輕柔。靠近門邊的鴛鴦椅上坐著兩個女孩，一見到我就竊竊私語，看來她們也覺得這雙靴子很美。然後我看見孿生的同時露出「我就告訴過妳嘛」的得意眼神。

「多謝啦，這是孿生的送我的生日禮物。」我對鴛鴦椅上的兩個女孩說，聲音大到足以讓簫妮和依琳聽見。她們兩人給我一個飛吻，送我走出起居室的大門。

我邊嚼著燕麥棒，邊走向主校舍的媒體視聽圖書館，驚訝地發現此刻自己對月圓儀式一點都不擔心。當然，沒有史蒂薇．蕾來代表土元素，感覺的確很怪，不過我身邊仍將圍繞著其他朋友。雖然少了一個，我們仍然是**我們**。

今天的校園比過去一個月來的任一天都更空蕩，這其實很合理，因爲今天是聖誕節。雛鬼必須隨時與成鬼保持近距離（成鬼會分泌一種費洛蒙，這種物質有助於控制雛鬼的身體變化，協助我們完成蛻變——起碼是協助我們當中一部分人順利變爲成鬼，至於排斥蛻變的部分雛鬼則會死去），不過學校仍允許我們離開校園長達一整天。所以，今天很多學生都回去和人類家人過聖誕節了。

果然如我所料，圖書館也空蕩無人。但我不需擔心它會像一般學校一樣上鎖，啓動警報系統。成鬼具有特殊的心靈感應和法力，所以這裡毋須靠鎖來讓學生循規蹈矩。其實我不清楚雛鬼若做出一般青少年或白癡會幹的壞事時，成鬼會做出什麼處置。聽說吸血鬼會將頑劣之徒（嘻嘻，「頑劣之徒」是戴米恩的用語）趕出校園，流放的時間不一。也就是說，遠離成鬼的學生將會因此病重，最後被自己身體裡崩解的細胞組織物給噎死。

總之，最好別惹毛成鬼。然而，是的，不期然而然地，我已經和學校裡法力最高超的女祭司長爲敵了。有時候當柔依很棒——譬如說艾瑞克吻我或者我和朋友廝混的時候——不過，多數時間當柔依眞是壓力超大，得提心弔膽。

我在超自然專區裡那些蒙塵發霉的古書裡搜尋（你應該可以想像，在我們這種學校的圖書館裡，這類型的書肯定占了很大一區）。進行速度很慢，因爲我決定不使用電腦的圖書檢索系統。現在，我最不需要的，就是留下任何電子蹤跡，向世人宣布：柔依．紅鳥正在找資料，想搞懂雛鬼死後復活，被女祭司長變成恐怖的嗜血惡鬼，到底是怎麼回事，而且，這位女祭司長其實是個邪惡的控制狂，正在進行某種還沒人知道內容的邪惡計畫！不行，就連沒什麼大腦的我都知道絕對不能走漏半點風聲。

我已經待在圖書館超過一小時，被自己的龜慢速度搞得沮喪起來。我眞的好希望可以請戴米恩幫忙，不只因爲這傢伙很聰明、閱讀速度很快，而且他還眞的很擅長找資料。這時，我手裡抓著本《身體與心靈療癒之儀式》，並努力從書架頂層抽出一本皮革書封的古書《對抗邪惡的咒語和儀式》，忽然出現一隻強壯的手臂，越過我的頭頂，輕輕鬆鬆就取下這本書。我轉身，差點像個蠢蛋一頭撞進羅倫．布雷克的懷裡。

「《對抗邪惡》啊？眞有趣，妳居然想看這種東西。」

他靠得這麼近，實在無助於我安定心神。「你知道我的嘛——」其實他根本啥都不知道

——「我這個人就喜歡事先準備啊。」

他滿頭霧水地皺起眉頭。「所以，妳預期有邪惡力量會對妳展開攻擊？」

「不是！」我的否認也未免說得太迫不及待了吧。我趕緊笑笑，試圖以輕快自在的口吻瞎掰，不過，我確定，我的表現肯定看起來很假。「嗯，兩個月前誰都沒想到愛芙羅黛蒂會無法掌控那些吸血鬼惡靈，不料她眞的失手。所以我在想，你知道的，有備無患嘛。」天哪，我眞是白癡。

「聽起來有道理。所以，妳並不是要特別針對哪個邪惡力量？」

我納悶他眼神裡流露的強烈好奇代表什麼意思。「沒有啦。」我否認，表現出一副滿不在乎的態度。「我只是想扮演好黑暗女兒領導人的角色。」

他瞥了一眼我手中拿的書。「妳知道這些儀式只有成鬼才能進行吧？雛鬼若不幸病倒，一定是因爲他們的身體排斥蛻變，而且他們非死不可。」然後他把聲音放輕柔，補了一句：「妳沒覺得不舒服吧？」

「喔，天哪，不是！」我倉皇否認。「我很好，只是，嗯——」我吞吞吐吐，心裡急著想找出個理由。突然靈機一動，我脫口說：「這麼承認實在很丟臉，其實我是想爲將來擔任女祭司長多做些準備。」

羅倫臉上綻放微笑。「承認這個有什麼好丟臉的？我可從沒想過妳會和那些蠢女人一樣，以為念很多東西，很有學問是丟臉的事。」

我感覺兩腮開始紅燙——他稱我為「女人」，這比雛鬼或孩子的稱呼好太多了。他總是讓我覺得自己成熟，很有**女人味**。「喔，不是，不是這樣的。我覺得丟臉是因為這麼說好像我很有信心，以為自己一定會成為女祭司長。」

「我想，不用說也知道吧，大家早就這麼認為，而且妳也的確有理由這麼自信。」他的笑容好溫暖，暖到我敢發誓我真的感覺到一股熱氣拂過我的肌膚。「我總是會被有自信的女人吸引。」

天哪，他這話說得我連腳趾都酥軟了。

「妳根本不知道自己有多特別，是不是，柔依？真的，妳是獨特的，跟其他雛鬼不同。和那些受人崇拜、自視如神的人相比，妳本身就是女神。」他的手撫過我的臉龐，流連在我眼眶周圍的刺青上，我真覺得自己要融在書架裡了。「**我曾賭咒說妳美，說妳璀璨，妳卻是地獄一般黑，夜一般暗。**」②

「這詩句出自哪裡？」他的撫觸讓我渾身悸動，腦袋昏沉，不過，一聽到他迷人磁嗓所帶出的頓挫抑揚，我仍認得出他是在朗誦詩。

「莎士比亞。」他喃喃地說，拇指輕撫我顴骨上的刺青線條。「這是他寫給眞愛對象『黑女士』的其中一首十四行詩。當然，我們都知道，莎翁是吸血鬼一族。不過我們相信，他生命中的摯愛是一位曾被標記但沒能完成蛻變而死去的雛鬼。」

「我以爲成鬼不該跟雛鬼談感情。」我們兩人靠得好近，就算是悄悄話般的輕聲細語，他也可以清楚聽見我的話語。

「我們是不應該。這非常不恰當。不過，有時候，兩人之間的吸引力會無視於年齡和倫理的阻隔，甚至會超越成鬼與雛鬼之間的藩籬。妳相信這種吸引力嗎，柔依？」

他說的是我們！我們深情款款地彼此凝睇，我迷失在他的雙眸裡。他的刺青圖案是精細複雜的揮鞭線條，看起來如雷霆閃電，與他的深色頭髮和眼眸搭配起來是如此完美。他俊美英挺得超乎想像，又比我年長，因此，一方面我被他深深吸引，另一方面卻又令我惶惑悚懼，害怕自己是在玩火，在嘗試超乎我經驗，極易失控的遊戲。不過我們兩人之間的吸引力的確存在——而且，若他說得沒錯，那確實超越了成鬼與雛鬼之間的藩籬。這種來電的感覺是如此強烈，就連艾瑞克都察覺到羅倫注視我的眼神不對勁。

---

②譯註：我們很高興得知有人早就將這首詩翻譯成中文，所以就直接引用了。這位譯者，梁宗岱，雖然可惜不是吸血鬼，卻也是傑出的詩人。

艾瑞克……一想到他，我就滿心愧疚。他若發現羅倫和我之間的事，肯定會很痛苦。這時，有個小小的壞念頭溜進我心頭：**反正艾瑞克此刻不在這裡看著我**。我顫抖著深吸一口氣，接著聽見自己的聲音：「是的，我相信世間有這種吸引力，那你呢？」

「我現在相信了。」他的笑容帶著哀愁，整個人瞬間變成俊美少年，顯得是如此脆弱，容易受傷害。看到他這模樣，我原本對艾瑞克的愧疚感頓時消失無蹤。我好想將羅倫摟進懷裡，告訴他一切都會沒事的。就在我鼓起勇氣往他更靠近時，他接下來的話讓我驚訝到忘了他剛剛那種迷惘小男孩般的笑容。「其實我趕著昨天回來，是因爲我知道昨天是妳生日。」

我不敢置信地眨眨眼。「眞的嗎？」

他點點頭，手指繼續撫挲我的臉頰。「我撞見妳和艾瑞克時，就是正在找妳。」他的眼神黯淡下來，聲音變得低沉粗澀。「我不喜歡見到他把手放在妳身上。」

我躊躇起來，不知該如何回答。眞是尷尬死了，竟讓他見到我和艾瑞克在親熱。雖然被人撞見很丟臉，但其實我們並沒眞的做出什麼踰矩的事。艾瑞克畢竟是我男友，他和我在一起做什麼，應該不關羅倫的事。不過此時凝視他的眼睛，我發現自己希望這事與他有關。

他彷彿看穿我的心思，將原本撫摸我臉龐的手放下，視線從我臉上撇開。「我知道，妳和艾瑞克在一起我沒權利不高興，這甚至根本不關我的事。」

緩緩地，我抬手碰觸他的下巴，將他的臉轉回來面對我的眼睛。「你想要這事與你有關嗎？」

「非常想。」他回答。這時，原本一直握在他手中的書滑落，他舉起雙手捧住我的臉，拇指落在我的唇邊，手指箕張，探入我的髮內。「我想，現在輪到我來給妳生日之吻了。」

他占領我的嘴唇，彷彿也同時占領了我的身體和靈魂。沒錯，艾瑞克很會接吻。至於西斯的吻，對我來說是熟悉而甜蜜的，因爲打從我小學三年級、他四年級起，我們就開始接吻。但羅倫是個男人，他親吻時完全沒有以前我熟悉的那種猶豫笨拙。他的唇和舌表明了他清楚知道自己想要什麼，也知道如何得到他想要的。而我則經歷到一種難以言喻的神奇感覺。當我回應他的吻時，我不再是個孩子，我成了女人，成熟，有力量，而且我知道自己要什麼，也知道如何得到我要的。

吻完後，我們兩人都呼吸急促，氣息沉重。羅倫雙手仍捧著我的臉，但身體已稍微往後退，所以我們看得見對方的眼睛。

「我眞不該這麼做。」他說。

「我知道。」我說，但理智沒能阻止我大膽地凝視他。我一隻手仍抓著那本關於療癒儀式和咒語的蠢書，另一隻手則撐在他的胸膛上。慢慢地，我張開手指，讓它們滑進他敞開領口的裸露頸部，觸摸到他的赤裸肌膚。他一陣震顫，而我的體內深處也感覺到震顫。

「事情會變得複雜起來。」他說。

「我知道。」我重複這句回應。

「但我不想停下來。」

「我也不想。」我說。

「不能讓人知道我們的事，至少現在還不能。」

「好。」我點頭，不確定自己知道些什麼。但我知道，一想到他是在要求跟我暗地裡交往，我的胃就出現一團奇怪的糾結感覺。

他又吻了我。這次，他的唇嘗起來甜美溫暖，而且非常、非常溫柔，讓我胃裡怪異的糾結感覺慢慢融化了。「我差點忘了。」他的嘴在我唇邊低語。「我有東西要給妳。」他輕快地吻了我一下，手伸進黑長褲的口袋裡探取什麼東西，隨即笑吟吟地掏出一只小小的金色珠寶盒，將它遞給我，說：「生日快樂，柔依。」

我的心在胸口撲通狂跳，打開盒子時，驚訝地倒抽一口氣。「喔，我的天哪！太美了！」一對鑽石耳墜子對著我閃爍發亮，彷彿裡頭拘禁了美麗迷人的夢幻。不是碩大俗豔，而是精緻小巧，這對耳飾澄透璀璨的光芒幾乎刺傷我的眼。突然，我眼前浮現艾瑞克將雪人項鍊遞給我時的甜蜜笑容，接著，我的良心聽見阿嬤的聲音，她諄諄告誡我千萬不能收受男人送的貴重禮物。然而，羅倫的聲音淹沒了艾瑞克的影像和阿嬤的警告。

「看到這對耳墜子時，我就想起了妳——完美、精巧、熾熱。」

「噢，羅倫！我不曾擁有過這麼美麗的東西。」我靠向他，微仰起頭，他俯身，雙手環抱我，又開始親吻，吻得我渾身沸騰悸動，頭頂彷彿要炸開。

「來，把耳墜子戴上。」羅倫在我耳邊低語，這時我還忙著平復親吻過後的喘息。

今天起床時我沒戴耳飾，所以一秒鐘內我就將耳墜子穿過耳洞戴妥。

「閱讀區的角落有一面古老的斜邊鏡，過去看看。」我們將書放回書架上，羅倫牽起我的手，帶我走到圖書館裡的溫馨角落。那兒有一張厚軟墊大沙發，還有兩張與沙發成組搭配的舒適扶手椅。在扶手椅之間的牆壁上有一面金框的斜邊大鏡子，一看就知道歷史久遠。羅倫站在我身後，雙手搭著我的肩，鏡子裡同時出現我們兩人的映像。我將濃密頭髮塞到耳後，頭左右轉動，鑽石切面被搖曳的煤氣燈光映照得閃爍發亮。

「好美。」我說。

羅倫捏捏我的肩膀，將我拉進他懷裡，讓我後背貼著他的前胸。「對，妳好美。」他的眼神繼續凝視我在鏡子裡的雙眸，俯下身子，臉頰磨蹭著我戴著鑽石墜子的耳垂，然後喃喃對我說：「我想，妳今天的研究做夠了，跟我回房間吧。」

我凝視鏡子，看見自己眼瞼半閉，任由他親吻我的頸，沿著刺青一路吻到我的肩膀。忽然，我警覺到他這番邀請所代表的涵意，一陣驚恐竄遍全身。他要我跟他回房間做愛！我不要！好吧，嗯，或許我想要，在念頭上想要。但我**真的**要把我的初夜獻給這個性感又有經驗的**男人**嗎？——就在今天？在這一刻？我深吸一口氣，倉皇退出他的懷抱。「我——我不能。」我慌亂地思索，到底該說些什麼才不會讓自己顯得稚嫩愚蠢。這時，立在沙發後面的那座莊嚴老鐘開始擊出七道鐘聲，我頓時大大鬆了一口氣。「我不能，因爲我已經和簫妮、依琳和領袖生委員會的其他成員約好七點十五分要集合，排練明天的月圓儀式。」

羅倫笑著說：「妳很認眞想當好黑暗女兒的領導人，對吧？那麼，我們只好另外找個時間了。」他朝我傾俯過來，我以爲他要再次吻我，但這次他只是伸手摸我的臉，輕輕撫過刺青圖案。他的撫摸讓我全身震顫，呼吸急促。「如果妳改變心意，可以到詩人閣樓來找我。妳知道在哪裡吧？」

我點頭，仍喘得難以開口。所有人都知道駐校的桂冠詩人擁有專屬的一整層樓，就位於教師宿舍的三樓。我不只一次聽過孿生的幻想將自己包裝成大禮物，送到「愛的小閣樓」（她們就是這麼說的）。

「很好，妳應該知道我會一直想著妳，即便妳選擇不來拯救悲慘的我。」

他已經轉身走開，我卻聽見自己終於回復說話的能力，喊著說：「我眞的沒辦法去。什麼時候可以再見到你？」

他轉頭看我，露出心照不宣的性感微笑。「別擔心，我的小女祭司長。我會去找妳的。」

他離開後，我頹然癱坐在沙發上，雙腿成了橡皮，沒有知覺，一顆心卻劇烈撞擊，撞得發疼。我顫抖著手撫摸其中一只鑽石耳墜子。摸起來冷冰冰，不像我脖子上那條正在譴責我的雪人珍珠項鍊，也不像扣住我手腕的銀手鐲，它們感覺起來都是熱的。我把臉埋入掌心，悲慘地喃喃自語：「我想，我就要變成蕩婦了。」

8

我衝到集合地點，發現大家都已經到了。就連娜拉也在。我發誓她看著我的眼神彷彿在說，她完全知道我在圖書館裡幹了些什麼事。她不悅地朝著我的方向「喵—呦—嗚」一聲，打了個噴嚏後踱步離去。天哪，我眞高興她不會說話。

艾瑞克突然雙手環抱住我，快速地吻了我一下，然後摟著我，在耳畔悄聲說：「我整天都盼望著能早點見到妳。」

「喔，我在圖書館啊。」他立即抽身後退，對我露出窩心但困惑的笑容，我這才察覺自己的語氣過於突兀、生硬，而且不耐（換言之，企圖掩飾愧疚感）。

「我知道，孿生的跟我講過了。」

我注視他的眼睛，感覺自己很糟糕。我怎能冒著失去他的風險？我不該讓羅倫吻我的。這是不對的。我知道這樣不對，而且——

「嗨，柔，圍巾很美唷。」戴米恩說，伸手扯了扯有著雪人圖案的圍巾尾端，打斷我心裡愧疚的喃喃自語。

「謝謝，這是我男朋友送的。」我開了一個蹩腳的玩笑，不過我知道自己讓人感覺起來就是一整個怪，而且還顯得過度輕率。

「我看，她眞正要說的是，她這位朋友是男的。」簫妮說，對我翻翻白眼。

「對。別害傑克擔憂了。」依琳說：「戴米恩還是原來那一掛的。」

「難道妳不覺得更應該安慰我，勸我別擔憂嗎？」艾瑞克戲謔地說。

「對，別擔心，甜心。」依琳說。

「如果柔爲了戴米恩皇后甩了你，我們會陪你度過情傷的。」簫妮說，然後即興地來段扭腰碰臀的惹火動作，給艾瑞克大飽眼福。仍被罪惡感折磨的我，被她們兩人逗得忍不住噗嗤笑出聲來，並趕緊伸手遮住艾瑞克的眼睛。

戴米恩對著孿生的皺眉瞪眼，然後清清喉嚨說，「妳們兩個眞是病入膏肓。」

「孿生的，我忘了欸，病入膏肓是什麼意思？」簫妮說。

「我相信一定是指我們比膏肓那種人更美、更辣。」依琳說，還在扭腰擺臀。

「妳們兩個眞的是太沒大腦了。說妳們沒大腦，意思是說妳們無厘頭啦。這總該懂吧？」戴米恩說，不過他自己也笑了出來，尤其看見傑克跟著孿生的一起扭屁股，笑得更厲害。「總之，言歸正傳——」他改變話題繼續說：「我差一點跑去圖書館幫妳，不過傑克和我看著那齣著名同性戀影集《威爾和格蕾絲》的馬拉松式重播，看到入迷，忘了時間。下次妳要去找資料，告訴我一聲，我很樂意幫妳。」

「他還眞是個小書蟲哪。」傑克說，還促狹地推了一下戴米恩肩膀。

戴米恩羞赧地紅了臉。孿生的發出咯咯笑聲。艾瑞克哈哈大笑。我則嚇得差點吐出來。

「喔，沒問題的，我只是在那裡找一些，呃，找一些東東。」我說。

「又在找**東東**?更多的**東東**啊?」艾瑞克低頭對我笑著說。

我眞恨他那種充滿體諒，爲人著想的眼神。如果他知道我在那裡忙的**東東**其實是和羅倫．布雷克親熱……喔，天哪，不行，永遠都不能讓他知道。

對，我知道自己剛剛那樣跟羅倫磨蹭接吻，被他撩得全身滾燙，心癢難耐，是多麼放蕩輕浮。但現在我幾乎要被一波波湧上心頭的罪惡感給窒息了。

看來我需要去找心理醫生了。

「妳們把蠟燭帶來了嗎?」我問孿生的，下定決心把羅倫的事拋在腦後，晚點兒再說。

「當然。」依琳說。

「拜託，小事一樁嘛。」簫妮說：「我們甚至已經把它們擺在正確位置上了。」她指指我們身後那棵大橡樹的濃蔭底下那片平地。我看見代表四元素的四根蠟燭已經就定位，而代表靈的第五根蠟燭也擺妥在圓圈的正中央。

「我帶了火柴來。」傑克熱切地說。

「好，嗯，那我們準備開始吧。」我說。我們五人開始走向自己所屬的蠟燭。戴米恩落後其他人幾步，突然附在我耳畔說悄悄話，嚇了我一跳。「如果妳要傑克離開，告訴我一聲，我叫他迴避。」

「不用。」我想都沒想，衝口而出，然後我的理智趕上我的嘴巴，趕緊加以解釋：「不需要，戴米恩，他留在這裡沒關係，他是我們的一分子，屬於我們這夥人。」

戴米恩滿懷感激地看著我，然後示意傑克拿火柴過來。傑克隨即蹦蹦跳跳跑向站在圓圈正中央的我。

「我本來要拿點火器，不過後來想想，總覺得不太對。」他非常嚴肅地跟我解釋。「我認爲，用眞正的木頭比較好。妳知道的，就是**真正的**火柴。點火器太冰冷，過於現代化，不適合古老的儀式。所以我去找了這些火柴來。」他驕傲地遞出長條形的圓柱物。我只能像個，嗯，像個呆子楞楞地看著那東西。這時，他拉開上頭的罩蓋，將下半截遞給我。原來是個圓柱形的筒子。「瞧，裡面就是壁爐專用的長火柴，很酷吧。我從宿舍的儲藏室裡找出來的，妳知道吧，就是壁爐旁的小儲藏室。」

我從他手中接過火柴，看見它們是細長的木條，呈美麗的紫色，尖端柴芯則是紅色。「太棒了。」我說，很高興自己有能力讓別人快樂。「明天眞正舉行儀式時，你要記得帶來喔，我要用它們取代平常用的點火器。」

「太好了！」他興高采烈地說，朝戴米恩投去一個滿意的微笑，然後跑出圓圈，舒舒服服地坐在樹下，背倚著樹幹。

「好，大家準備好了嗎？」

我的三位朋友和一位男友（幸好在場只出現**其中一位**）齊聲回答，說準備好了。

「我們把基本流程走一遍就可以了，不用弄得太複雜。一開始，你們就跟其他黑暗女兒和黑暗男兒一樣，待在圈子上，站在各自的位置，然後傑克下音樂，我走進來，像上個月那樣。」

「布雷克老師這次也會朗誦詩嗎？」戴米恩問。

「喔，寶貝，眞希望可以這樣安排。」簫妮說。

「那吸血鬼眞是**帥**～～**呆**了，他簡直可以讓詩變得有趣。」依琳說。

「不，不會！」我厲聲喝道，隨即發現他們全都對我露出奇怪的眼神（我假定他們**全**

都這樣——我看見學生的和戴米恩的確是這樣，不過艾瑞克我就不知道了，因爲我根本不敢看他）。我趕緊以沒那麼激動的語氣說：「我的意思是，我想他應該不會來朗誦任何東西，我根本沒和他談過這事。不過，這不重要啦。」我裝出一副無所謂的樣子，並立刻接著說：「那麼，我進來以後，不管有沒有人朗誦詩，我會隨著音樂繞著圈子移動，直至我移動到圈子中央，在我的位置站定。然後我會開始設立守護圈，祈求妮克絲在新年之始祝福我們。我會繞圈拿酒給大家飲用，接著解除守護圈，然後我們大家就可以好好吃一頓了。」我的視線瞥向戴米恩。「食物由你負責，對吧？」

「對，廚師已經放完寒假回學校，她和我昨天就擬好菜單了。我們會有各式各樣的紅番椒料理，而且啊，」他用自以爲淘氣的語調說：「還有進口啤酒可以喝。」

「好像很棒。」我微笑看著他，表示感激。沒錯，在一個基本上學校認可的活動中，未成年人竟然喝起啤酒，乍聽之下是很怪，似乎也違反什麼規定。但實情是這樣的：在蛻變成吸血鬼的過程中，我們雛鬼體內會出現變化，使得酒精無法影響我們，或者至少不會讓我們跟一般青少年一樣亂來（說白一點，就是不會害我們喝得爛醉如泥，然後拿酒醉當藉口，隨便亂搞性關係）。

「嘿，柔，妳不是還要在儀式中宣布妳將對誰『拍肩』，指定爲下一年度的領袖生委員會成員嗎？」艾瑞克問。

「你說得對，我都忘了自己還有這件事得做。」我嘆了一口氣。「那麼，在我解除守護圈之前，我會宣布兩名被我『拍肩』指定為領袖生的學生。」

「是誰？」戴米恩問。

「我，呃，我還沒把人選的範圍縮小到剩下兩個人，不過今晚我會做出最後決定的。」我說謊。事實上我根本連個人選都沒有。我甚至想都不願意去想，因為我指定的其中一名領袖生將要取代史蒂薇．蕾。但我旋即想到，應該讓現在的委員會成員幫我決定人選。「呃，你們大家，我想，明天儀式開始前，我們可以聚一下，討論適合的人選。」

「嘿，柔，妳別有壓力。」艾瑞克說：「就由妳自己挑選吧，我們都會同意的。」

我鬆了一大口氣。「你們確定？」

「沒問題」、「可以啦」的洪亮回應聲此起彼落，他們每個人顯然對我非常有信心。唉。

「好，很好。所以，大家對儀式的順序沒意見吧？」我問。

大夥兒點點頭。

「那我們就來練習設立守護圈。」如同往常，這時我生活中所面臨的壓力和各種亂七八糟的事都變得無足輕重了。我由衷感激，每次設立守護圈，召喚與我互相感應的五元素時，我的天賦所帶給我的悸動與喜悅就會淹沒其他所有事情。

我走向戴米恩。這時，我感覺到自己的壓力瞬間消失，精神開始振奮。我拿出一根細長的火柴，往圓柱形筒子下方的砂紙一劃，火柴燃亮，我開始說話：「我召喚風來到我們的守護圈。生命第一次呼吸，第一口吸進的便是風，所以率先召喚風，實屬無誤。請來到我們之間吧，風！」我舉起火柴，碰觸戴米恩手持的黃蠟燭，燭火隨即點燃，而且持續燃燒，無視於我們身邊突然猛烈刮起、飛旋的風，無視於戴米恩和我此時彷彿已置身在頑皮但馴良的迷你龍捲風中。

我和戴米恩相視而笑。「我想，無論經歷多少次，我永遠都會爲這奇妙的力量感到驚異。」他輕聲說。

「我也是。」我說，然後吹熄焰火劇烈搖曳的火柴。接著，我依順時針方向，也就是聖圈方向③，繞著圈子走向簫妮和她所持的紅蠟燭。我聽見簫妮喃喃哼著什麼，待我拿出下一

③譯註：亦即太陽運行的方向。在北半球，這恰好就是順時針方向。其實，時針走向便是模仿古代日晷。許多古老的人類宗教傳統認爲，依這個方向繞行聖殿是走向豐饒的神聖動作。人類所不知道的，是這其實源自我們吸血鬼設立守護圈的魔法作爲，而且我們特別將這個藉以完封神聖空間的繞行方向稱爲deosil（聖圈方向）。

根火柴時，才聽出那是迷幻搖滾歌手吉姆．莫里森的經典歌曲「點燃我的火」。我忍不住咧嘴笑著看她。「火，以熱情烈焰溫暖我們。我召喚火來到我們的守護圈！」一如過往，火柴還沒碰到簫妮的蠟燭，燭火就已瞬間爆燃起來，熊熊亮光和熱氣撫過我們的肌膚。

「就算我烈火焚身，也不可能這麼火熱。」簫妮說。

「嗯，妮克絲果眞給了妳最適合的元素。」我這麼說。接著我走向依琳，她實際上已經興奮地顫抖著。我的火柴仍燃著，所以我直接對她笑笑，說：「水和火是絕佳的平衡，正如依琳是簫妮的絕配好姊妹。我召喚水來到我們的守護圈！」我以火柴碰觸藍蠟燭，立刻被一股海洋的氣息和聲音包覆。我發誓，我可以感覺到熱帶的溫暖海水沖刷著我的雙腿，冷卻火元素過度火熱的溫度。

「我眞愛我的水。」依琳興高采烈地說。

我深吸一口氣，給自己加油打氣，確定自己臉上帶著鎮定的笑容後，才走向圓圈上艾瑞克所在的位置。他站在那裡，手持代表守護圈第四個元素——土——的綠蠟燭。

「你準備好了嗎？」我問他。

艾瑞克臉色有點蒼白，不過他還是點點頭，以穩定有力的聲音說：「是的，我準備好了。」

我舉起仍在燃燒的火柴——「啊，好痛！」我跟個白癡一樣驚呼，完全不像培訓中的女祭司長，以及唯一具有特殊天賦，能感應所有五元素的雛鬼。我趕緊丟開那已經燃燒過久，燙到我手指的火柴，不好意思地看看艾瑞克，再看看近乎完封的圈子。「對不起，各位。」

大家厚道地聳聳肩，表示不介意我這麼愚蠢。我轉身再次面對艾瑞克，將手伸入圓柱形筒子，準備拿起另一根火柴時，心頭突然意識到剛剛已經看到——或者應該說，剛剛居然**沒有**看到——的景象。

沒有一條光絲串起戴米恩、簫妮和依琳。他們手中的蠟燭仍在燃燒，所代表的元素也已具體顯現，但我們五個好朋友從第一次設立守護圈以來，始終可以感受到的那種聯結，那條串起諸元素的清晰的美麗光絲，現在仍然不見蹤影。我不知所措，只能默默祈求妮克絲：**女神，求求妳，告訴我該怎麼設立這個沒有史蒂薇·蕾的守護圈！**然後，我點燃火柴，對艾瑞克露出鼓舞的笑容。

「土扶持我們，滋養我們。我召喚第四元素土來到我們的守護圈！」

我舉起細長火柴，碰觸綠蠟燭的燭芯，艾瑞克立刻出現反應——他痛得哇哇大叫，綠蠟燭從他手上飛起，躍出守護圈，擲進橡樹後方那片愈來愈濃密的陰影中。艾瑞克猛搓著手，喃喃地說自己好像被什麼東西螫咬了。這時，漆黑處傳來一連串咒罵，有人顯然很惱火，正氣急敗壞地朝我們走過來。

「可惡！痛死了！混帳！搞什麼——」

愛芙羅黛蒂從陰暗處現身，一隻手拿著沒點燃的綠蠟燭，另一隻手搓著額頭上已經開始腫脹的紅色傷處。

「呵，太讚了，他媽的我早該想到的。竟然叫我來這種——」她打住話語，環顧橡樹和四周的草地，然後皺起她那完美無瑕的鼻子繼續說——「被**大自然**圍繞的**荒郊野外**！除了蚊蟲和泥土，瞧，我在這裡還看到了什麼東西？一群拿狗屎砸我的傻蛋。」

「但願我們早先就想到用狗屎砸她。」依琳裝出甜美的聲音說。

「愛芙羅黛蒂，妳眞是惡劣至極的母夜叉呀。」簫妮也溫柔地說。

「傻蛋，別跟我說話。」

我當作沒聽到她們的唇槍舌劍，逕自問她：「誰叫妳來這裡？」

愛芙羅黛蒂看著我的眼睛說：「妮克絲。」

「拜託！」

「眞會掰啊！」

「不可能！」

戴米恩和孿生的叫嚷著。我注意到艾瑞克保持沉默，彷彿心裡在想著什麼。我舉起手，要他們安靜。「夠了！」我厲聲喝道，他們立刻住嘴。

「爲什麼妮克絲要妳來這裡？」我問愛芙羅黛蒂。

她繼續直視我的眼睛，朝我走過來，經過艾瑞克時，瞧都沒瞧他一眼地說：「別擋路，遜咖前男友。」出乎我意料，艾瑞克竟然乖乖讓路給她，好讓她站在我面前的土元素位置上。

「召喚土，點燃蠟燭吧，然後妳就會知道。」愛芙羅黛蒂說。

搶在大家出聲抗議之前，我聽從直覺，開始召喚，因爲我的直覺正在向我顯示，接著將會發生什麼事。

「土扶持我們，滋養我們。我召喚第四元素土來到我們的守護圈！」我再一次出聲召喚，然後以新點燃的火柴碰觸綠蠟燭。火焰瞬間燃起，我和愛芙羅黛蒂旋即被盛夏一片繁花綠茵的聲音和氣味所籠罩。

愛芙羅黛蒂輕聲說：「妮克絲認爲我已經夠噁爛的生活需要再來點狗屁東西，所以現在我對土有感應力。妳一定覺得很諷刺吧？」

9

「哼，打死都不行！」簫妮嚷嚷。

「深有同感，孿生的！他媽的打死都不可能！」依琳說。

「我眞不敢相信必須這麼做。」戴米恩說。

「相信吧。」我說，雙眼仍盯著愛芙羅黛蒂，背對其他人。在我這夥朋友繼續沮喪地說髒話之前，我提醒大家：「現在，你們大家看看守護圈吧。」我不需要轉頭去看，就知道會見到什麼，而他們錯愕的聲音讓我更確定我預料得沒錯。不過，當我慢慢轉身，看到這條由女神所賜與，串起他們四人的能量光絲，仍不禁再一次懾服於它的美麗。「她說的是實話。妮克絲派她來這裡，愛芙羅黛蒂對土元素有感應力。」

大家驚訝得說不出話，緘口呆望著我走到圈子中央，拿起紫蠟燭。「靈讓我們每個人都成為獨特的自己，給我們勇氣和力量，而我們的肉體消失後，它仍將繼續留存。來這裡吧，靈！」靈元素一湧現，其他四元素也立刻把我團團圍住，帶給我平靜和喜悅。我繞行圓圈，迎視朋友們一雙雙困惑、沮喪的眼睛，心裡想著如何協助他們了解這件事情。這件事情我自己並不眞的清楚，但我明確知道，那正是妮克絲的旨意。

「我不會假裝我懂妮克絲的想法，事實上女神的旨意很神祕，而且有時候她會要求我們面對極其困難的狀況。現在我們就面臨這樣一種困難。不管喜不喜歡，妮克絲已經很清楚表示，應該由愛芙羅黛蒂來取代史蒂薇·蕾在守護圈中的角色。」我看著愛芙羅黛蒂。「我想，愛芙羅黛蒂自己也不怎麼高興這種安排。」

「豈止不高興。」愛芙羅黛蒂嘀咕著。

我繼續說：「不過，我們還是可以選擇。妮克絲不會強迫我們的。我們必須自願同意讓愛芙羅黛蒂加入，否則——」我猶豫，不知該如何把話說完。我們已經試過找艾瑞克代替史蒂薇·蕾來設立守護圈，結果艾瑞克顯然不被允許代表土元素。或許這**只是**因爲女神不願意艾瑞克站在守護圈裡，不過我知道這種說法很難相信。艾瑞克不僅人很好，而且他已經是我們委員會的成員。但直覺清楚地告訴我，問題不在於妮克絲不要艾瑞克，而在於妮克絲特別選定了愛芙羅黛蒂。我嘆了一口氣，勉爲其難地說下去：「否則，我們就只能多找些學生來試，看看有誰能讓土元素顯靈。」我望向圈子外，見到艾瑞克陰鬱的眼神。「不過，我認爲問題不在於艾瑞克。」他對我笑笑，但只輕微扯動嘴角，眼眸和臉龐根本不見任何笑意。

「我想，我們必須遵從妮克絲的意思，即使我們不願意。」戴米恩說。

「簫妮，妳呢？」我轉身問她。「妳的決定是什麼？」

簫妮和依琳對望一眼。雖然這聽起來很怪，但我發誓我幾乎見到她們兩人之間交流著歷歷分明的字句。

「我們同意讓這個母夜叉加入守護圈。」簫妮說。

「不過這純粹是因爲妮克絲決定這麼做。」依琳說。

「對。不過，先聲明喔，我們壓根兒搞不清楚妮克絲到底想幹什麼。」簫妮補上這麼一句，依琳點頭附和。

「那，她們還要繼續叫我母夜叉嗎？」愛芙羅黛蒂說。

「妳還要繼續呼吸嗎？」簫妮問。

「如果妳人沒死，還要繼續呼吸，那就還是個母夜叉。」依琳說。

「所以我們就會繼續這樣叫妳。」簫妮把話接完。

「不行。」我斷然地說。孿生的將憤怒的目光移到我身上。「妳們不必喜歡她，甚至也可以不喜歡妮克絲要她來這裡，不過一旦我們決定接受愛芙羅黛蒂，就必須眞正接納她，也就是說不能再這樣辱罵她。」孿生的深吸一口氣，一看就知道準備跟我爭辯，所以我趕緊補上這句：「傾聽妳們自己內心的聲音吧，尤其在此刻，在妳們已具體彰顯元素的這個時候。那麼，聽到妳們的內心在說些什麼嗎？」然後我屏住呼吸，等著她們回答。

孿生的半晌不說話。

「嗯，好吧。」依琳悻悻然地說。

「我們懂妳說的意思，我們只是不喜歡這樣。」簫妮說。

「那她呢？我們不再叫她母夜叉之類的，但她如果還是繼續一副惡婆娘的德性呢？」依琳說。

「這會兒依琳說到重點了。」戴米恩說。

我看著愛芙羅黛蒂。她不耐煩的表情顯示，她很受不了我們。不過我發現她繼續大口吸氣，似乎土元素顯靈而出現在她四周的草原氣息怎樣都吸不過癮。她還時不時緩緩前後滑動垂下的手，彷彿在讓手指拂掠自己四周芬芳的長草。很顯然，對於剛剛發生在她身上的神奇現象，她並不像外表看起來那麼無動於衷。

「愛芙羅黛蒂也一樣。她必須傾聽自己的內心，做出正確的決定。」

愛芙羅黛蒂故意誇張地環顧四周，彷彿正在尋找可能隱藏在黑暗中的什麼東西，然後聳聳肩說：「糟糕，看來我根本沒有內心。」

「夠了！」我厲聲說。設立守護圈所召喚出來的那股能量，在愛芙羅黛蒂和我之間迅疾湧動，以恫嚇的姿態，像蛇一般盤繞她的身軀。那股力量強化了我的音量，愛芙羅黛蒂的湛藍雙眼因驚愕和恐懼而睜得老大。「妳別在這裡撒謊、裝模作樣。守護圈裡不容妳這樣。現在就決定，妳也必須做出選擇。我知道妳以前對妮克絲視而不見、充耳不聞，現在妳可以選擇繼續不把她當一回事。不過若妳決定留下來，遵從女神的意旨，那就不能帶著謊言和憎恨來實行她的心意。」

我以爲她會衝出守護圈，跑得遠遠的。其實，我還眞有點希望她這麼做。若沒有人代表土元素，事情反而好辦多了。我可以自己點燃綠蠟燭，將它放在地上——總之，怎麼做都行。但愛芙羅黛蒂的決定出乎我意料之外。而這只是開始，只是許多意料之外的事情之一。妮克絲還準備了許多事情等著要讓我吃驚。

「好，我留下來。」

「很好。」我說，並環顧我的朋友。「很好，對吧？」

「對，很好。」他們低聲咕噥。

「好。那麼，現在我們已經完成守護圈的設立了。」我說。

我搶在其他怪事發生之前趕緊循逆時針方向繞圈，一一送走每個元素。原本串起圓圈的能量光絲隨之消失無蹤，只留下溫煦的微風吹送海洋氣息與野花芬芳。沒人吭聲，氣氛愈來愈沉默、尷尬——直到我開始替愛芙羅黛蒂感到難過。因爲，當然，如同往常，她開口毀掉了大家對她可能還擁有的那麼一絲憐惜之情。

「別擔心，我這就離開，讓你們回去繼續玩『龍與地下城』那種電玩吧。」愛芙羅黛蒂嘲諷地說。

「喂，我們可不玩那種東西。」傑克說。

「來吧，電影開始前我們還有時間去『國際鬆餅屋』吃點東西。」戴米恩說。於是，大夥兒不搭理愛芙羅黛蒂，逕自走開，嘰嘰喳喳聊著斯巴達人有多棒，還有這次看《三百壯士》時要記得數一數，看裡頭到底有多少個吸血鬼演員。

他們走了幾呎遠後，艾瑞克才發現我沒跟上。

「柔依？」聽他這麼一喊，其他人全停步回頭看我，發現愛芙羅黛蒂和我仍站在已經解散的圓圈裡，紛紛露出詫異的表情。「妳不來嗎？」艾瑞克小心翼翼地不讓自己的語氣流露任何情緒，不過我看得出來，他的下巴因爲惱怒或擔憂的複雜心情而繃緊。

「你們先走吧。看電影時再跟你們會合。我得跟愛芙羅黛蒂談談。」

我以爲愛芙羅黛蒂又會說些什麼臭屁的話，不過她沒這麼做。我斜眼瞟向她，發現她正望著暗夜發呆，沒注意到我或我這些朋友。

「可是，柔，這樣妳就沒吃到碎巧克力鬆餅了。」傑克說。

我對他笑笑。「沒關係，我昨晚吃過了，把它當成生日蛋糕之類的。」

「她們需要談一談，我們先走吧。」艾瑞克說。

我真不喜歡他的口氣——彷彿他根本不在乎——不過我還來不及說什麼，他就走掉了。真是的，看來我得好好彌補他了。

「艾瑞克總是要別人照著他的方法做事，也希望女友把他放在第一順位。我看，妳才剛發現他這種個性吧。」愛芙羅黛蒂說。

「我不是要和妳討論艾瑞克，我只是想知道妮克絲對妳展現了什麼，她到底傳達了什麼樣的旨意。」

「妳不是早就知道妮克絲的旨意或什麼的嗎？妳不是她特別揀選的雛鬼嗎？」

「愛芙羅黛蒂，我現在頭很痛，也很想和朋友去吃碎巧克力鬆餅，然後跟我的男友去看《三百壯士》，所以我真的很不想見到妳又裝出那種『反正我永遠都是賤貨』的態度。這樣吧，妳只需回答我的問題，然後我們就分頭去做我們想做的事情。」我搓搓額頭。接著，她往我丟出一顆我絕對不想見到的炸彈。

「妳是說眞的嗎？只要我回答了妳的問題，妳就可以去和史蒂薇・蕾現在變成的那個怪物見面？」

我感覺自己的臉頓時失了血色。「愛芙羅黛蒂，妳在胡扯什麼啊？」

「我們走一走吧。」她說，並開始沿著校園邊緣的巨大石牆往前走。

「愛芙羅黛蒂，別這樣！」我抓住她的手。「告訴我妳知道些什麼。」

「聽著，我出現靈視後，得經過一段時間才能恢復鎮定，而且這次促使我來到這裡的那個靈視，跟平常很不一樣。」愛芙羅黛蒂掙脫我的手，舉起一隻手摸了自己眉毛一下，彷彿她的頭也很痛。這時，我才發現她的手在顫抖——事實上，她整個身體都在抖動，而且臉色異常蒼白。

「好，我們走一走。」

她半晌沒說話，我得費力克制才沒抓住她猛搖，逼她告訴我她怎麼知道與史蒂薇・蕾有關的事。等我們終於開始講話，她眼睛沒看著我，彷彿她說話的對象是黑夜而非我。

「我的靈視最近一直在改變。一開始發生變化，是我預見那些人類少年被殺死的時候。以前我像個旁觀者，可以很清晰地看見正在發生的事而不受影響。我看到的每件事、每個人都清清楚楚，很容易了解。但與那些男孩有關的靈視並非這樣。我不再是旁觀者，我成了他們中的一個。我可以感覺到自己跟著他們一起被殺死。」她停頓一下，打了個寒顫。「事情的經過，我也無法再看清楚了。所有畫面都成了一團恐懼、驚慌和瘋狂的混亂情緒。有些閃過的影像我認得或者看得懂；譬如說，當時我告訴妳得把西斯救出坑道，否則他會死，就是這樣。不過，多半時候我心裡只充滿害怕和困惑，接著我整個人就很不舒服。」愛芙羅黛蒂看了我一眼，彷彿突然想起我人眞的就在她身邊。「上次預見妳阿嬤溺死就是這種感覺。我變成妳阿嬤，溺死的其實是我。幸好那次我瞥見了那座橋，知道她會從哪裡掉進水裡。」

我點點頭。「我記得妳那時沒能提供我太多訊息，我以爲那是因爲妳不想告訴我，而不是無法告訴我。」

她譏諷地笑著說：「是啊，我知道，不過我根本不在乎妳怎麼想。」

「直接說與史蒂薇．蕾有關的那部分吧。」天哪，這女孩眞是惹人厭。

「我已經一個月沒出現靈視了。這樣也好，因爲我爸媽堅持要我寒假期間回去看他們，我是說，常常回去。」

從她痛苦的表情看來，回家看爸媽實在不是什麼好事，這點我當然早已知道。上次懇親會那晚，我無意中撞見愛芙羅黛蒂和她爸媽之間難看的衝突場面。她爸是陶沙市的市長，而她媽可能是魔王撒旦。基本上和他們一比，我爸媽簡直像六〇年代《脫線家族》影集裡的那對父母（對啦，我是呆瓜，會看「尼可羅登」兒童頻道的重播）。

「我昨天過生日，也和我爸媽鬧得不愉快。」

「妳繼父是信仰子民教會的狂熱分子，對吧？」

「就是啊，我阿嬤叫他猴崽子。」

這話讓她噗嗤笑了出來。我是說，眞正的笑。我看著她，眞驚訝她的表情竟能從原本的冰山美人變成溫暖天使。

「是啊，我討厭我爸媽。」我說。

「誰不呢？」她搭腔。

「史蒂薇．蕾就不討厭她爸媽，至少在她還……」我的聲音消弱，還得費力克制自己，才沒迸出令人尷尬的淚水。

「看來，我的靈視所看到的部分事情已經發生了。史蒂薇．蕾變成怪物了。」

「她**不是**怪物！她只是變得跟以前不一樣。」

愛芙羅黛蒂揚起一道完美的金色眉毛。「若非我親眼見到她變成的那種東西，我或許會以為她變得跟以前不一樣是好事。」

「別囉唆，直接說出妳見到的景象吧。」

「我見到吸血鬼被殺死，很可怕。」愛芙羅黛蒂停下來嚥口水，彷彿努力讓自己別嘔吐。

「被史蒂薇．蕾殺死？」我聲音高八度地問。

「不是，那是另一個靈視。」

「好吧，我被妳弄糊塗了。」

「妳來試試我那種該死的靈視，至少嘗嘗最近這些新靈視，就會知道我有多困惑，多痛苦，多恐懼。那些靈視眞的很可怕。」

「所以史蒂薇．蕾沒有出現在吸血鬼被殺的那個靈視裡？」

她搖搖頭。「沒有，不過那兩個靈視感覺起來有關聯。」愛芙羅黛蒂嘆了一口氣。「我見到史蒂薇．蕾，她看起來很嚇人，瘦巴巴，全身髒兮兮，雙眼還發出奇怪的紅光。還有，妳絕不會相信她穿成什麼德性。我的意思是，雖然她從來不是一個具有時尚概念的時髦小姐，她現在那樣子實在讓人搖頭嘆息。」

「對，對，我懂。所以妳見到她那種活死人的模樣了。」

「她本來就是活死人，不是嗎？她已經變成人類想像中那種可怕的吸血鬼。幾世紀以來，人類就是把我們當成那樣的怪物。」

「不是**所有**人類都這樣。妳知道嗎，妳眞的應該改變對人類完全敵視的態度。妳自己以前就是人類啊。」我說。

「隨便啦。我以前也很愛那個演電影《美國派》紅起來的男星西恩．威廉．史考特啊。過去的事情就甭提了吧。」她手一揮，把頭髮往後撥。「總之，我看見史蒂薇．蕾死去時的情景。我說的是再次死掉，而這次她是眞的死掉。而且我知道，如果我們束手無措，眼睜睜看著這個靈視成眞，那就代表我看見大批吸血鬼死去的另一個靈視也眞的會發生。所以，我們現在必須想辦法救史蒂薇．蕾，因爲妮克絲非常不高興見到那麼多吸血鬼被殺死。」

「史蒂薇．蕾怎麼會死？」

「被奈菲瑞特殺死。她將史蒂薇．蕾拖到陽光下，讓她全身起火燒死。」

10

「該死，原來她眞的不能待在陽光底下。」我說。

「妳不是應該已經知道這點了嗎？」愛芙羅黛蒂問。

「自從史蒂薇·蕾，呃，死了之後，我就很難跟她說上話。」

「但妳已經見到她，跟她說過話了？」

我停下腳步，站在愛芙羅黛蒂面前，逼她直視我。「聽著，妳不能跟任何提起史蒂薇·蕾的事。」

「開玩笑，我還想寫在校刊裡呢。」

「我是認眞的，愛芙羅黛蒂。」

「別把我當白癡。我們兩個以外若有其他人知道史蒂薇·蕾的事，那麼奈菲瑞特就會知道。到時候一定瞞不過她，因爲她幾乎可以讀出所有人的心思，嗯，除了我們兩個。」

「她也讀不出妳的心思？」

愛芙羅黛蒂的笑容帶有得意的成分，但更多的是憎恨。「她從沒讀出過。不然妳以為這麼久以來，我幹了這麼多壞事，是怎麼逃過她的注意的？」

「太好了。」我清清楚楚記得愛芙羅黛蒂當黑暗女兒領導人時有多可惡。事實上，打從我初次遇到愛芙羅黛蒂的那一刻起，她就是個自私惡毒的人，讓人恨得牙癢癢的。沒錯，她的靈視幫助我救了阿嬤和西斯，不過她也清楚表示，她之所以幫我，不是因為她在乎他們兩個，而是因為她要從中獲得些什麼。我瞇起眼睛看著她。「好，那妳現在說吧，為什麼要這麼好心告訴我這些事情。這樣做對妳有什麼好處？」

愛芙羅黛蒂睜大眼睛，裝出無辜的表情，學十九世紀美國南方上流女士的腔調說：「咦，妳怎麼這樣說話呀？我幫妳是因為妳和妳那些朋友一向對我很好啊。」

「別廢話了，愛芙羅黛蒂。」

她表情黯淡下來，聲音恢復正常。「就說我很想彌補吧。」

「彌補史蒂薇．蕾？」

「彌補妮克絲。」她將視線從我臉上撇開。「或許妳不懂，因為妳才剛擁有妮克絲賜與的這些了不起的法力，基本上可說是個完美小姐。不過，一旦妳擁有這些法力一段時間後，或許就會發現，要為所應為可不是那麼容易。會有其他東西——其他人從中干擾，讓妳犯錯。」愛芙羅黛蒂冷冷地笑了一聲。「嗯，或許**妳**不會吧。不過我的確因此犯了錯。也許我是不特別在乎妳、史蒂薇．蕾，或學校裡的任何人，不過我確實很在乎妮克絲。」她的聲音在顫抖。「我知道那種以爲自己被女神遺棄的感覺是什麼，我不想要再有那種感覺。」

我伸手碰觸她的手臂。「其實妮克絲根本沒遺棄妳。那都是奈菲瑞特揑造出來的謊言，好讓大家不再相信妳的靈視。妳知道史蒂薇．蕾之所以變成這樣，全是奈菲瑞特在背後搞的鬼，對不對？」

「自從那次出現西斯死掉的靈視之後，我就知道了。」她擠出一絲微笑。「幸好她**讀不出**我的心思。眞不知道她會對那些看穿她邪惡面目的雛鬼做出什麼事。」

「她知道我看穿她了。」

「妳在開玩笑吧！」

「不，她眞的知道我知道她幹了什麼好事。」我躊躇著，猶豫該不該說，最後決定，管他的，豁出去吧。眞怪，沒想到在這個世界上能讓我傾吐的人竟然是愛芙羅黛蒂（綽號「惡劣至極的母夜叉」）。「奈菲瑞特想抹去我那天晚上的記憶，就是我將西斯從那群死去又活過來的雛鬼手中拯救出來的那晚。有那麼一會兒我的確什麼都不記得，不過我立刻知道事情不對勁。我利用元素的力量修復了記憶，而且，呃，我有點兒讓奈菲瑞特知道我記得那晚發生的事。」

「妳有點兒讓她知道？」

想到這裡，我開始侷促不安起來。「嗯，她威脅我。她說，若我說出關於她的什麼事，絕不會有人相信的。聽她這麼說，我氣瘋了，所以我告訴她，就算沒有吸血鬼或雛鬼相信也無所謂，因爲妮克絲相信我。」

愛芙羅黛蒂笑著說：「我敢打賭，她一定氣炸了。」

「是啊，我想是吧。」老實說，想到奈菲瑞特可能滿腔怒火，我就渾身不舒服。「不過，這事情發生之後，學校正好放寒假，她離校後我就沒再見到她。」

「她很快就回來了。」

「我知道。」

「妳害怕嗎？」愛芙羅黛蒂問。

「怕死了。」我說。

「這也難怪啦。好吧，根據我的靈視，有件事我很肯定：我們必須找個安全的地方給史蒂薇．蕾，讓她遠離其他那些可怕的東西。而且我們必須現在就行動，趕在奈菲瑞特回來之前完成這件事。史蒂薇．蕾和奈菲瑞特之間有某種關係，我不清楚是什麼關係，不過我知道的確有，而且我知道她們那種關係不對勁。」愛芙羅黛蒂的表情好像吃到某種噁心的東西。「事實上，那些死了又活過來的怪物本來就不對勁。啊，有夠噁心。」

「史蒂薇．蕾跟他們不一樣。」

愛芙羅黛蒂投射過來的眼神分明表示她不相信我。

「妳想想看，爲什麼女神妮克絲要賜給一個雛鬼對土元素的感應力，然後讓她死去，接著又變成沒死的怪物？」我停頓下來，努力想著該怎麼讓她了解我的意思。「我認爲史蒂薇．蕾之所以仍保有一些人性，就是因爲她和土之間的感應力，而且我相信，如果我——我的意思是**我們**，如果**我們**有辦法幫助她，她就能找回其他部分的人性。或者，也許我們能找出方法來治療她，讓她變回雛鬼，甚至變成成鬼。或許史蒂薇．蕾被治好後，其他人也有機會得救。」

「那妳想到該怎麼治療她了嗎？」

「沒有，毫無頭緒。」然後我笑著說：「不過，現在有妳這個具有靈視，而且對土有感應力的厲害雛鬼來幫我了。」

「太讚了，這讓我感覺好多了。」

我不想跟愛芙羅黛蒂承認，但事實上能和她談史蒂薇．蕾的事，而且有她幫我想辦法，也讓我整個人感覺好多了。好很多。

「不過，」愛芙羅黛蒂說：「我們要怎麼找到史蒂薇．蕾？」她翹起一邊嘴角，一副覺得很噁心的表情。「可**別**要我跟妳在那些噁心的坑道裡爬來爬去。」

「其實，史蒂薇．蕾說她今晚半夜三點左右，可以在菲爾布魯克藝術博物館的涼亭和我見面。」

「她眞的會出現？」

我咬著下唇。「我說要帶一些具鄉村風格的衣服給她，所以她應該會來吧。」

愛芙羅黛蒂搖搖頭說：「這小姐死了又活過來，變成活死人之類的怪物，時尚品味卻還是那麼糟。」

「顯然如此。」

「這就**真的**很悲慘了。」

「是啊。」我嘆了一口氣。我愛史蒂薇．蕾，不過也得承認，她是老愛把自己打扮得像個鄉巴佬。

「那，給了她衣服以後，妳要把她帶去哪裡？」

我想，我不該告訴她我想直接把她帶進浴缸裡。「我不知道，我還沒想那麼多。我現在只想到要帶衣服和，呃，血液給她。」

「血液！」

「她必須喝血，人類的血液，否則她會抓狂。」

「她不是已經夠瘋狂了嗎？」

「才不！她只是有些難題要面對。」

「難題？」

「許許多多的難題。」我說得很肯定。

「好吧，隨便啦。總之，妳得先想好要把她帶到什麼地方。不管怎樣，她不能繼續和那些東西在一起，這樣對她沒好處。」愛芙羅黛蒂說。

「我本來準備說服她回來這裡。我在想，現在成鬼大都不在，應該很容易把她藏起來。」

「妳不能把她帶回來這裡。」愛芙羅黛蒂的臉色瞬間變得慘白。「我就是看見她在這裡死去的。再次死去。」

「唉，那我就不知道到底該怎麼辦了。」我只得承認。

「我想，妳可以把她帶去我家。」愛芙羅黛蒂說。

「好啊，對嘛，妳爸媽心腸這麼好，這麼體恤人。所以，愛芙羅黛蒂，妳這主意聽起來是不錯。」

她翻了翻白眼。「我爸媽不在啦。他們今天一大早出發去著名的滑雪小鎮布萊肯里奇，會去三個禮拜。再說，我也不會讓史蒂薇．蕾待在那棟房子裡。我爸媽就住在菲爾布魯克藝術博物館那條街上的一棟老宅邸裡，當初蓋這房子的人是靠油田致富起家的，旁邊有棟底層是車庫的樓房，以前給傭人住，後來只有我奶奶來的時候才會用到。不過，我媽已經把我奶奶硬丟到那種安全性很高、價錢也很高的高檔養老院，所以現在樓房完全沒人住，不必擔心會被人發現。那裡的所有東西應該都還能使用，妳知道，水啦電啦之類的。」

「妳覺得她在那裡沒問題嗎？」

愛芙羅黛蒂聳聳肩。「總比在這裡安全。」

「好吧，就帶她去那裡。」

「她會願意嗎？」

「會的。」我撒謊。「我會告訴她那裡的冰箱裡有滿滿的血液。」我嘆了一口氣。「其實，我連去哪裡找一杯血給她都不知道，更不用說整冰箱的血。」

「廚房裡有。」

「妳家的廚房？」現在我真的一頭霧水了。

「不是。真是的，聽我把話說完。學校這裡有血液，就在廚房那間不鏽鋼大冷藏室裡，專供成鬼飲用。他們隨時都會從人類捐血者那兒送來新鮮血液。所有的高年級生都知道這事。有時候我們舉行儀式也會用到那裡的血。」

「這應該行得通，尤其現在校園裡幾乎沒人。我可以溜進廚房，偷一些血，應該不會被逮到。」接著，我想到一件事，皺起眉頭，說：「拜託，妳可別告訴我那些血裝在水壺，或者其他讓人看了不舒服的容器裡。」即使我真的、**真的**很喜歡飲血，一想到真的把血液當水喝，感覺還是很噁。我知道，我是需要看心理醫生。

「不是，而是像醫院一樣，一袋袋裝起來。不用那麼緊張。」

我們邊走邊談，走到一個轉角時自然而然地右轉，慢慢踱向宿舍。

「妳得和我一起去。」我出其不意地這麼要求。

「去廚房？」

「不是，我是說去找史蒂薇．蕾。妳得告訴我們妳家在哪裡，還有如何進去那棟樓房等等這些事情。」

「她不會想見到我的。」愛芙羅黛蒂說。

「我知道，不過她自己必須克服。她知道妳的靈視救過我阿嬤，所以若我告訴她，妳現在出現與她有關的靈視，她就不得不信。」我很高興自己的語氣如此篤定，雖然我壓根兒不確定。「不過妳先躲起來，等我跟她聊過後，再讓她見到妳，這樣會比較好。」

「聽著，我現在努力做該做的事，不過我不可能躲著以前被我用來當『冰箱』的雛鬼。」

「別這麼說她！」我厲聲說：「妳有沒有想過，妳之所以有這些問題，之所以經歷這麼多倒楣的事情，最主要的原因不在奈菲瑞特身上，也不是她搞的那些狗屁把戲，而是因為妳自己惡毒任性，對所有人擺出敵視態度。」

愛芙羅黛蒂揚起眉毛，頭歪向一邊，看起來像隻金毛小鳥。「對，我想過，不過我跟妳不同，我沒辦法像妳那麼正面陽光，那麼假正經。告訴我，妳真的認為人基本上是善良的嗎？」

她這個問題嚇了我一跳，不過我還是聳聳肩，點頭回答：「對，我想我就是這麼想的。」

「我可不這麼想。我認為多數人，不管是吸血鬼或人類，都是卑鄙可惡的。他們假惺惺，表面上客客氣氣，一副好人的模樣，其實只要多瞄一眼，就能看到他們內在的混蛋真面目。」

「抱持這種想法的話，日子會很難過。」我說。

「妳說這是難過，我倒認爲這是務實。」

「妳不曾信任過任何人嗎？」

愛芙羅黛蒂的視線從我臉上移開。「不曾。這樣比較好過日子，妳以後就會知道。」她再次注視我的眼睛，但我讀不出她那種奇怪的眼神。「權力會改變一個人。」

「我不會變的。」我本想繼續說下去，但隨即想到幾個月前若有人告訴我，我在有兩個男友的狀況下還跟一個成熟男人搞曖昧，我一定會說打死都不可能。所以，這不也代表我變了？

愛芙羅黛蒂那笑容彷彿在說，她看穿了我的心思。「我不是在說妳，我說的是妳周圍的人。」

「噢，愛芙羅黛蒂，我不是要毒舌或什麼的，不過我想，我挑選朋友的眼光比妳好多了。」

「等著瞧吧。說到——妳不是要和妳那夥朋友去看電影嗎？」

我嘆了一口氣。「是啊，不過，我不可能去了。我得替史蒂薇．蕾準備血液，打包她的衣服，我還想去沃爾瑪大賣場給她買預付卡手機。我想，有了手機，她就可以打電話給我。」

「很好。那兩點半妳到東牆那道活板門的外面接我吧？這樣一來，我們就有充裕時間，可以比史蒂薇·蕾先抵達菲爾布魯克藝術博物館。」

「好。我先衝回寢室拿史蒂薇·蕾的衣服和我的錢包，然後就去那裡。」

「好，那我先進宿舍。」

「什麼？」我說。

愛芙羅黛蒂看我的眼神彷彿在說我眞是個蠢蛋。「妳不會希望人們看到我和妳走在一起的。他們會以爲我們是朋友，或者我們有什麼可笑的關係。」

「愛芙羅黛蒂，我不在乎別人怎麼想。」

她翻翻白眼。「我在乎啊。」然後她跑在我前面衝向宿舍。

「喂，」我在後面喊她，她回過頭來。「謝謝妳幫我。」

愛芙羅黛蒂皺著眉頭說：「別這麼說。我是說眞的，別·這·麼·說。眞是的。」然後她搖搖頭，衝進宿舍裡。

11

那枚心型鍊墜是我在抽屜裡翻找史蒂薇．蕾的衣服時發現的。她死的那晚我一直陪著她，回到寢室時才發現吸血鬼清除大隊（隨便他們是怎麼稱呼啦）已經來過，取走史蒂薇．蕾的所有物品。我氣炸了，眞的火冒三丈，堅持要他們把她的一些東西放回來，因爲我想留著它們來懷念她。所以，教授咒語和儀式的老師安娜塔西亞（她人很好，是擊劍老師龍．藍克福特的妻子）就帶我去一間陰森森的儲藏室。我在那裡隨手抓了一些史蒂薇．蕾的東西，塞進袋子，帶回寢室後倒進她的抽屜裡。我想，安娜塔西亞是對我很好，不過她顯然也不同意我留著史蒂薇．蕾的東西。

每當有雛鬼死去，成鬼總要我們忘了他們，繼續過日子，什麼都別想。就是這樣，到此結束。

但我就是覺得這樣不對。我才不要忘了我的好友，即使那時我還沒發現她其實沒死。

總之，我抓起她的牛仔褲時，有東西從口袋掉出來。是一個皺巴巴的信封，上面有史蒂薇．蕾的潦草筆跡，寫著「柔依」。我打開信封時，胃緊緊揪著。裡頭是一張生日卡片——就是那種愚蠢、好笑的卡片，上頭印了一張照片，是一隻貓戴著生日尖帽，還皺著眉頭（這隻貓看起來還眞像娜拉）。卡片裡面印了兩行字：「生日快樂，或隨便什麼日啦。反正我是貓，關我什麼事。」史蒂薇．蕾則另外畫了一顆大心，並寫上一句話：「愛妳唷。史蒂薇．蕾和臭脾氣的娜拉筆」。抓起信封時，信封底部有個東西在滑動，原來是一條銀鍊子。我拿出項鍊，發現上面懸著一塊銀墜子，是一個精緻的心型照片匣。我顫抖著手打開匣子，掉下一張摺了又摺的照片。我小心翼翼地撫平它，忍不住微微啜泣，認出這張剪下來的照片是我替我們兩個自拍的（就是把相機拿遠，兩人的臉湊在一起，然後按下快門的那種自拍）。我抹掉淚水，將照片摺好放回匣子裡，然後把項鍊掛在脖子上。鍊子不長，心型鍊墜匣子正好落在喉嚨底部正中央凹陷處的下方。

不知爲什麼，找到這條項鍊讓我覺得自己堅強了些，而到廚房拿血液的過程也比預期的順利。我沒帶平常用的粉紅色包包——就是去年我在尤帝卡廣場的精品小店買到的設計款（假皮做的，但很酷）——而是帶著一個大包包，我還沒被標記，生活還沒發生巨變之前，在斷箭市「南區中學」上學時，我拿來當書包用的那個大包包。總之，這個包包大到足以把一個胖小孩塞進去（如果他同時也是個矮個子的話），所以現在即使已經塞入史蒂薇．蕾那件看起來很呆的Roper牌牛仔褲、T恤、黑色牛仔靴（噁），以及內衣褲，也仍有空間裝進五袋血液。沒錯，噁得要命。沒錯，但我就是想拿根吸管插進去，將它當果汁喝下去。沒錯，我很噁心。

自助餐廳休息，廚房也關著，整棟建築空蕩無人。不過，就像學校其他地方，這裡也不上鎖。我輕而易舉地溜進廚房，又輕而易舉地溜出廚房，但必須費一番努力，才能裝得若無其事，不帶罪惡感地拿著血袋走出來（我真是不擅長當小偷啊）。

我很擔心會遇見羅倫（我真的、**真的**努力要忘了他——雖然取下他送的鑽石耳墜不難，想忘掉他卻沒那麼簡單），結果我唯一遇見的人是三年級生伊恩·包瑟。他長得瘦巴巴，一臉呆瓜樣，但還算是挺有趣的男孩。我和他一起上戲劇課，可笑的是他愛上了我們的戲劇課老師諾蘭。我走出自助餐廳時差點被他迎面撞上，那時他就是在找諾蘭老師。

「喔，柔依，對不起！對不起！」伊恩神色緊張地對我行吸血鬼的致敬禮，右手握拳頭，擱在心臟位置。「我——我不是有意撞上妳。」

「沒關係。」我說。我真討厭同學見到我時一副緊張兮兮、嚇得要死的表情，彷彿我會把他們變成某種可怕的東西。拜託，這裡是夜之屋，又不是霍格華茲魔法學院。（是的，我也看《哈利波特》，還很喜歡改編的電影呢。對，這一點再次證明我是宅女怪胎。）

「妳應該沒見到諾蘭老師吧？」

「沒見到，我甚至不知道她已經放完寒假回來了。」我說。

「對，她昨天回來了。我們約好三十分鐘前碰面。」他咧嘴傻笑，羞赧地紅了臉。「我眞的很希望明年能進入莎士比亞獨白劇競賽的決賽，所以請她指導我。」

「喔，那很好。」可憐的孩子，如果他的聲音繼續這樣破，永遠都不可能進入那超炫的莎士比亞獨白劇決賽。

「如果妳見到諾蘭老師，可以請妳告訴她我在找她嗎？」

「我會的。」我答應他。伊恩匆匆離去後，我緊抓著大包包，直接走向停車場，並立刻前往沃爾瑪。

買預付卡手機（還有肥皀、牙刷以及鄉村歌手肯尼．薛士尼的CD）這種事很簡單，不過要應付艾瑞克打來的電話可就沒那麼容易。

「柔依？妳人在哪裡？」

「還在學校。」我其實也不算說謊，因爲那時我正要將車停在學校東牆外的路邊，就在牆上那道早已是公開祕密的活板暗門外面。從校園內穿過這道門，就到了學校的後側。我說那道門是「公開祕密」，是因爲很多雛鬼以及或許所有的成鬼都知道這道門。學校有個沒明說的傳統：雛鬼會從這道門溜到校外舉行儀式，或者偶爾幹些恐怕不見得那麼好的事。

「還在學校？」他聲音聽起來有些氣惱。「可是電影就要結束了。」

「我知道，對不起。」

「妳沒事吧？妳知道的，根本不需要理會愛芙羅黛蒂說的任何蠢話。」

「對，我知道。不過她沒談起你。」至少沒談得太多。「我現在只是覺得壓力很大，得一個人好好想些東東。」

「又是**東東**。」他聽起來是頗不悅。

「眞的對不起，艾瑞克。」

「好，沒關係，或許明天再找時間見面吧，掰。」然後就掛上電話。

「這下慘了。」我對著死寂的電話自言自語。

愛芙羅黛蒂拍打乘客座那側的車窗，把我嚇了一跳，還發出一聲小小的尖叫聲。我收起手機，傾身過去將門鎖打開，讓她上車。

「我猜，他生氣了。」她說。

「妳的聽力還眞好到嚇人。」

「不是，應該說我的猜測能力好到嚇人。再說，我很懂我們那個艾瑞克男孩。妳今晚放他鴿子，他肯定氣炸了。」

「聽著，第一，他不是**我們的**男孩，他是**我的**男孩。第二，我沒放他鴿子。第三，我根本不想和妳聊艾瑞克的事，吹喇叭小姐。」

她沒如我所預期的那樣開始對我咆哮，口吐惡言，反而笑了，並說：「好，隨便妳怎麼說。不過，沒有經驗就不要亂講，假正經小姐。」

「好，夠噁。」我說：「言歸正傳，我想到該如何處理史蒂薇．蕾的事情了，而且我也覺得妳不應該躲起來。現在告訴我妳父母家怎麼走吧，我先把妳放在那裡，然後去接史蒂薇．蕾。」

「那，妳接她回來之前，要我先離開嗎？」

這點我已經考慮過了。我本來也很想請她先避開，不過事實上，看來我和愛芙羅黛蒂愈來愈可能必須攜手合作，才能解決史蒂薇．蕾的麻煩，所以，我這位活死人好友必須習慣有愛芙羅黛蒂在場。況且，我已經逼不得已偷偷摸摸太多次了。爲了史蒂薇．蕾，我常常背著大家鬼鬼祟祟的，實在無法也背著史蒂薇．蕾做什麼事。（聽懂我在說什麼嗎？我自己是愈說愈糊塗了。）

「不，史蒂薇．蕾必須習慣跟妳相處。」我在「停車再開」的標誌前暫停，瞥了一眼愛芙羅黛蒂，然後笑著補上這麼一句：「要不然，她也可以幫大家一個大忙，乾脆把妳吃掉。」

「妳人眞的很好欸，永遠都只看事情的光明面。」愛芙羅黛蒂諷刺我。「好，這裡右轉，然後開到皮歐瑞街時左轉，往下經過幾個路口後，會看到有塊磚造的大路牌，上面標示了通往菲爾布魯克藝術博物館的岔路。」

她依照她的指示行駛。兩人沒閒聊，但氣氛也並不尷尬。眞奇怪，原來跟愛芙羅黛蒂相處起來這麼容易。我的意思是，她依然是個賤人，不過我好像有點喜歡她了。或許這又是一個跡象，代表我得認眞考慮去看心理醫生。眞不知道「百憂解」、「立普能」或者其他神奇的抗憂鬱藥是否治得了雛鬼。

我在菲爾布魯克藝術博物館指示牌的地方左轉時，愛芙羅黛蒂說：「好，差不多到了。右邊第五棟房子就是我家。別走第一個車道，走第二個，順著這車道可以繞過屋子，直接開到後面的車庫樓房。」

我們一路駛近，我只能歎爲觀止地搖頭。「這就是妳住的地方？」

「以前住的地方。」她說。

「這根本是他X的豪宅嘛！」而且還是很酷的豪宅，看起來就像我想像中有錢人在義大利住的地方。

「這裡是他媽的監獄一座，現在依然是。」我本來想接著跟她說些還算有深度的話，譬如現在她被標記了，法律上不再受父母監護，已經自由了，可以叫父母滾蛋（類似我的做法）之類的，不過接下來她這番自以爲是的臭屁言論，讓我忘了我原本要說的好話。「妳眞的很惹人厭欸，一副不敢說髒話的該死清純模樣。直接把『他媽的』說出來會死啊。就算說『幹』這種字眼，也不代表妳不是處女啊。」

「我會說髒話啊。我會說『混蛋』、『可惡』甚至『該死』。還有很多。」這是怎麼搞的？我幹麼突然覺得有必要捍衛我不飆髒話的習慣？

「隨便啦。」她說，分明在笑我。

「而且，當個處女也沒什麼不對，總比當個風騷鬼好。」

愛芙羅黛蒂仍然在笑。「妳還有很多東西要學呢，柔。」她指指一棟看似縮小版豪宅的房子。「繞到後面去，那裡有路通到那棟樓房。從馬路看不到妳的車停在那裡。」

我將金龜車停在酷斃了的車庫後方，然後我們下車。愛芙羅黛蒂拿鑰匙開門，門打開便是一道樓梯，我跟著她爬上樓梯，來到上面的住家樓層。

「哇塞，以前的僕人住得眞好啊。」我喃喃地說，環顧著閃亮的深色木地板、皮革家具，以及亮晶晶的廚房。這裡沒一堆會污染裝潢的俗氣小擺設，倒有一些看起來價值不菲的蠟燭和花瓶。臥房和浴室在屋子另一頭，我往臥房裡頭瞥了一眼，看見一張大床上有蓬鬆的羽絨被褥和枕頭。依我看，這裡的傭人浴室應該會比我爸媽的主臥房浴室更美吧。

「妳想，這房子適合她嗎？」愛芙羅黛蒂問。

我走到一扇窗邊。「厚窗簾，很好。」

「還有百葉窗呢。瞧，從這裡面就能關上。」愛芙羅黛蒂示範給我看。

我朝那台平面液晶電視點了點頭。「有線電視嗎？」

「當然。」她說：「這裡還有很多DVD可以看。」

「很完美。」我說，邊往廚房移動。「我把所有東西都先堆在這裡，只帶一袋血走，然後就去接史蒂薇．蕾。」

「好，那我待在這裡看實境影集《眞實世界》的重播。」愛芙羅黛蒂說。

「好。」我說。但我應完話後沒有馬上轉身離開，而是留在原地，不自在地清清喉嚨。

原本心不在焉地在調電視頻道的愛芙羅黛蒂抬起頭看我。「怎麼了？」

「史蒂薇．蕾的模樣或行爲舉止跟以前不一樣了。」

「眞的啊？如果沒有妳提醒，我根本不知道呢。我是說，多數死掉卻又復活變成吸血怪物的人，模樣和舉止都跟以前一樣呢。」

「我是認眞在跟妳說話。」

「柔依，我在靈視中已經見過史蒂薇．蕾和其他怪物。他們很恐怖，毋須妳提醒。就這樣。」

「親眼見到的感覺會更可怕。」

「我可以想像，不會被嚇到的。」她說。

「我不希望妳對史蒂薇．蕾說些有的沒的。」我說。

「妳的意思是叫我別說她已經死了或怎樣？還是別說她好噁心？」

「這兩種話我都不希望聽到，反正我不要她被妳嚇跑，也不想見到她跳到妳身上，撕開妳的喉嚨。我的意思是，我或許有能力阻止她，但可沒百分之百的把握。而且，萬一怎樣，到時候場面會很噁心，也很難對外解釋。我也不想見到這麼酷的房子變得血淋淋。」

「妳還眞窩心喔。」

「嗨，愛芙羅黛蒂，妳試著改變一下，嘗試點新的做法，表現出友善的態度，可以嗎？」我說。

「我乾脆別開口如何？」

「那樣也行。」我走向門口。「我會盡快把她帶來這裡。」

「喂，」愛芙羅黛蒂在我身後喚我：「她眞的會撕開我的喉嚨嗎？」

「絕對有可能。」我說完後關上大門。

12

我知道史蒂薇．蕾已經比我先抵達涼亭。我看不見她，但聞得到她的氣味。嗯，實在有夠噁。希望肥皂和洗髮精去得掉她身上一些臭味，不過我其實挺懷疑的。畢竟，她是個，嗯，死人。

「史蒂薇．蕾，我知道妳已經來了。」我盡可能壓低聲音喊著。這麼說吧，成鬼有能力來無影去無蹤，既能無聲無息地移動，又能隱形，彷彿瞬間生出一個透明大水泡一般的防護罩，把自己包在裡面隱藏起來。雛鬼也多少具備這種能力，只是不像成鬼那麼厲害。但我是個天賦異稟的雛鬼，已經可以相當熟練地讓自己隱形，即使到處移動，也不用擔心有人——譬如博物館的警衛——凌晨三點往窗外探望時會睜大眼睛瞪著我。所以，我很有信心，在這晦暗的、如夢似幻的博物館廣場上移動時，我不會被發現，不過我可沒把握我的能力掩護得了史蒂薇．蕾。換句話說，我得趕緊找到她，將她帶離這裡。「快出來，我把妳的衣服帶來了，還帶了一些血液和肯尼．薛士尼最新發行的CD。」我加上最後這個再明顯不過的誘餌。史蒂薇・蕾對肯尼・薛士尼的迷戀荒謬到可笑。唉，不懂，關於這種迷戀我也搞不懂。

「給我血！」涼亭底座後方的矮樹叢裡傳出這麼一聲嘶鳴，聽起來是史蒂薇・蕾的聲音，只不過她眞像嚴重感冒或者徹底失心瘋。

我繞到涼亭後方，往濃密（但修剪整齊）的樹叢裡探。「史蒂薇・蕾？」

她眼睛發射出可怕的鐵鏽色紅光，踉蹌走出樹叢，步履蹣跚地往我移過來。「給我血！」

喔，我的天哪，她看起來眞像瘋了，一個瘋到骨子裡的瘋子。我趕緊將手伸入大包包，拿出那袋血液遞給她。「等等，我包包裡有剪刀，我來——」

史蒂薇・蕾齜牙低吼，我不禁一陣毛骨悚然。接著，她以牙齒（呃，說是獠牙比較貼切）撕開袋口，將血袋倒著拿，咕嚕咕嚕大口灌下。擠光袋子裡最後一滴血後，她將袋子往地上一丟，然後大口喘著氣，彷彿剛跑完百米。終於，她抬起頭看我。

「醜斃了，對吧？」

我笑笑，努力不理會心驚膽跳的情緒。「嗯，我阿嬤總是說，說話禮貌，舉止合宜，可以讓女孩子更有吸引力。所以，或許下次妳可以說：『請問這是不是很難看？』」

「我需要更多血。」

「我還有四袋，放在冰箱裡，就在妳將來要待的地方。妳想在這裡換衣服，或者等我們到了那裡洗完澡再換？那地方就在這條街道另一頭，離這裡很近。」

「妳在說什麼啊？把血液和衣服給我就行了。」

她眼睛發出的紅光不再那麼強烈，不過那眼神仍然顯得邪惡、瘋狂。而且，比起前一天晚上我見到的她更瘦、更蒼白了。我深吸一口氣，說：「不，不能再這樣了，史蒂薇·蕾。」

「現在我就是**這樣**，不會變的。**我**不可能改變了。」她指指自己額頭上的弦月輪廓。「這弦月永遠都不可能變實心了，我也永遠地死了。」

我凝視著她的弦月輪廓。是變淡了嗎？看起來的確變得更淡，或者至少沒那麼明顯了。看來是不妙。這確實讓我的心情一下子跌到谷底，但我只能這麼告訴她：「妳沒死。」

「我覺得自己死了。」

「嗯，好吧，妳看起來像死了。我知道自己看起來像大便時，就會覺得自己的確像大便。或許妳之所以感覺那麼糟，正是因爲妳看起來很糟。」我的手伸入袋子，拿出一隻牛仔靴。「看我給妳帶了什麼來。」

「鞋子無法讓世界變得更美好。」這是之前史蒂薇·蕾和孿生的經常爭論的話題，而現在她的聲音就帶著一絲以前會有的惱怒情緒。

「孿生的可不會這麼說。」

她聲音裡熟悉的語調消褪，又變成冰冷殘酷的口吻。「如果孿生的現在看到我這樣子，她們會怎麼說？」

我迎視史蒂薇．蕾的紅眼珠。「她們會說妳得好好洗個澡，改一改態度，不過她們見到妳還活著，一定會非常高興。」

「我不是活的，柔依，這就是我一直要妳弄明白的一點。」

「史蒂薇．蕾，我不想弄明白，因爲妳明明活生生地在我面前走路說話呀。我一點都不覺得妳死了——我認爲妳是變了，但不像雛鬼要蛻變爲成鬼的那種變。妳現在經歷到的是另外一種蛻變。我想，妳的這種蛻變比我現在在承受的那種蛻變更難捱，所以妳現在才會這麼難受。拜託，給我一個機會幫妳，好嗎？妳可不可以試著相信一切都會沒事？」

「我搞不懂，妳怎麼能這麼確定一切都會沒事？」她說。

我把靈魂深處所感受到的答案告訴她，而且就在說出來的那一剎那，我知道這麼說確實沒錯：「我很確定妳會沒事，因爲我很確定妮克絲仍然愛妳，她讓這些事情發生在妳身上，一定有她的道理。」

史蒂薇．蕾的紅眼睛閃過一絲希望，讓我看了心痛，幾乎不忍注視。「妳真的相信妮克絲沒遺棄我？」

「妮克絲沒遺棄妳，我也沒拋下妳。」我不管她身上的惡臭，走上前給她一個緊緊的擁抱。她沒回抱我，但也沒掙脫開來或往我脖子咬一口，所以，我想，這算是有進步吧。「走吧，我找來給妳住的地方就在街道另一頭。」

我開始往前走，相信她會跟著我。她稍微遲疑了一下，果然跟上來。我們穿越博物館廣場，走到博物館正前方的洛克福街。愛芙羅黛蒂的那棟豪宅（嗯，其實是她那變態父母的）所座落的那條街道，恰好與洛克福街交會。暗夜裡走在馬路正中央，感覺如夢似幻。我集中心念，施展法力，讓我和跟在身後幾步遠的史蒂薇．蕾籠罩在寂靜與無形的防護罩裡。四周一片幽暗，安靜得近乎神祕。我抬頭，穿過路旁巨大老樹的冬天枝椏，望向夜空。照理說，應該見得到一輪漸趨盈滿的月亮，不過此時雲層湧過來，遮掩了一切，只在月亮所在的位置留下隱約的白色幽光。天氣變冷了，我很高興自己的新陳代謝正在經歷蛻變，保護我免受風寒。不知道身體上的變化會不會讓史蒂薇．蕾覺得不舒服？我正想問她，她忽然搶先一步開口。

「奈菲瑞特會不高興的。」

「不高興什麼？」

「不高興我沒和其他那些孩子在一起，而是跟妳在這裡。」史蒂薇．蕾似乎真的很不安，緊張地一會兒自己右手掐左手，一會兒左手掐右手。

「放輕鬆，奈菲瑞特不會知道妳跟我在一起的。至少在我們準備要讓她知道之前，她都不會曉得。」我說。

「她一回來這裡，發現我沒和其他孩子在一起，就會知道了。」

「不，她只會知道妳不見了，而這可以有各種可能性。」這時，一個念頭忽然冒出來，我驚訝得像撞上隱形的樹而猛然停步。「史蒂薇．蕾！即使沒成鬼在妳身邊，妳也不會有事！」

「什麼？」

「這證明妳已經完成蛻變了！妳沒咳到猝死啊！」

「柔依，我已經咳到猝死了啊。」

「不，不，不！我不是這個意思。」我抓住她的手。她立刻抽身，退離我一步。但這不是我此刻所關心的。「就算沒有成鬼在旁邊，妳仍然好好活著。只有成鬼才能這樣呀，所以就像我說的，妳已經完成蛻變了，只不過那是另一種蛻變！」

「那是好事嗎？」

「對！」其實我心裡並不像我的語氣那麼篤定，不過爲了史蒂薇．蕾，我必須保持正面態度。況且，她現在看起來實在不怎麼好。我的意思是，比她之前那種噁心的模樣更不好。

「妳怎麼了？」

「我需要血！」她顫抖著手抹了抹自己骯髒的臉。「剛剛那一小袋根本不夠。妳昨天阻止我吸人血，所以，現在算起來，從前天起我就沒進食了。我一旦沒進食，就會很不好。」她歪斜著頭的樣子很奇怪，彷彿正在傾聽風裡的聲音。「我聽見他們血管裡的血液正在呢喃低語。」

「誰的血管？」我被她的話嚇壞了，但也被她奇怪的話深深吸引住。

她揮手的姿勢像野獸那般狂野，但也很優雅。「我們四周那些睡著的人。」她的聲音變得沙啞低沉。那音調裡有某種東西讓我想靠近她，雖然她的眼睛又閃爍出污濁紅光，而且身上氣味臭到讓我作嘔。「其中有一個醒著。」她指向我們駐足處右邊那棟大宅邸。「是個女孩……一個少女……她自己一個人在房間裡……」

史蒂薇．蕾的聲音彷彿在吟誦一首誘人的歌。我的心臟開始撲通亂跳，猛撞我的胸口。

「妳怎麼知道？」我低聲問。

她灼熱的雙眼轉過來注視我。「我知道的事情可多了。我知道妳有嗜血的渴望，我聞得到。妳沒有理由不去滿足這渴望。我們可以現在進那屋子，去那少女的房間，一起享用她。我願意和妳分享，柔依。」

有那麼半晌，我迷失在自己的渴望裡，也迷失在史蒂薇．蕾對人血的迷戀裡。她的雙眼，正因嗜血的飢渴而灼熱發光。自從一個多月前西斯讓我吮血之後，我再也沒嘗到人類的血液了。那種強烈的甜美滋味駐留在我身體裡，變成了撩人的祕密。彷彿完全被催眠了，我靜靜聆聽史蒂薇．蕾編織一張幽暗的網，將我套進網裡那美麗濕黏的深處。

「我可以告訴妳如何進屋，我可以偵測出祕密通道。妳可以強迫那女孩邀請我進入——現在除非受到邀請，否則我不能進入人類家裡。不過一旦我進去……」史蒂薇．蕾開始冷笑。

就是那笑聲讓我清醒過來。史蒂薇．蕾以前的笑聲是全世界最棒的，她的笑聲幸福快樂、青春洋溢，充滿對生命的純真熱愛。但現在出自她嘴巴的笑聲惡毒扭曲，不見往日的歡樂聲息。

「再經過兩戶人家，就可以到達要給妳住的那棟樓房。冰箱裡有血。」我轉身，快速往街道另一頭走去。

「那血液不溫熱又不新鮮。」她聽起來很不高興，但仍繼續跟在我身後。

「夠新鮮了。那裡有微波爐，可以把血液加熱。」

她沒再說什麼。幾分鐘後，我們就抵達那棟豪宅。我領她繞過大宅邸，走到車庫樓房，打開門後，直接進屋上樓。上樓到半途，我才發現史蒂薇．蕾沒跟上。我趕緊跑下去，看見她站在門外夜暗裡，全身上下只見得到那雙紅眼睛。

「妳得邀請我進入。」她說。

「喔，對不起。」她剛剛說的話我沒眞正聽進去，此刻才猛然驚覺，這個事實再度證明，史蒂薇．蕾的改變是一種深入骨髓的變化。「那，請進來吧。」我趕緊邀請她。

史蒂薇．蕾往前跨步，卻像猛地撞到什麼隱形的障礙物，痛得哀叫一聲，但這聲哀叫隨即轉變成齜牙咆哮，雙眼直對著我發出紅光。「看來妳的計畫行不通，我根本進不去。」

「我以爲妳說只要開口邀請就行了。」

「要由住在屋裡的人邀請。這表示，妳不住在這裡。」

我頭上傳來愛芙羅黛蒂冷冷的禮貌招呼聲（聽起來眞像她媽的聲音，像得令人不舒服）：「我住在這裡，請進。」

史蒂薇．蕾這次毫無困難地跨過門檻。她快速往上爬，就快靠近我時，忽然認出剛剛那聲音是愛芙羅黛蒂。我看見她原本毫無表情的面容瞬間一變，瞇起眼睛，目露凶光。

「妳竟然帶我來**她**家！」史蒂薇．蕾對我說話，但雙眼直瞪著愛芙羅黛蒂的方向。

「是的，理由很簡單，我可以解釋的。」我在考慮要不要抓住她，免得她像閃電一樣跑走，不過隨即想到她現在力氣其大無比，就算我想抓也抓不住。於是，我轉而集中意念，心想或許可以藉由我對風的感應力，在她衝出屋子之前召來風，將門給關上。

「妳要怎麼解釋！妳明知我討厭愛芙羅黛蒂。」然後她看著我，說：「我死了，所以現在她成了妳的朋友？」

我正想開口跟史蒂薇．蕾保證，愛芙羅黛蒂和我不算是眞正的朋友，這時樓梯頂端傳來愛芙羅黛蒂傲慢的聲音。

「別做夢了，柔依和我才不是朋友。你們的蠢蛋幫仍是原來那一夥，沒新人加入。我參與這件事的理由只有一個：妮克絲有一種讓人難以理解的奇怪幽默感。反正隨便妳，妳要不要進來，要不下地獄去。誰在乎啊……」她跺步走回客廳，聲音逐漸遠離。

「妳信任我嗎？」我問史蒂薇．蕾。

她看著我，過了彷彿好久好久才出聲回答：「信任。」

「那就進來吧。」我繼續往上爬，史蒂薇．蕾不情願地跟在後面。

愛芙羅黛蒂懶洋洋地窩在沙發上，假裝在看MTV頻道。我們進客廳時她皺起鼻子，說：「那噁心的氣味是什麼？好像某種東西死了還——」她抬頭，見到史蒂薇．蕾時睜大雙眼，然後說：「算了。」並指指屋子後方。「浴室在那裡。」

我將大包包遞給史蒂薇．蕾。「拿著。等妳洗完澡出來我們再聊。」

「先給我血。」史蒂薇．蕾說。

「妳先到浴室，我會拿一袋過去給妳。」

史蒂薇．蕾怒目瞪了一眼正盯著電視螢幕的愛芙羅黛蒂，對我說：「我要兩袋。」那聲音根本就是動物發怒的嘶鳴聲。

「好，我拿兩袋給妳。」

史蒂薇．蕾不發一語，轉身離開客廳。我看著她在短短的甬道裡走著，覺得她跨步的姿態很奇怪，像野獸在移動。

「喂！眞恐怖，眞噁心，簡直讓人膽戰心驚。」愛芙羅黛蒂壓低聲音對我說：「難道妳不能先警告我一聲嗎？」

「我有試著警告妳呀，不過妳說妳什麼都知道，記得嗎？」我也壓低聲音回她話，然後我跑進小廚房，拿了兩袋血。「妳也說過妳會表現友善的。」

我敲敲緊閉的浴室門。見史蒂薇．蕾沒回應，我逕自慢慢打開，往裡頭探了探。她站在漂亮浴室的正中央，手裡拿著她的牛仔褲、T恤和靴子，直盯著這些衣物看。我覺得她好像在哭，不過她的身體大抵背對著我，所以我無法確定。

「我拿血液來給妳。」我輕聲說。

史蒂薇．蕾抖了一下，回過神，一手抹了抹臉，然後將衣服和靴子丟到水槽邊的大理石檯上。她伸出手，我將血袋遞給她，連從廚房拿的一把剪刀也一併遞上去。

「需要我幫妳找什麼東西嗎？」我問。

史蒂薇．蕾搖搖頭。她眼睛沒看我，說：「妳等在這裡，是因爲妳好奇想看我脫光衣服的模樣？還是因爲妳也想嘗一口血？」

「都不是。」她顯然故意激怒我，但我讓自己語調保持正常，不想中她的計，失控對她發脾氣。「我會待在客廳。妳把這身衣服脫下來後直接扔到走廊上，我會幫妳丟掉。」然後我將浴室門緊緊關上，轉身離開。

我回到客廳時，愛芙羅黛蒂對著我搖頭。「妳認爲妳有辦法治好**那個**嗎？」

「小聲一點！」我壓低聲音說，然後整個人重重地坐在沙發另一頭。「沒辦法，我想**我**沒辦法治好她。但我認爲，妳、妮克絲和我加在一起，就能治好她。」

愛芙羅黛蒂打了個寒顫，說：「她身上的味道就跟她的長相一樣可怕。」

「這點我知道，她自己也明白。」

「我只是要說，眞的**很噁**。」

「隨妳要說什麼，就是別當著史蒂薇·蕾的面說。」

「那我要鄭重聲明一點，這女孩讓我覺得很不安全。」愛芙羅黛蒂說，還舉起手，一副在發誓的模樣。「對她，我只有四個字：定時炸彈。我想她也會嚇著你們那群蠢蛋幫。」

「我眞的希望妳別再這樣稱呼他們。」我說。天哪，實在有夠累。

「你們那夥人是很天才呀。」她說。

「什麼？」我搞不懂她在說什麼。

「你們一堆人週末會聚在一起，馬拉松式地連續看好幾個小時電影，《星際大戰》和《魔戒》之類的。」

「是啊，那又怎樣？」

愛芙羅黛蒂誇張地翻瞪白眼。「唉，妳看不出這種行徑有多天才，這就足以證明我所言不假。你們這群人果然是蠢蛋幫。」

我本來想直接告訴她：對，其實我知道這些電影有多天才，只有白癡怪胎才會看，不過白癡的玩意兒也可以很有趣，尤其是和朋友一起耍笨，邊吃爆米花，邊聊著《星際大戰》裡的安納金有多俊、《魔戒》裡的亞拉岡有多帥（我也滿喜歡《魔戒》裡的弓箭手勒苟拉斯，不過孿生的說他太娘；當然，戴米恩欣賞他這一型）。但這時我聽見浴室門打開又關上，便懶得再跟愛芙羅黛蒂囉唆。我從廚房的水槽下方抓了一個垃圾袋，將史蒂薇．蕾那堆噁心的衣物塞進去，綁好袋口，然後打開屋門，往樓梯底下丟。

「有夠噁。」愛芙羅黛蒂說。

我一屁股重重地坐在沙發上，不想理睬她，雙眼直盯著根本沒在看的電視。

「我們現在不討論**那隻**的問題嗎？」愛芙羅黛蒂抬起下巴，朝浴室的方向頂了頂。

「史蒂薇．蕾不是**那隻**，是**那位**。」

「她聞起來像動物，不像人類嘛。」

「好，回答妳的問題：對，我們現在不討論**她**的問題。我們要等她洗完出來，再跟她一起討論。」我堅定地告訴她。

13

我不想在史蒂薇・蕾背後跟愛芙羅黛蒂談她的事情，所以轉頭回去盯著電視機。但一會兒之後，我實在坐不住，索性起身，去將一扇扇窗戶的百葉窗和厚窗簾給拉上。這事花不了多少時間，所以我又走進廚房，開始在各個櫥櫃裡東翻西看。我已經注意到冰箱裡有六罐沛綠雅礦泉水、兩瓶白酒，還有幾塊聞起來像臭腳丫的昂貴進口起司。冷凍庫裡有幾包以防水紙包起來的肉和魚，還有冰塊。除此之外，別無他物。櫥櫃裡的東西則林林總總，不過幾乎全是有錢人家的食物。你知道的，就是一些進口的魚罐頭，魚頭還在的那種，還有一些煙燻大粒青蚵（噁）、各種奇怪的肉和醃製品，以及幾盒稱爲「水餅乾」的高級蘇打餅。但連一罐像樣的可樂也沒有。

「我們得去超市一趟。」我說。

「只要妳能把那個臭鬼鎖在臥房裡，妳就能利用我爸媽的網路帳號到『派蒂食物網』，把妳要買的食物用滑鼠點一點。他們會直接送來這裡，然後跟我爸媽收錢。」

「他們見到帳單時不會嚇一跳嗎？」

「他們連看都不會看的。」她說：「都從銀行直接扣款。這沒什麼大不了的。」

「眞的？」我訝異竟然有人眞的這麼過日子。「你們眞是**有錢**哪。」

愛芙羅黛蒂聳聳肩，說：「是嗎？隨便啦。」

史蒂薇．蕾清喉嚨的聲音把我和愛芙羅黛蒂嚇了一大跳。看著她，我整顆心又揪緊了。她那頭短髮濕答答的，捲捲翹翹地垂掛在臉旁，模樣看起來好熟悉啊。一雙眼睛仍染著紅光，面容依然蒼白消瘦，不過已經乾淨許多。那身衣服過於鬆垮，但整個人看起來又像史蒂薇．蕾了。

「嗨，」我輕聲說：「感覺好多了吧？」

她一臉不自在，不過還是點點頭。

「妳身上的氣味也好多了。」愛芙羅黛蒂說。

我瞪了她一眼。

「幹麼？我在表示友善啊。」

我嘆了一口氣，向她投射一個**妳這是幫倒忙**的眼神，然後說：「好吧，那我們現在是不是來討論一下，擬個計畫？」這個問句是一種修辭性的說法，不料愛芙羅黛蒂立刻大剌剌地放言高論。

「要計畫什麼啊？我的意思是，我知道史蒂薇．蕾有，呃，有很獨特的難題，不過我眞不知道我們可以做些什麼。畢竟她死了，或者處在一種活著的死亡狀態。」她瞥了史蒂薇．蕾一眼。「好吧，我不是故意說話惡毒，不過——」

「妳說的話不惡毒，妳說的是事實。」史蒂薇．蕾打斷她。「不過，別假裝妳在乎我的感受。我死去以前妳可是不在乎的。」

「我只是想表示友善。」愛芙羅黛蒂回話，語氣強硬，聽起來一點都不友善。

「那就努力更友善一些。」我說，然後告訴史蒂薇．蕾：「坐下來吧。」她在沙發旁那張坐墊鼓鼓的皮椅上坐下。我忍著自己的頭陣陣抽痛，也跟著在沙發上坐下。「好，我現在知道這些事情——」我以手指一項一項比出來——「第一，史蒂薇．蕾不需要有成鬼在身邊，也能活著，這代表她已經完成蛻變。」愛芙羅黛蒂張大嘴巴，一副要說什麼話的樣子。我趕緊往下說：「第二，她必須吸血，而且需求的頻率高於一般正常的成鬼。」我把視線從史蒂薇．蕾的身上移到愛芙羅黛蒂。「妳們聽說過成鬼如果沒有經常吸血就會發狂這種事嗎？」

「我們在進階吸血鬼社會學的課堂裡學過，成鬼必須經常吸血，以保持健康——包括身心兩方面的健康。」愛芙羅黛蒂聳聳肩說：「奈菲瑞特是這堂課的老師，她從沒提過若不吸血，吸血鬼會發狂這種事。不過或許有很多事情在我們完成蛻變後，他們才會說，而這就是其中之一吧。」

「這方面的事情我本來什麼都不懂，一直到死了之後才知道。」史蒂薇．蕾說。

「可以用任何哺乳動物的血取代嗎？或者一定得是人類的血？」

「一定得是人類。」

我是在問史蒂薇．蕾，不過愛芙羅黛蒂和她異口同聲回答。

「好，接下來：除了必須吸血，而且**不需要**隨時處在成鬼身邊，史蒂薇．蕾還有一項特點：不能進別人屋子，除非受到邀請。」

「被住在裡面的人邀請。」史蒂薇．蕾補充：「不過這不是什麼大問題。」

「什麼意思？」我問。

史蒂薇．蕾泛著紅色的目光轉向我。「我可以讓人類做出他們不想做的事。」

聽到她這句話，我得費力克制，才沒嚇得發抖。

「這沒什麼好驚訝的。」愛芙羅黛蒂說：「許多成鬼很厲害，有辦法說服人類做一些事。人類會他媽的這麼怕我們，這是原因之一。妳應該知道這點的，柔依。」

「什麼？」

愛芙羅黛蒂挑起一道眉毛。「妳烙印了妳的人類男友，妳應該輕輕鬆鬆就能說服他讓妳小小吸一下吧。」她停頓一下，笑得好邪惡。「我是說吸他的血啦。」

她話裡的齷齪含意，我故意當作沒聽懂。「好，在這方面，史蒂薇·蕾也跟蛻變完成的吸血鬼一樣。不過成鬼應該不需要被邀請才能進入別人家吧？」

「應該是。沒聽說過成鬼也得獲得邀請。」愛芙羅黛蒂說。

「這是因爲我沒靈魂。」史蒂薇·蕾說話的聲音不帶任何情緒。

「妳不會沒靈魂。」我情不自禁衝口而出。

「妳錯了。我猝死之後，奈菲瑞特讓我的身體復活，但她沒把我的人性也帶回來，所以我的靈魂仍然是死的。」

光想到她所言確實可能屬實，我就無法接受。我張嘴想跟她辯，不過愛芙羅黛蒂搶先開口。

「聽起來有道理。所以，妳才會沒受邀請就無法進入別人家。或許也因爲這樣，妳才會被陽光一照，就全身著火。因爲沒靈魂——就不能抵擋陽光。」

「妳怎麼知道這些？」史蒂薇·蕾問。

「我有靈視啊，記得吧？」

「我以爲妮克絲遺棄了妳，也撤回妳的靈視天賦了。」史蒂薇．蕾殘酷地說。

「是奈菲瑞特要大家這麼相信的，因爲愛芙羅黛蒂出現了與她——以及與妳有關的靈視。」我清楚地強調：「但妮克絲沒有遺棄愛芙羅黛蒂，正如她也沒有遺棄妳。」

「那妳爲什麼要幫柔依？」史蒂薇．蕾對愛芙羅黛蒂丟出這個問題。「別給我來那套妮克絲太幽默之類的鬼話。說，眞正的理由是什麼？」

愛芙羅黛蒂冷笑道：「爲什麼要幫她是我自己的事，不用妳管。」

史蒂薇．蕾跳起來，咻地從客廳那一頭移動到這一頭，只見身影一閃而過，我還沒來得及眨眼，她就已經雙手掐住愛芙羅黛蒂的脖子，臉湊近她的臉。「妳錯了，這也是我的事，因爲我在這裡。記得吧，是妳邀請我進來的？」

「史蒂薇．蕾，放手。」我努力讓聲音保持鎮定，雖然我的脈搏正瘋狂地砰砰跳動。

史蒂薇．蕾的樣子和聲音都流露殺氣，不只是瘋狂。「我一直都不喜歡她，柔依，妳明明知道的。我告訴過妳千百萬次，她不是什麼好東西，妳應該離她遠遠的。我實在想不出理由來說服自己不該將她脖子扭斷。」

看到愛芙羅黛蒂眼珠子凸出，臉孔脹得紅彤彤，我開始擔心起來。她想掙開史蒂薇．

蕾，不過這就像一個小娃娃使盡蠻力，想掙脫一個高大凶狠的成人的掌心。**請幫助我跟史蒂薇．蕾溝通**。我對女神默默祈求，同時集中意念，開始召喚元素的力量。這時，有個聲音在我腦海裡呢喃低語，我趕緊將這些話說出來。

「妳不應該扭斷她的脖子，因爲妳不是怪物。」

史蒂薇．蕾沒放手，不過她轉過頭來看著我。「妳怎麼知道？」

我毫不遲疑地應道：「因爲我相信我們的女神，也因爲我相信有一部分的妳仍是我最好的朋友。」

史蒂薇．蕾一放手，愛芙羅黛蒂就開始咳嗽，還不停揉搓自己的脖子。

「說對不起。」我告訴史蒂薇．蕾。她的紅眼目光幾乎要射穿我，不過我勇敢地抬起下巴，向她盯回去。「跟愛芙羅黛蒂說對不起。」我重複。

「**沒**什麼好對不起的。」史蒂薇．蕾邊說邊走回她原來坐的椅子（以正常的速度）。

「妮克絲賜給愛芙羅黛蒂對土元素的感應力。」我冷不防地這麼說。史蒂薇．蕾一聽，身體突然晃動，彷彿被我摑了一掌。「所以，攻擊她就是攻擊妮克絲。」

「妮克絲讓她取代我的位置！」

「不，妮克絲讓她來幫妳。我自己一個人無法搞定這些事的，史蒂薇．蕾。我也不能告訴其他朋友，因爲若告訴他們，遲早奈菲瑞特會知道他們知道的所有事。我相信奈菲瑞特已經變邪惡了，雖然我不確定到底有多邪惡。基本上，我們要對付的是法力高超的女祭司長。除了我以外，愛芙羅黛蒂是唯一奈菲瑞特無法看穿心思的雛鬼，所以我們需要她幫忙。」

史蒂薇．蕾瞇起眼睛盯著仍在摩挲脖子，大口吸氣的愛芙羅黛蒂。「我還是想知道爲什麼她要幫我們。她一直都不喜歡我們，她愛說謊，利用別人，根本就是爛人一個。」

「贖罪。」愛芙羅黛蒂喘著氣說。

「什麼？」史蒂薇．蕾說。

愛芙羅黛蒂瞪著她，聲音沙啞，不過顯然已能正常呼吸，而且驚魂甫定後，又開始耍臭脾氣了。「妳有毛病嗎？對妳來說，這個詞兒很艱澀嗎？ㄕㄨˊ—贖，ㄗㄨㄟˋ—罪。」她還把這兩個字的發音拼出來。「意思是我得彌補之前做過的一些事情。事實上是許多事情。所以，我現在必須去做以前我不會去做的事——順服妮克絲的旨意。」她停頓一下，清清喉嚨，痛苦地皺眉擠眼。「我不會比妳更喜歡這樣。還有，妳仍然臭死了，而且那身鄉巴佬的衣服依然有夠蠢。」

「愛芙羅黛蒂回答妳的問題了。」我告訴史蒂薇．蕾：「她其實可以表現得更友善一些，不過妳剛剛差點把她掐死。現在跟她道歉吧。」我直盯著史蒂薇．蕾，同時默默地召喚靈的能量來幫助我。我看見史蒂薇・蕾畏縮了一下，終於將目光移往別處。

「對不起。」她嘟囔著說。

「我沒聽見。」愛芙羅黛蒂說。

「我眞受不了妳們兩個像大娃娃一樣幼稚！」我厲聲說：「史蒂薇・蕾，像樣點，好好跟她道歉，別一副被寵壞的小鬼模樣。」

「對不起。」史蒂薇・蕾說，皺著眉頭看愛芙羅黛蒂。

「好。聽著，」我說：「我們必須暫時休兵。我眞怕我一轉頭，妳們兩個又開始廝殺起來。」

「她殺不了我的。」史蒂薇・蕾說，得意地揚起一邊嘴角，模樣眞不好看。

「是因爲妳已經死了嗎？還是因爲我不想靠近妳這個臭烘烘的傢伙，懶得踹妳那瘦到皮包骨的屁股？」愛芙羅黛蒂故意以讓人想吐的甜美聲音這麼問。

「瞧，這正是我所擔心的。」我大聲說：「夠了！如果我們不好好相處，怎麼可能想得出辦法來對抗奈菲瑞特，解決史蒂薇・蕾現在的狀況呢？」

「我們要對抗奈菲瑞特？」愛芙羅黛蒂問。

「爲什麼我們必須對抗她？」史蒂薇・蕾問。

「因爲她……去他媽的很邪惡！」我叫嚷著說。

「妳說了『去他媽的』。」史蒂薇．蕾說。

「對，而且也沒因此被雷劈，或整個人融化，或者去他媽的發生什麼事啊。」愛芙羅黛蒂興高采烈地說。

「從妳嘴裡說出這種髒話，感覺實在不對呀，柔。」史蒂薇．蕾說。

我情不自禁地對史蒂薇．蕾微笑。她的模樣和語氣霎時又像原來的她了。我驟然生起很大的希望。她仍然在那個身體裡頭，我只需想辦法讓她接觸到——

「沒錯，就這樣！」我仍然坐在椅子上，但興奮地將屁股往前挪。

「妳是說罵髒話沒錯？我不這麼覺得欸，柔。妳不是那種人嘛。」史蒂薇．蕾說。

「妳說妳的靈魂不在了，至少有一部分消失了。我想，妳說得沒錯。」

「妳這語氣聽起來好像這是好事，我實在不懂妳在說什麼。」愛芙羅黛蒂說。

「我實在很討厭跟她意見一致，但是，對呀，爲什麼我喪失了靈魂是一件好事？」史蒂薇．蕾說。

「因爲**這樣**就是我們解決妳的問題的辦法啊。」她們兩人一臉茫然，只是呆呆地看著我。我翻翻白眼，繼續說：「我們現在只要想辦法把妳的靈魂一角不缺地找回來，這樣妳整個人就完整了嘛。妳很可能無法變回原來的樣子，因爲，很清楚，妳顯然已經完成了蛻變，而這種蛻變不太正常。」

「很清楚。」愛芙羅黛蒂嘟噥著，隨聲附和。

「但是，無論如何，只要治癒妳的靈魂，妳就能找回人性，找回妳自己。所以，這一點才眞的是最重要的重點。至於其他東東——」我朝史蒂薇．蕾含含糊糊地指了指。「妳知道的，就是妳的怪眼睛，還有不喝血就會發瘋之類的問題，所有這些東東，只要妳又變回**真正的**妳，就都不是問題了。」

「這就是什麼內在比外在重要之類的屁話嗎？」愛芙羅黛蒂說。

「對。愛芙羅黛蒂，妳這種負面態度快把我惹毛了。」我說。

「我覺得妳那夥人需要有個悲觀主義者嘛。」她嘟著嘴說，看起來有點不高興。

「妳不屬於她那夥人。」史蒂薇．蕾說。

「妳現在也不是啊，臭鬼。」愛芙羅黛蒂不甘示弱。

「惡劣至極的母夜叉！妳就不能——」

「**夠了**！」我雙手朝她們兩個大力一揮，心裡卻專注地想著，這兩位小姐眞的該打屁股。念頭一出，風元素立刻遵從我的命令，在兩人周圍刮起一陣顯然針對她們而起的強風，將兩人吹得一屁股坐回椅子上。「好，停。」我趕忙喊停，風立刻停歇。「呃，對不起，我失控生氣了。」

愛芙羅黛蒂開始以手指梳理那頭被吹得亂七八糟的頭髮。「我想，妳根本就是失心瘋。」愛芙羅黛蒂嘀咕著說。

其實，我心裡清楚她說得可能沒錯，不過我可不想承認。我瞥了一眼時鐘，驚訝地發現已經七點鐘。難怪這麼疲憊。「妳們兩個聽著，我們都累了，現在大家先去睡個覺，月圓儀式結束後再回來這裡碰面。我會研究一下，看看能否找到什麼資料，來了解遺失或破碎的靈魂到底怎麼回事，並看看要怎麼找回或修補它。」至少現在我有了頭緒，知道要把注意力放在哪裡，不至於又在圖書館裡像無頭蒼蠅亂翻一通。嗯，我是說，在圖書館裡，我沒有和羅倫親熱的時候，的確像隻無頭蒼蠅。唉，要命，我忘了還有個他。

「聽起來好像可行，像個計畫。我準備好了，隨時可以走。」愛芙羅黛蒂站起來。「我爸媽這三個星期都不在，所以妳不需要擔心他們會回家。整理庭院的男孩每個禮拜會來兩次，不過他們都是白天來——喔，對嘛——妳白天出去曬到太陽就會著火，看來他們也不可能撞見妳。我爸媽不在時，傭人通常每個禮拜來打掃一次，確保家裡的一切依然完美，不過我奶奶來住時，她們才會過來打掃，所以這也不構成問題。」

「哇，她真的很有錢。」史蒂薇．蕾對我說。

「看來是。」

「這裡有無線電視嗎？」史蒂薇．蕾問愛芙羅黛蒂。

「當然有。」她回答。

「酷。」史蒂薇．蕾說，臉上出現死掉以來不曾有過的快樂神情。

「好，那我們先走了。」我說，走到門口愛芙羅黛蒂身邊。「對了，史蒂薇．蕾，我給妳買了預付卡手機，就在我的袋子裡。如果妳需要什麼，儘管打電話給我。我會記得將手機隨時帶在身邊，也會記得開機。」我猶豫片刻，有一種奇怪的感覺，不知道是否該將她單獨留在這裡。

「去吧，晚點見。」史蒂薇．蕾說：「妳不必擔心我，反正我已經死了，還能出什麼差錯？」

「她說到重點了。」愛芙羅黛蒂說。

「好吧，嗯，那就再見了。」我說。我不想告訴她們，我也覺得她說到重點了。說出這種話，似乎是在自找麻煩。我的意思是，她是死了，但也活著，就是這樣才可怕。而且，還是會有其他事情可能出差錯。一冒出現這個念頭，我的脊椎竄起令人毛骨悚然的寒顫，但不幸地，我竟忽視這種感覺，繼續邁向紕漏連連的未來。更慘的是，我根本不知道自己將盲目邁入的未來有多麼可怕。

14

「讓我在圍牆的活板門旁下車。我想，還是別讓其他人以為我們混在一塊兒比較好。」愛芙羅黛蒂說。

我在皮歐瑞街右轉，直直開往學校。「我眞訝異，妳竟然這麼在乎別人的想法。」

「我不在乎，我是怕奈菲瑞特發現。若她認為我們兩人是朋友，或者不再是死對頭，她就會知道我們在交換有關她的情報。」

「這樣一來事情就大條了。」我替她把話接完。

「絕對會很慘。」她說。

「不過她終究會見到我們在一起，因為妳要在我的守護圈裡召喚土元素啊。」愛芙羅黛蒂給我一個驚嚇的眼神。「不，我不要。」

「妳當然必須這麼做。」

「**不，我不要。**」

「愛芙羅黛蒂，妮克絲賜給妳土元素的感應力，所以妳屬於守護圈。除非妳想藐視妮克絲的旨意。」我沒把「又」字說出口，不過這個字似乎就懸浮在我們兩人之間的空氣中。

「我已經說過我會遵從妮克絲的旨意。」她從齒縫擠出這句話。

「這就表示妳今晚必須參加月圓儀式。」

「這會有點困難，畢竟我不再是黑暗女兒的成員。」

該死，我怎麼忘了這點。

「嗯，只要重新加入就成了啊。」她開始嘀咕著想再說些什麼，但我提高音量壓過她。

「也就是說，妳必須宣誓遵守新規定。」

「遜。」她咕噥著說。

「妳又擺出那種態度了。」我說：「妳到底要不要宣誓啊？」

我看到她咬著下唇，正在掙扎。我沒說什麼，繼續開我的車，等著她回答。這事必須由愛芙羅黛蒂自己決定。是她自己說想要彌補之前的惡行，遵從女神的旨意。不過，「想」和「做」是兩碼子事。畢竟愛芙羅黛蒂自私又惡毒了好長一段時間。有時候，我見到她有一絲改變；不過多半時候，我見到的還是孿生的口中那個惡劣至極的母夜叉。

「好，隨便啦。」

「好什麼?」

「我是說,好,我會宣誓遵守妳那些很遜的新規定。」

「愛芙羅黛蒂,若要宣誓,就代表妳不能覺得這些規定很遜。」

「不對,誓言裡沒說我不能認爲這些規定很遜。誓言只說我必須眞誠如風,忠心如火,睿智如水,熱誠如土,以及正直如靈。所以現在我眞誠地告訴妳,我認爲妳的新規定很遜。」

「若妳眞的這麼想,爲何牢記這些規定?」

「要知己知彼,才能百戰百勝啊。」她還引用古諺呢。

「這話是誰說的?」

她聳聳肩。「反正是某個古人。從『彼』這個字就可看出是古代人說的。」

我心想,她眞是滿口便便,不過我不會說出口(尤其想到她一定會取笑我說「便便」,而沒直接用「屎」字)。

「好了,到了。」我將車停在路邊。幸好,昨晚湧現的雲層現在增厚了,讓清晨的天色仍顯得陰陰暗暗。現在愛芙羅黛蒂只要跨越馬路與學校圍牆之間那一小段草地,穿過活板門,沿著人行道走一小段路,就能抵達宿舍。就像孿生的常說的,小事一樁。我瞇眼看著天空，考慮是不是要請求風多吹一些雲過來，好讓天色更陰暗。不過，瞥見愛芙羅黛蒂繼續板著一張臉，沒因天亮而驚慌，我心想，不用，她可以應付日光的。「那麼，今晚的儀式妳會到，對吧？」我提醒她，同時心裡納悶她怎麼下個車都要拖拖拉拉。

「會，我會到。」

她聽起來心神不寧。管他的。這女孩有時就是怪怪的。

「好，晚上見。」我說。

「好，再見。」她喃喃地說，打開車門，下車（終於）。不過關上車門前，她彎腰探進車內對我說：「有事情不對勁。妳感覺到了嗎？」

我想了想。「我不知道欸。我是有點煩躁緊張，不過這可能是因爲我最要好的朋友死了──我是說死了又活了。」然後我仔細端詳她。「妳又開始有靈視了？」

「我不知道。我無法確定靈視什麼時候會出現。有時我會有奇怪的感覺，但那不是很明確的靈視。」

她臉色眞的很蒼白，而且還微微冒冷汗（對愛芙羅黛蒂來說，這絕對是不正常的反應）。「或許妳應該回到車上，反正現在大家都在睡覺，應該不會有人醒著見到我們一起回來。」愛芙羅黛蒂是個討厭鬼，不過我目睹過靈視害她很痛苦、很無助的模樣，這會兒實在不想見到靈視來襲時她孤零零地被困在外頭的陽光下。

她抖了抖身體，搖晃一下，那模樣讓我想起從雨中進屋的貓咪。「我沒事，或許我只是幻想到什麼。今晚見。」

我看著她跑向由石頭和磚塊混砌而成，環繞著校區的厚實圍牆。牆邊有一整排古老的大橡樹，枝椏遮蔽出的陰影讓圍牆頓時顯得異常陰森。啊，現在是誰在幻想啊？我把手放在方向盤上，正準備打到一檔，駛離路邊，卻聽見愛芙羅黛蒂尖叫。

有時，我的身體會凌駕於頭腦之上：我不想，我只是行動。此刻，我就是這樣。在我意會過來之前，我人已經在車外，朝愛芙羅黛蒂奔去。到她身邊時，我立刻知道兩件事。第一，有一種氣味非常誘人，有點熟悉但又不完全熟悉。不管那是什麼，現在那氣味像一團甜美的霧，瀰漫在附近，讓我不由自主地想大口吸氣。第二，我看見愛芙羅黛蒂俯身彎腰，邊拼命嘔吐，邊號啕大哭；同時又哭又吐肯定很難受，我光看就覺得不舒服。我忙著一邊注意她的狀況，一邊努力思索到底是怎麼一回事，同時又被那甜美氣味迷住，以至於沒注意到**它**。一開始沒注意到。

「柔依！」愛芙羅黛蒂啜泣著，繼續嘔吐。「去找人來！快！」

「什麼——是靈視嗎？怎麼一回事？」我抓住她的肩膀，試圖穩住她的身子，而她則持續嘔得昏天暗地。

「不是！在我身後！靠在牆上……」她不斷作嘔，但已經吐不出東西。「太可怕了。」

我不想看，但雙眼不自覺地往上抬，望向她身後那道陰暗的學校圍牆。

這是我所見過最怵目驚心的景象。一開始，我的內心甚至無法理解我所看到的東西。稍後回想，才發現這應該是出於一種自我保護的機制吧。不幸的是，這種機制沒能持續太久。我眨眨眼，望進黑暗的所在。有某種東西，潮濕黏滑，而且——

而且，我知道那甜美誘人的氣味是什麼了。我費力克制才沒雙腿一軟，跪在愛芙羅黛蒂旁邊跟著嘔吐。我聞到的是血液。不是普通人類的血液，雖然那已經夠美味了。現在我聞到的是吸血鬼的生命之血，從成鬼身上滂沱流出的血。

一個粗糙的木十字架倚在牆上，她的身軀以怪異的姿勢被釘在十字架上。他們不只用釘子釘穿她的手腕和腳踝，還用一根削尖的粗木樁刺穿她的心臟。那根奇怪的木樁還在心臟上方釘了一張紙。我看得出紙上寫著字，但我的視線無法聚焦閱讀那些字。

他們還砍下她的頭。諾蘭老師的頭。我知道那是她，因爲他們把她的頭高掛在她屍身旁的一根長木樁上。她的黑色秀髮隨著風兒輕輕飄揚，優雅迷人，怪異恐怖。她張開嘴巴，痛苦地扭曲著，但她閉著眼睛。

我抓著愛芙羅黛蒂的手肘，拉她站起來。「來，我們去求救。」

我們彼此扶持，踉蹌地走到我的金龜車。我壓根兒不知道自己是如何發動引擎駛出路肩的。

「我——我——我想，我又要吐了。」愛芙羅黛蒂的牙齒打顫得好厲害，幾乎講不出話。

「不會，妳不會吐的。」我真不敢相信自己的聲音聽起來是這麼鎮定。「深呼吸，集中精神，從土元素汲取力量。」我察覺自己也正不自覺地進行我叫她做的事情，只不過我的力量來源是所有五元素。「妳沒事的。」我這麼告訴她，同時也努力從風、火、水、土、靈獲得能量，來對抗我幾乎要臣服的歇斯底里和驚恐情緒。「我們沒事的。」

「我們沒事……我們沒事……」愛芙羅黛蒂喃喃地重複這句話。

她顫抖得好厲害，因此我把手伸到後面，抓起放在後座的那件連帽夾克。「披上這衣服，我們就快到了。」

「可是大家都不在！我們要跟誰說？」

「不是所有老師都不在。」我的思緒開始搜索。「蕾諾比亞老師絕不會離開她的馬太久，或許她在學校。」然後我抓住那個幽暗卻誘人的希望，彷彿那是救命的浮板——「我昨天見到羅倫．布雷克，他會知道該怎麼辦。」

「好……好……」愛芙羅黛蒂喃喃地說。

「聽我說，愛芙羅黛蒂。」我說，口氣堅定嚴肅。她那雙因驚嚇而圓睜的眼睛轉過來看我。「他們會想知道我們兩個爲什麼在一起，尤其會追問爲什麼我要讓妳在圍牆外下車，好方便妳偷溜回學校。」

「那我們該怎麼說？」

「就說我不是跟妳在一起，也沒有故意讓妳在那裡下車。就說我去找我阿嬤，而妳……」我停頓，強迫自己嚇呆的心智開始思考。「妳回家。我看見妳要走回學校，就順道載妳一程。我們經過圍牆邊時，妳感覺到有事情不對勁，所以我們下車察看，就是這樣才發現諾蘭老師的。」

「好，好，我就這麼說。」

「妳記得住嗎？」

她顫抖著深吸一口氣。「我會記住的。」

我不暇多想，沒把車停妥在平常停放的地方，而是直接開到主校舍前盡可能接近老師宿舍的位置，才緊急煞車。我們只遲滯片刻，容我扶牢愛芙羅黛蒂，便一起沿著人行道奔向古城堡般的木製大門。學校門不上鎖的政策，此時讓我不禁在心裡默默感謝女神。我扭轉門把，比愛芙羅黛蒂先一步踉蹌地走進裡面。

奈菲瑞特就站在我眼前。

「奈菲瑞特！快去，妳得馬上去！拜託！太恐怖了！」我情不自禁地哭著撲向她的懷抱。我的理智知道她做了可怕的壞事，但不過一個月前，奈菲瑞特待我就像一個母親呀。不，事實上，她已經變成我希望擁有的**那個**母親。所以，驚慌恐懼的我一見到她，立刻升起一種不可思議的放鬆感覺。

「柔依？愛芙羅黛蒂？」

愛芙羅黛蒂已經靠著我們旁邊的牆癱坐在地上，我聽見她仍斷斷續續地啜泣。這時我發現自己也顫抖得好厲害，若非奈菲瑞特有力的雙手環抱著我，我很可能也站不住。女祭司長輕輕地，但有力地把我稍微推離她的懷抱，以便注視我的臉。「跟我說話，柔依。到底發生了什麼事？」

我抖得愈來愈厲害。我低下頭，咬緊牙關，試著再次集中精神，從元素汲取力量，好讓自己開口。

「我聽到聲音——」我認出這是馬術老師蕾諾比亞。她沿著甬道朝我們走來，清晰有力的聲音愈來愈靠近。「天哪！」我模糊的眼角餘光瞥見她驚呼一聲後衝向愛芙羅黛蒂，試著扶起正在哭泣顫抖的她。

「奈菲瑞特？怎麼一回事？」

聽見這熟悉的聲音，我不自覺地抬起頭，看見羅倫出現在樓梯口。他顯然是從他位於頂樓的寢室走下來的。他一頭亂髮，看似剛從睡夢中醒來，身上穿著一件夜之屋的舊運動衫。我的目光定在他身上，不知怎地終於找到力量，開口說話。

「是諾蘭老師。」我說，並暗自納悶，何以我的身體顫抖到彷彿即將粉碎，說話的聲音卻是如此響亮清晰。「她在東牆外活板門邊。有人殺死她了。」

15

在這之後，所有的事情發生得很快。但對我來說，這些事情彷彿是發生在另一個臨時居住在我身軀裡面的人身上。奈菲瑞特立刻承擔起責任，處理這個局面。她評估我和愛芙羅黛蒂的狀況，（不幸地）最後決定只有我夠鎮定，能陪他們重返屍體現場。她召來龍·藍克福特老師，他出現時還帶著武器。我聽見奈菲瑞特跟龍老師確認哪些戰士已經放完寒假返校。似乎不出幾秒，就有兩名高大強壯的男性吸血鬼出現。我對他們多多少少有點印象，記得見過他們。學校裡隨時都有各式各樣的成鬼進進出出。我之前在課堂上學到，吸血鬼世界是個母系色彩濃厚的社會，也就是由女性掌權。但這不代表男性吸血鬼不受尊重，事實上他們備受敬重。只不過他們的天賦多半是在體能方面，而女性吸血鬼的天賦多半與智識和直覺有關。基本上來說，男性吸血鬼是傑出的戰士和保護者。見到這兩位戰士、龍老師以及羅倫在場，我頓時安心了千百萬倍。

但這不表示我可以興沖沖地帶著他們去諾蘭老師的屍體現場。我們搭乘學校的一輛休旅車，沿著我返回主校舍的路線駛去。我顫抖著手，指出我之前在路邊的停車處。龍老師把休旅車停在同一個位置。

「我開車經過這裡時，愛芙羅黛蒂說她覺得有事情不對勁。」我開始說起我的漫天大謊。「不過我們從車上看不到什麼。」我的視線快速掠過圍牆活板門附近的陰暗處。「我也覺得怪怪的，所以我們決定下車查探，看是怎麼一回事。」我顫抖著深吸一口氣，繼續往下說：「我心想，可能是哪個小鬼想從那裡溜回宿舍，卻找不到活板門。」我嚥了嚥口水，清除梗在喉嚨的一團異物感覺。「我們一靠近圍牆，就確定那裡有什麼東西，某種可怕的東西。而且——而且就在這時我聞到血液的氣味。我們一看清那是什麼——那是諾蘭老師——就直接去找你們。」

「妳有辦法再走過去嗎？還是妳想留在這裡等我們？」奈菲瑞特的聲音溫柔又體貼，我衷心希望她仍然是個好人。

「我不想獨自留在這裡。」我說。

「那就跟著我吧。」她說：「戰士會保護我們的。妳現在不用害怕了，柔依。」

我點點頭，跨出休旅車。兩名戰士、龍老師和羅倫分別走在奈菲瑞特和我的兩側。似乎才幾秒鐘，我們就穿越草地，走進能聞到——並且看到——十字架屍體的範圍內。我原本已受到驚嚇的意識，再次清晰感受到降臨在諾蘭老師身上的恐怖，並發現自己雙膝不停地顫抖。

「喔，仁慈的女神啊！」奈菲瑞特驚呼。她慢慢往前走，直到摸著那顆被掛在木樁上的可怕頭顱。我看著奈菲瑞特用手指將諾蘭老師的頭髮往後梳，然後手擱在她的額頭上。「安息吧，我的朋友，歇息在我們女神的青翠草地上。終有一天我們會在那裡聚首。」

就在我覺得雙膝快要癱軟時，一隻有力的手撐住我的手肘下方，幫助我站穩。

「妳會沒事的，妳挺得過去的。」

我抬頭望向羅倫，得用力眨眼對焦，才能看清楚他。他繼續扶著我，另一手從口袋掏出舊式的亞麻布手絹。直到此刻，我才發現自己正流著淚。

「羅倫，帶柔依回宿舍吧，反正她在這裡也做不了什麼事。等確定保護措施安排妥當，大家安全無虞後，我就會打電話給人類警察。」奈菲瑞特說，然後將銳利目光移向龍老師。

「再多找些戰士來這裡。」龍老師打開手機，開始打電話。然後奈菲瑞特將注意力轉向我。

「我知道對妳來說目睹這情景很可怕，不過我很驕傲妳這麼堅強。」

我發不出聲音，只能點頭回應。

「我送妳回去吧，柔依。」羅倫輕聲說。

就在羅倫扶我走回休旅車時，天空下起冰冷小雨。我回頭，看到雨水將諾蘭老師身上的血沖刷下來，彷彿女神正爲喪女而哭泣。

一路開車回學校途中，羅倫不停地和我說話。我記不得他說了什麼，我只知道他渾厚動人的嗓音告訴我，一切都會沒事的。我感覺那聲音包圍我，想要溫暖我。他停好車後，帶我走過校園，有力的手繼續攙扶著我。當他轉個彎踏上通往用膳堂而非宿舍的那條路，我狐疑地看著他。

「妳得吃點東西，喝點飲料，然後好好睡一覺。我要先確定妳進食過後才上床。」他停頓一下，露出傷感的微笑。「雖然妳現在看起來似乎站著就可以睡著。」

「我不覺得餓。」我說。

「我知道，不過吃點東西會讓妳覺得好過一些。」他的手從我的手肘往下滑，握住我的手。「我來爲妳做點吃的，柔依。」

我讓他牽著我進廚房。他的手溫暖而有力。我可以感覺到，固著在我身體裡面的僵冷麻木的感覺，已開始被他融化了。

「你會做料理啊？」我問他，攫住任何與死亡和恐怖無關的話題。

「會，但手藝不怎麼好。」他咧嘴笑笑，看起來像個漂亮的小男孩。

「聽來不妙。」我說，感覺自己露出了笑容，不過這笑臉似乎顯得僵硬笨拙，彷彿我忘了該如何笑。

「別擔心，我會好好款待妳的。」他從廚房角落拉來一張板凳，放在偌大廚房正中央的料理長檯邊。然後對我下令：「坐著。」

我照他的話做，很高興不用再站著。他走到櫥櫃區，開始從不同的櫃子和其中一間冷藏室（不是用來貯存血液的那個冷藏庫）拿出東西。

「拿著，慢慢喝。」

我訝異地眨眨眼，看著那一大杯紅酒。「我沒那麼喜歡喝——」

「這酒妳會喜歡的。」他的深色眼眸凝視著我。「相信我，喝了它。」

我照他的話做。那味道在我舌尖爆開，傳送出陣陣暖流，竄遍我全身。「裡頭有血液！」我喘著氣說。

「對。」他正在做三明治，回答時看都沒看我。「吸血鬼就是這麼喝酒的——將血液混在酒裡。」然後，他抬起頭注視著我的眼睛。「如果這味道不合妳意，我再去拿其他飲料給妳。」

「不，這很好，我就喝這個。」我又啜了一口，並勉力控制自己，不要仰頭咕嚕一聲喝下一大口。

「我有感覺，知道妳不會排斥這種酒。」

我抬眼望著他。「爲什麼這麼說？」那甜美的血酒進入身體後，我可以感覺到，我的力氣和心智全都回來了。

他繼續做三明治，聳聳肩，說：「妳烙印了那個人類男孩，不是嗎？就是因爲這樣，妳才能找到他，把他從連續殺人狂手中救回來。」

「對。」

見我沒再說什麼，他抬起頭看著我，面露微笑，說：「正如我所料。事情就是這樣，有時我們會意外地烙印了人。」

「雛鬼不該這樣。照理說，我們不該喝人類的血。」我說。

羅倫給我的微笑是那麼溫暖，而且帶著讚賞的眼神。「妳不是普通的雛鬼，所以一般規則在妳身上不適用。」他的目光盯住我雙眼，我覺得他的話語彷彿有言外之意，而不只是在說我不小心吸到一點人類血液。

他讓我渾身既冷又熱——一方面害怕，另一方面又覺得自己成熟嫵媚。

我緘口不語，繼續啜飲攙有血液的酒。（我知道這聽起來很噁，不過美味無敵啊。）

「拿著，吃下這個。」他遞給我一個盤子，上頭是他剛剛爲我做的火腿起司三明治。

「等等，妳也會需要一點這個。」他在櫥櫃裡不停翻找，最後冒出一聲「啊哈！」然後轉身倒了一大堆墨西哥辣味玉米起司口味的零嘴多力多滋到我的盤子裡。

我笑了出來。這次我的嘴巴覺得笑起來更自然了。「多力多滋！這樣才完美嘛。」我大口吃了一把，這時我才發現自己其實餓了。「你知道的，他們不喜歡雛鬼吃這種垃圾食物。」

「如同我剛剛所說的——」羅倫再次對我慢慢露出那種性感微笑——「妳跟其他雛鬼不同，而我剛好堅信，有些規則本來就是訂出來被打破的。」他的視線從我的雙眼移到我耳垂上的鑽石耳墜。

我感覺自己臉頰開始發燙，趕緊重新專注地吃東西，偶爾才抬頭望他一眼。羅倫沒給自己做三明治，不過他倒了一杯紅酒，一邊看我進食，一邊慢慢小酌。我正想告訴他，他這樣搞得我很緊張，卻聽到他開口說話了。

「妳和愛芙羅黛蒂什麼時候變成朋友了？」

「我們沒有變成朋友。」我嘴巴邊咬了一口三明治，邊回答（他做的三明治還眞好吃——所以他不僅人帥、性感、聰明，**還**很會做菜！這麼完美，太扯了吧）：「我正要開車回學校，見到她走在路上。」我聳了聳一邊肩膀，表現得好像根本不把她當一回事。「我想，身為黑暗女兒的領導人，我應該厚道一點，就算對她這種人也要表現友善，所以就順道載她一程。」

「我有點驚訝她願意搭妳的便車。妳們兩個不是死對頭嗎？」

「死對頭？隨便啦，我壓根兒沒把她放在眼裡。」我真希望能把愛芙羅黛蒂的真實狀況告訴羅倫。老實說，我討厭說謊（而且這真的不是我的拿手強項，雖然練習多次後我好像已經愈來愈熟能生巧了）。不過，想要對他傾吐的念頭一出現，內心立刻湧現一股強烈的直覺：**絕不能告訴他**，所以我笑笑，繼續嚼著三明治，同時努力專注想著這個事實：現在我的感覺已經沒像恐怖電影《活死人之夜》裡的情緒那麼驚慌了。

但是，這一來，我又想到了諾蘭老師。我放下咬了一半的三明治，再灌下一口紅酒。

「羅倫，誰會對諾蘭老師做這樣的事？」

他俊美臉龐上的表情瞬間變黯淡。「我想，那段引文說得很清楚了。」

「引文？」

「妳沒見到釘在她身上那張紙條上面寫的字嗎？」

我搖頭，又開始覺得有點反胃。「我知道紙上寫了字，但我沒辦法一直盯著她，所以來不及看清楚上面寫些什麼。」

「上面寫著：『行邪術的女人，不可容她存活。出埃及記，第二十二章第十八節』。上面還寫了『悔改』二字，重複寫了好幾次，還在底下畫線強調。」

我的記憶裡有什麼在騷動著。我感覺體內開始灼熱起來，但我知道這與酒裡的血液無關。「信仰子民教會。」

「看來是。」羅倫搖搖頭。「我眞搞不懂以前那些女祭司在想些什麼，怎麼會決定買下這個曾經是信仰子民教會修道院的地方，設立一所夜之屋。看來這根本是自找麻煩。這個國家還是有少數地區的人觀念保守，心胸褊狹，強烈堅持他們所說的宗教信仰。」他再次搖頭，看起來極爲憤慨。「我實在不懂怎麼會有人崇拜詆毀女性的神，而且這位神的『眞正信仰者』還認爲他們有權利蔑視跟他們想法不一樣的人。」

「並非奧克拉荷馬州的所有人都這樣。」我很篤定地說：「這裡的原住民信仰也還活得好好的，很有力量，而且有許多正常人並不相信信仰子民教會的那些愚蠢的偏見。」

「不管怎麼說，聲音最大的還是信仰子民教會。」

「他們嘴巴再大，聲音再響，也不能讓他們的偏見變成對的。」

他笑出聲來，神色放鬆。「妳現在好多了嘛。」

「是啊，我想是的。」我打了個呵欠。

「好多了，不過仍然累壞了，我想。」他說，「該回宿舍上床睡覺嘍。妳需要好好休息，恢復體力，準備應付接下來會發生的事情。」

我肚子裡出現一種恐懼的冰冷刺痛感，眞希望剛剛沒吃那麼多薯片。「會發生什麼事？」

「上次人類公然攻擊吸血鬼是幾十年前的事了。不過現在情勢不變了。」

那股冰冷的恐懼在我體內蔓延開來。「情勢不變？怎麼說？」

羅倫迎視我的目光。「我們吸血鬼不會默默忍受屈辱而不反擊。」他的表情變得嚴肅，頓時整個人看起來更像戰士而非詩人，更接近吸血鬼而非人類。他看起來凶猛威嚴，格外陌生，還非常嚇人。好吧，我承認，他眞的是我所見過最帥的男人。

他彷彿發現自己說太多了，趕緊露出笑容，繞過料理台走到我身邊。「不過妳毋須擔心這些。二十四小時內，學校就會聚集我們最精良的吸血鬼戰士，也就是『冥界之子』——冥神俄瑞波斯的男兒。任何人類宗教狂熱分子都無法碰我們任何一個人一根汗毛的。」

我皺起眉頭，開始擔心安全戒備變得嚴密以後會造成什麼影響。等那些全身充滿男性睪丸素，勇猛地捶著胸膛，展現雄姿，發揮超級保護精神的戰士遍布校園，我要怎麼溜出校園，還夾帶著濕濕軟軟的血袋，送去給史蒂薇・蕾啊？

「嘿，妳會很安全的，我保證。」羅倫雙手托著我的下巴，仰起我的臉蛋。

緊張的期待讓我呼吸急促，小鹿亂撞。我曾試著將他從心頭抹去，試著不去想他的吻，還有他凝視我時讓我血液澎湃流動的感覺。然而，就算知道跟羅倫在一起會傷透艾瑞克的心，而且眼前還有史蒂薇・蕾和愛芙羅黛蒂的問題，以及諾蘭老師事件所帶來的驚恐，我仍然感覺得到他的唇封印在我唇上的感覺。我希望他再次吻我，一遍又一遍。

「我相信你。」我喃喃低語。此刻的我全然相信他對我說的每一句話、每一件事。

「我眞高興見到妳戴著我送的耳墜。」

我還來不及說什麼，他已經俯身吻我，長長深深的一吻。他的舌頭迎向我的舌，我嘗到他嘴裡的紅酒與誘人的血液滋味。久久之後，他的嘴才離開我。他的眼眸變得深黝，呼吸變得深沉。

「我得送妳回宿舍了，免得我情不自禁想把妳留在我身邊一輩子。」他說。

我用盡所有理智，終於氣喘吁吁地擠出一句話：「好。」

他再次撐持著我的手臂，就像剛才他一路扶著我走到廚房那樣。但這次我們接觸的感覺火熱又親密。在陰鬱的清晨裡走向女生宿舍，兩人的肌膚不時相互碰觸摩擦。他領我踏上宿舍門口的階梯，替我打開門。偌大的起居室裡空蕩蕩，我瞥了一眼時鐘，不敢相信已經超過九點鐘。

羅倫迅速抓起我的手，舉到他的嘴邊，給予溫暖的一吻後才放開。「上千次道晚安，上千次更難捨，更渴求你的光。愛人飛奔聚首，猶如學童迫切甩開課本；愛人依戀難捨，猶如學童上學沉著臉。」

我隱約記得這是《羅密歐與茱麗葉》裡的句子。他這是在告訴我他愛我嗎？我緊張興奮得臉頰酡紅發燙。

「再見。」我輕聲說：「謝謝你照顧我。」

「這是我的榮幸，我可愛的小姐。」他說：「先暫別了。」他低頭向我鞠躬，握拳放在心臟位置，以吸血鬼戰士對女祭司長的敬禮方式對我行禮，然後離去。

受到驚嚇的餘悸猶存，加上羅倫熱吻的暈醉感覺，我幾乎是一路跌跌撞撞，勉強爬上樓梯，回到房間的。我本來想去找愛芙羅黛蒂，但眞的累垮了，在昏睡過去之前只有力氣再做一件事。我馬上去翻找廢紙簍，找出那張被我撕成兩半的難看的生日兼聖誕卡片，就是我媽和垃圾繼父送我的那張。

我將卡片的兩半拼在一起，發現我果然沒記錯，頓時整個胃劇烈地抽動一下，難過得想吐。卡片上那個木製十字架中央釘著一張紙條。對，這張卡片讓我毛骨悚然地想到發生在諾蘭老師身上的事。

趁著還沒改變心意，我趕緊掏出手機，深吸一口氣，然後開始撥號碼。響到第三聲，媽接起電話。

「您好！早上平安！」她輕快地說。顯然在接電話之前，她沒先檢視來電者是誰。

「媽，是我。」

如我所料，她的語調立刻改變。「柔依？現在又怎麼啦？」

我已經厭煩再跟她玩我們之間常見的那套母女遊戲了。我直接問：「昨晚深夜約翰在哪裡？」

「柔依，妳這麼問是什麼意思？」

「媽，我沒時間跟妳囉唆。妳直接告訴我，你們兩個離開尤帝卡廣場後，做了些什麼？」

「小姐，我很不喜歡妳這種口氣。」

我感到非常挫折，眞想放聲尖叫。但我壓抑住衝動。「媽，這件事很重要，非常重要，攸關生死。」

「妳老是這麼誇張。」她說，然後小小聲地發出一聲緊張的假笑。「妳爸和我當然就回家了。我們一起看足球賽轉播，然後上床睡覺。」

「今天早上他幾點出門上班？」

「這是什麼蠢問題啊！一個半小時前啊，就跟平常一樣。柔依，妳到底有什麼事？」

我猶豫不決。該告訴她嗎？奈菲瑞特不是說晚點會通知警察嗎？這樣一來，今天稍晚的新聞媒體就會大肆報導諾蘭老師的事了。不過，還不能跟她說。現在還不是時候。況且，我太清楚媽這個人了，她不可能保守祕密的。

「柔依？妳要不要回答我的問題？」

「妳等著看新聞好了，到時候就會知道發生了什麼事。」我說。

「妳又幹了什麼好事啊？」我發現她的口氣沒有擔憂或難過，只有認命。

「沒什麼。事情與我無關。妳若想知道誰做了什麼事，最好仔細注意家裡的人。對了，麻煩妳記住，我沒住在妳家了。」

她的聲音變得尖銳起來，說：「沒錯，妳當然不住在這裡了。我甚至不知道妳幹麼打電話來這裡。妳和妳那可惡的阿嬤不是說妳們不會再跟我說話嗎？」

「**妳**媽不可惡。」我本能反應似地糾正她。

「對我來說，她是可惡。」我媽說得咬牙切齒。

「算了。妳說得沒錯，我是不該打這通電話。祝妳活得快樂，媽。」說完，我逕自掛斷電話。

有一件事她說對了：我不該打電話給她的。那張卡片很可能只是巧合。我的意思是，整個陶沙市和斷箭市大約**只有**成千上萬間宗教用品店，每一家店裡都有各式各樣的爛卡片，而且這些卡片看起來全都大同小異——不是有鴿子和沖刷著沙灘腳印的浪花，就是有十字架、寶血和釘子。所以，這張卡片不必然代表什麼吧？不可能眞的代表什麼吧？

我的胃有多難過，我的頭就有多昏沉。我得好好想一想，但現在我身心俱疲，根本無法思考。得先睡個覺，再來看看該怎麼辦。我沒將那撕成兩半的卡片丟回廢紙簍，而是放在書桌上層的抽屜裡。然後，我一把脫下衣服，換上我覺得最舒服的運動衣。娜拉已經在我枕頭上打呼，我依偎在她旁邊，閉上眼睛，強迫自己將那可怕的影像和說不出口的疑問丟到腦後，專注聽著我的貓咪的呼嚕鼾聲。終於，我疲憊地沉沉睡去。

16

西斯一回城，我就立刻知道，因爲他冒出來打斷我的夢。我原本躺在一個心型的大泳圈上，在陽光底下（瞧，果然在做夢）悠游湖面正中央，而這湖水竟是雪碧汽水（誰知道？搞不好眞的有這種湖）。忽然，一切消失，西斯的熟悉聲音竄入我腦裡。

「小柔！」

我雙眼眨呀眨地睜開。娜拉那雙綠色貓眼不悅地瞪著我。

「娜拉，妳有聽見什麼聲音嗎？」

貓咪「喵—呦—嗚」了一聲，打了個噴嚏，起身後站著不動，時間久到足以在房間內踱步好幾圈，然後，出其不意地倒下去繼續睡。

「妳還眞的很幫忙啊。」我說。

她完全不理我。

我看看時鐘，不禁呻吟一聲。已經晚上七點鐘了。哇，我睡了八小時，眼皮還這麼沉重。呃，今天我必須做什麼啊？

然後，我想起諾蘭老師，還有我和媽的那番對話。想著想著，胃開始揪緊。

我應該把我的懷疑說出來嗎？正如羅倫說的，留在現場的那張可怕的字條已經暗指這件謀殺案與信仰子民教會有關。既然如此，我還需要特地告訴任何人，如果我那個垃圾繼父涉案，我也不驚訝嗎？媽已經說得很清楚，昨天一整晚和今早他都在家。至少，她是這麼說的。

然而，她可能說謊嗎？

我不寒而慄。當然她有可能說謊。為了這噁心的男人，她什麼事都願意做。她居然為了他而背棄我，就已經證明了這一點。如果她真的說謊，而我去告發她，那我就要為發生在她身上的後果負責。我恨約翰．海肥，但沒恨到要害我媽跟著他一起受罪。

我開始反胃。

「如果垃圾繼父跟謀殺案有關，警方遲早會發現。這樣的話，我媽因而發生什麼事，就不是我的錯了。」我大聲說出這些話，想讓這聲音安撫自己的情緒。「我就等著看會發生什麼事吧。」我不能告發她，就是不能。她很糟糕，但終究是我媽，而且我還記得她以前曾經很愛我。

所以，我最好什麼都別做。現在我該做的，就只是把她和我那垃圾繼父拋在腦後。就這樣。我是說眞的。

我還在努力說服自己相信這樣的決定很正確，卻又想起今天還得做的其他事情：黑暗女兒的月圓儀式。我一顆心往下沉到揪緊的胃裡。平常月圓儀式前我會興奮，帶點緊張，但今天只感到壓力沉重。撇開所有其他問題不談，最叫我擔心的，就是愛芙羅黛蒂出現在守護圈中恐怕會引發反彈。不管了，我那夥朋友自己必須設法接受。我嘆了一口氣。我的生活眞是糟透了，而且，或許我要開始憂鬱了。得憂鬱症的人不是會，呃，睡很久嗎？我閉上沉重的眼皮，開始對這樣的自我診斷有信心起來，相信自己得了憂鬱症，而且嗜睡。就在幾乎又睡著之際，忽然聽見有個聲音嘶喊：「柔依寶貝！」彷彿鬧鐘的響聲。鬧鐘？今天是週末，我沒設鬧鐘啊。

原來是我的手機發出聲音。有簡訊進來了。我有氣無力地打開手機，發現裡頭的簡訊不只一則，而是四則。

小柔！我回來了！

柔依，我得見妳。

依然愛妳唷，小柔。

小柔？叩我。

「西斯。」我嘆了一口氣，坐回床上。「唉，他這樣只會讓事情愈來愈糟。」我到底該拿他怎麼辦呀？

他和我一個多月前發生烙印，後來他被史蒂薇．蕾那幫噁心的活死人抓走，差點一命嗚呼。我就像個女騎士（至少像電影《X戰警》裡那個「暴風女」吧），展現英姿，把他救出來。不過，就在我們即將逃離那個鬼地方之際，奈菲瑞特出現，抹除我們這段記憶。我由於擁有女神妮克絲恩賜的法力，終於可以恢復記憶，但我不清楚西斯是否記得任何事情。

好吧，他很顯然記得我們兩人烙印了；或者，至少記得我們還在交往，雖然嚴格說來並沒有。我又嘆了一口氣。我到底對西斯有什麼感覺？打從我國小三年級，他四年級起，他就是我男友，兩人一直分分合合，即便藕斷也依然絲連。老實說，在他決定跟百威啤酒發展深刻戀情之前，我本來差點要再度和他復合的。不過，我可不想見到自己芳心所屬的年輕小夥子是酒鬼，所以就把他甩了。但是，他始終沒眞正搞清楚自己已被拋棄。就連我被標記，搬到夜之屋，他都還不了解我們之間眞的結束了。

我猜，我吸吮他的血液，然後又跟他親熱，這些事情應該也無法幫助他明白我們必須分手吧。

天啊，我眞要變成蕩女了。

我好希望找得到人談談我的男孩困擾。說眞的，若連羅倫也算在內的話，或許應該說我正面臨男孩與男人的困擾吧。我搓搓額頭，然後試圖把頭髮梳好。

好吧，我眞的必須誠實面對自己，做個決定，改善一下自己的行爲。

1.我喜歡西斯。我事實上可能是愛他的，而且眞的對他有強烈的嗜血渴望，雖然照理說我是不該吸他的血。我想跟他分手嗎？不想。我應該斬斷和他之間的情緣嗎？鐵定應該。

2.我喜歡艾瑞克，非常喜歡。他聰明風趣，是個非常善良的人，而且還是全校最帥，人氣超高的風雲人物。況且，就像他三番兩次提醒我的，他和我有很多共通點。我想跟他分手嗎？不想。應該斬斷情緣嗎？嗯，除非我繼續背叛他，跟第一號男孩及第三號男人交往。

3.我喜歡羅倫。跟艾瑞克及西斯相較，他截然不同，彷彿那是另一個世界。他・是・男人。而且身爲吸血鬼桂冠詩人，他擁有伴隨著這種身分而來的權力、財富和地位。他很清楚我才正要開始了解的那些東西，他給我一種從未有過的自我感覺，讓我覺得自己是個眞正的女人。我想跟他分手嗎？不想。應該斬斷情緣嗎？不只是「應該」，而是「天殺的絕對應該」。

看來，我應該很清楚自己該怎麼做了。我必須跟西斯分手（這次要眞的徹底分乾淨），繼續跟艾瑞克交往（如果我的頭腦還算清楚的話），而且絕對絕對不能再跟羅倫・布雷克獨處。

況且，我生活裡還有好多鳥事要處理，實在沒時間或心力搞這種多角戀情的劈腿遊戲。這些鳥事包括：我最要好的朋友變成了活死人，我**所有**朋友都不能忍受的愛芙羅黛蒂要加入守護圈，以及諾蘭老師遭遇的恐怖事件。

更甭提我實在不習慣成爲蕩女。那種感覺，我眞的沒有特別喜歡（雖然這種生活方式似乎能帶給我一些挺不錯的珠寶首飾）。

所以，我做了決定。而且，這一次這個決定必須付諸行動。立刻行動。我打開手機，傳簡訊給西斯。

我們得談一談。

他幾乎立刻回傳。我甚至可以想見他正露出可愛的笑臉。

好，今天嗎？

我咬著下唇思考。在做成決定之前，我先拉開厚重窗簾，往窗外探了一眼。天氣依然陰冷。很好。這代表人們不太會到外面閒晃，尤其現在天色已經暗了。我才剛在想要約在哪裡見面，手機就響了。

我可以去找妳。

不行。

我趕緊回傳。現在我最不需要的，就是這個可愛但老是沒頭沒腦，而且被我烙印的西斯出現在夜之屋。那麼，要在哪裡跟他見面呢？這會兒要溜出去可能不太容易，因爲學校有個老師才剛被殺死。手機又響了，我嘆了一口氣。

哪裡見？

該死，要約在哪裡？突然，我靈光一閃，想到了絕佳地點。我笑了笑，回傳給西斯。

一小時後在星巴克見。

好！

時間地點決定了，現在我只需想出怎麼跟他**真正**分手就行了。或者，至少要想辦法跟他保持距離，直到我們之間的烙印消褪。如果消褪得了。一定可以的，希望。

我迷迷糊糊地走進浴室，以冷水沖臉，希望能讓自己清醒一些。雛鬼一旦離開校園，行走在當地人群之間，依規定必須抹上遮瑕膏來掩蓋刺青。（這有時讓我覺得，我們彷彿科學家，正在做田野研究，試圖混到外星人之間。）只是，如果化妝離開，別人看了勢必逼問我要去哪裡，但我一點都不想回答。因此，我直接將遮瑕膏丟入包包裡。我想，不需要再探頭看窗外，也知道現在天氣如何。從起床後，我一頭黑色長髮就特別亂，所以我知道，外頭肯定在下雨，濕度超高。我刻意挑選最不性感的衣服，最後決定穿那件黑色背心，外面再套上那件印有「星際聯邦」字樣的連帽外套，並配上最寬鬆舒適的牛仔褲。我在心中提醒自己，待會兒要繞去廚房抓罐可樂──裡面有滿滿的糖分和咖啡因那種。打開房門，只見愛芙羅黛蒂站在門口，手舉得高高的，正準備敲門。

「嗨。」我說。

「嗨。」她鬼鬼祟祟地看看走廊前後，空蕩蕩的。

「進來。」我移步退到一旁給她過，然後關上身後的門，告訴她：「我急著要出門，跟人約了在校園外見面。」

「所以我才會來這裡。他們現在不讓任何人進出校園。」

「他們？」

「成鬼和戰士。」

「戰士已經進駐校園了？」

愛芙羅黛蒂點點頭。「來了一大群冥界之子，他們眞是天殺的有夠帥——我是說，眞的，帥到不行——不過他們肯定會限制我們的行動。」

這時，我才意會到她在說什麼。「啊，慘了。史蒂薇·蕾要怎麼辦？」

「她明天就沒血喝了。我是說，如果她現在還沒把那幾袋血喝光的話。她眞的可以像豬一樣，一口氣把那些血液一次全灌下去。」愛芙羅黛蒂微微歪斜著嘴角，露出噁心的表情。

「我來打電話給她，要她省著點喝，不過我們還是得多帶一些去給她，而且要快。」我說：「但是，要命，我眞的沒有辦法把這個，呃，這個約會往後延。」

「所以西斯回來了？」

我皺起眉頭盯著她。「也許吧。」

「喔，拜託，妳那個表情還不容易解讀嗎？」然後她揚起一道修飾完美的金色眉毛。

「我敢說，艾瑞克不知道妳有這個**約會**。」

我在心中提醒自己，愛芙羅黛蒂是艾瑞克的前女友，不管現在我們關係顯得有多友善，我知道她一逮到機會，便會重新巴上艾瑞克。我故意滿不在乎地聳聳肩，說：「我一回來就會告訴他。我恰好是準備去跟西斯談分手。如果妳認爲這事跟妳有關，好，那妳知道了。」

「聽說烙印所產生的連結幾乎不可能斬斷。」她說。

「成鬼所造成的烙印才斬不斷。雛鬼不同。」至少我是這麼希望。「況且，這也不關妳的事。」

「好，沒問題。既然妳要溜出校園不關我的事，那我就沒有理由告訴妳怎麼溜出去了。」

「愛芙羅黛蒂，我沒時間跟妳玩遊戲。」

「好啊。」她轉身準備離開。

我跨步擋在她面前。「妳又開始耍賤了。」我說。

「那妳又開始想飆髒話卻又不敢說。」她說。

我雙手交叉在胸前，腳尖不停點地，跟她對峙。

愛芙羅黛蒂翻翻白眼。「好啦。管他的。妳可以走到最靠近馬廄的學校圍牆邊——接近那一小片放牧場的邊緣。從那裡就能溜出去。放牧場的邊緣有片果園，那裡有一棵樹兩年前被閃電劈裂，樹幹倒在圍牆上。妳可以從那棵樹爬上圍牆。至於從牆頭跳到圍牆外，當然不是什麼大問題。」

「那要怎麼回學校？難不成牆的另一側也有一棵樹？」

她對我露出邪邪的笑容。「沒有。但有人剛好順手在那棵樹的樹枝上綁了一條繩子，所以可以拉著繩子爬上圍牆。同樣不難，只是有損修飾漂亮的指甲。」

「好，我懂了。接下來，我只需想個辦法去廚房拿血液。」我其實是在自言自語，而不是在跟愛芙羅黛蒂說話。「這樣應該有足夠時間和西斯見面，然後去找史蒂薇．蕾，接著趕回來主持儀式。」

「妳沒那麼多時間。奈菲瑞特就要舉行全校月圓儀式了，她要求所有人都必須參加。」愛芙羅黛蒂說。

「網巴蛋！我以為這個月是寒假，奈菲瑞特不會舉行全校性的儀式。」

「寒假已經正式取消，所有的成鬼和雛鬼都奉命立刻返校。還有，沒有『網巴蛋』這種詞。」

我不搭理她批評我這不算髒話的髒話。「學校決定取消寒假，是為了諾蘭老師的事？」

愛芙羅黛蒂點點頭，「很可怕，對吧？」

「是啊。」

「那，妳那時候怎麼沒吐？」

我不安地聳聳肩。「我想，我是嚇到吐不出來。」

「眞希望我也能這樣。」愛芙羅黛蒂說。

我瞥了一眼手錶。快八點了，我得趕緊離開學校，以便及時趕回來。「我得走了。」想到此時廚房應該很熱鬧，我卻必須想出辦法把血袋夾帶出來，就開始心煩。

「拿著。」愛芙羅黛蒂將一直掛在她肩頭的帆布袋遞給我。「拿去給史蒂薇・蕾。」裡頭裝滿一袋袋的血。我不敢置信地眨眨眼。「妳怎麼弄到的？」

「我睡不著，心想諾蘭老師被謀殺後，校方一定會大規模召來支援人手，這代表廚房將開始忙碌起來。所以，我想，最好先去拿些血袋，免得到時候拿不到。拿到這些血袋後，我就把它們貯藏在我房間的迷你冰箱裡。」

「妳有迷你冰箱？」可惡，眞希望我也有。

她對我露出愛芙羅黛蒂式的冷笑，不屑地從鼻尖睥睨著我。「這是高年級生才有的福利之一。」

「喔，謝謝妳。妳眞好，這樣爲史蒂薇・蕾設想。」

她的冷笑愈來愈誇張。「聽著，我沒有要對她好，我只是不想見到史蒂薇·蕾口吐白沫，吃掉我爸媽請來打掃的人。就像我媽說的，可信賴的非法勞工可不好找。」

「妳眞好心啊，愛芙羅黛蒂。」

「別這麼說。」她繞過我，打開一線門縫，往外頭走廊探了探，確定沒人在外頭。臨走前，她回頭告訴我：「還有，我是說眞的：別這麼說。」

「那就黑暗女兒的儀式上見了。別忘了。」

「眞不幸，我沒忘。更不幸的是，我會去。」說完後她跑出我房間，消失在走廊上。

「難題。」我離開房間，走向走廊另一端時，不禁喃喃自語：「這女孩有很大的難題。」

17

艾瑞克肯定要對我發飆了。我抓著一罐可樂和一帆布袋的血液衝出廚房時，看見孿生的正窩在她們平常最愛的椅子上看《蜘蛛人》第三集的ＤＶＤ。

「哇靠，柔，妳還好嗎？」簫妮問，眼睛睜得大大的，像受到驚嚇。

「我們聽說妳和那個惡劣至——」依琳停頓一下，然後不甘不願地糾正自己：「我是說，妳和**愛芙羅黛蒂**發現諾蘭老師的屍體。一定很恐怖。」

「是啊，很糟。」我擠出要她們放心的笑容，並且裝得好像我並沒有急著想要一溜煙似地衝出宿舍。

「眞不敢相信竟然會發生這種事。」依琳說。

「我知道，感覺起來不像眞的。」簫妮搭腔。

「是眞的，她死了。」我嚴肅地說。

「妳確定妳沒事嗎？」簫妮問。

「我們都很擔心妳呢。」依琳附和。

「我沒事，我保證。」其實我的五臟六腑都擰在一起了。簫妮、依琳、戴米恩和艾瑞克是我最要好的朋友，我不想對他們撒謊，雖然我的謊言多半只是隱瞞他們一些事。來到夜之屋這兩個月裡，我們已經變成家人，所以大家不會虛情假意。我知道他們是眞的擔心我，我卻杵在那裡，在心裡過濾哪些該說，哪些不該說。這時，有種不祥之兆讓我不寒而慄。萬一他們發現我對他們隱瞞的那些事情，不再理睬我，那該怎麼辦？萬一他們不願再當我的家人，那該怎麼辦？光想到有這種可怕的可能，我心裡就開始驚慌失措。趁著我還沒臨場膽怯，和盤托出所有事情，撲倒在他們腳邊求他們諒解，求他們別對我生氣之前，我衝口而出：「我得去見西斯。」

「西斯？」簫妮一頭霧水。

「她的人類前男友啦，孿生的，妳忘記了啊？」依琳提供答案。

「喔，對，兩個月前差點被吸血鬼惡靈吃掉，上個月又差點被噁心的遊民殺人狂殺掉的那個金髮小帥哥。」簫妮說。

「妳知道嗎，柔，妳對妳前男友很壞欸。」依琳說。

「對，當我的前男友很可憐。」我搶著說了這句話，同時若無其事地往門口移動。「我得走了，兩位。」

「他們不會讓任何人離開校園的。」依琳說。

「我知道，不過，我，呃，嗯……」我支支吾吾，接著發現這樣吞吞吐吐很可笑。我的確不能把史蒂薇．蕾或羅倫的事告訴孿生的，不過天殺的，像這種溜出校園的把戲，正是一般青少年會幹的事，我當然可以讓她們知道。「我知道有個可以溜出學校的祕密方法。」

「好樣的，柔！」簫妮興高采烈地說：「春季期末考前，我們照說應該好好準備功課的那段時間，我們絕對會好好利用妳這套高超技巧溜出校園的。」

「拜託，」依琳翻翻白眼，說：「好像**我們**一定得用功念書似的。別忘了那段期間有季末鞋子特賣會，我們得去好好劫掠一番。」然後她揚起亮晃晃的金色眉毛，問道：「呃，柔，那我們要怎麼告訴男友？」

「男友？」

「**妳**男友，艾瑞克．奈特，小名『我眞天殺的棒透了』。」依琳看著我的眼神彷彿在說，她認爲我瘋了。

「哈囉，回神了，柔依，妳確定妳沒事嗎？」簫妮說。

「對，對，我沒事。對不起，爲什麼妳們得跟艾瑞克說什麼？」

「因爲他跟我們說，妳一起床，就叫妳打電話給他。他也很擔心妳，非常非常擔心。」簫妮說。

「他若沒能很快聽到妳的消息，肯定會跑來這裡搭帳篷等妳。」依琳故意感動地說：「喔～～，孿生的！」還眼睛睜得大大，嘴角微翹，露出性感的笑容。「那，妳想男友會帶那兩個帥哥來嗎？」

簫妮將那頭濃密的黑髮往後甩。「絕對有可能，孿生的。堤杰和克爾是他的朋友，而這又是非常緊張的時刻。」

「妳說得對，孿生的，我們都知道，面臨緊張壓力時，朋友就是應該聚在一起，互相幫忙。」

孿生的不約而同地轉頭看我。「去吧，要和前男友做什麼就去做吧。」依琳說。

「是啊，我們會在這裡掩護妳。我們就在這裡等艾瑞克出現，然後我們會告訴他，我們兩個弱女子嚇到不敢獨處。」簫妮說。

「所以我們當然需要保護。」依琳接腔：「也就是說，他必須去把他朋友找來，然後我們大家窩在一起，等著妳和人見面回來。」

「聽起來似乎可行。喔，不過別告訴他我溜出校園，他會嚇死的。就隨便帶過，說我去找奈菲瑞特之類的。」

「隨便啦，反正我們會掩護妳的。不過，說到溜出學校，妳確定安全嗎？」簫妮說：「我們說現在校園瀰漫著恐怖氣氛，可不是瞎掰的。」

「是啊，妳不能晚點再跟人類男友分手嗎？譬如說，等他們抓到那個把諾蘭老師斬首，並釘上十字架的變態兇手，然後再去？」依琳問。

「這件事我現在就必須去處理。妳們知道的，一旦涉及烙印，那分手可不會是普通的分手。」

「是很戲劇性的分手。」依琳說。

「非常戲劇性。」簫妮鄭重地點頭附和。

「是啊，拖得愈久，情況就愈糟。我的意思是，西斯才剛回來，我就快被他的密集簡訊炸死了。」孿生的給我一個同情的表情。「那麼，晚點兒見嘍。我會在奈菲瑞特舉行儀式前趕回來換衣服的。」我火速跑開，聽到孿生的在我身後大喊：「待會兒見。」

我才衝出門口，就迎面撞見一個宛如大山的男人。在我差點摔下階梯前，一雙有力到難以想像的手扶住我。我抬頭往上（往上，再往上）看，才見到一張如岩石般嚴峻的俊俏臉孔。我驚訝地眨眨眼，他臉上帶著很酷的刺青，絕對是個成鬼，雖然看起來大我沒幾歲。不過，見鬼了，他也太人高馬大了吧！

「小心啊，雛鬼。」這座全身黑壓壓的大山開口說話。然後，他毫無表情的面容瞬間轉變。「妳是柔依．紅鳥？」

「對，我是柔依。」

他放開我，後退一步，將拳頭放在心臟位置，利落地對我行禮。「歡喜相聚。真是榮幸能認識這位被妮克絲大大恩賜的雛鬼。」

我覺得好尷尬，自己好愚蠢，趕緊回應他的問候：「也很高興認識你，請問你是哪位？」

「達瑞司，冥界之子。」他說，正式一鞠躬。他說得好像「冥界之子」是正式頭銜，而非一種形容的說法。

「你是因爲諾蘭老師的事而被召來這裡？」我的聲音突然發啞，而他顯然注意到了。

「嘿，妳不用擔心，柔依。」他說，表情變得更年輕，但仍帶著不可思議的威嚴。「冥界之子誓死保護夜后妮克絲的學校，直到我們的最後一口氣。」

他說話的口氣讓我寒毛直豎。人高馬大的他孔武有力，而且非常、非常嚴肅。我眞不敢想像有任何東西或任何人能從他身邊溜走，更遑論讓他吐出最後一口氣。「謝——謝謝你。」我結結巴巴地說。

「我的戰士兄弟駐守在全校各角落，妳大可安心，小女祭司。」他對我露出微笑。小女祭司？拜託。我這個小鬼最近才在蛻變呢。

「喔，很好。呃，我會安心的。」我開始步下階梯。「我只是要去，呃，去馬廄看我的馬，普西芬妮。很高興見到你，有你在這裡眞是太好了。」我說完後，還可笑地對他揮手道別，然後趕緊沿著人行道跑向馬廄。我感覺他的視線一路跟著我。

見鬼。實在不妙。我思索接下來該怎麼辦。我要怎麼在眾多戰士大山（不管他們多年輕，多可愛）的重重警戒下溜出學校？我要是溜不出去，當然不是因爲他年輕又可愛。幹麼，難不成我還有時間再交新男友啊？當然不可能。更何況他的俊俏絲毫也沒有讓他變得比較不像大山。唉，我腦袋一團混亂，頭痛得要死。

然後，有個溫柔的聲音出現在我腦海，告訴我**要思考……要鎮定……**

這些字句在我混亂的腦袋裡悠揚飄旋，帶給我撫慰。不知不覺，我開始放慢自己，深呼吸，透過念力讓自己放鬆、思考。我必須冷靜……鎮定……思考，這時——

一個念頭就這樣自己跳入我腦袋中，我知道該怎麼做了。走到下兩盞煤氣燈之間的陰暗處時，我悄悄步下人行道，彷彿我決定要在大橡樹之間散步。走到第一棵樹時，我在陰影下停下腳步，閉上眼睛，集中意念。然後，如同我曾經做過的那樣，我召喚寂靜和隱形降臨我身上，把我包覆在如墓穴的闃寂中（霎時我眞希望我會想到這種比喻，只是因爲我想像力太發達了，而不是因爲這是令人毛骨悚然的不祥預兆）。

我靜悄悄……沒人看得見我……沒人聽得見我……我成了薄霧……如夢……如靈……

我感覺得到冥界之子就在四周，但我沒左顧右盼，不許自己的專注力有任何鬆懈。相反地，我持續在內心祈禱，讓祈禱變成咒語，讓咒語化爲魔法。我像一縷思緒，我像一個祕密，無法察覺，隱身在層層寂靜與濃霧之中，層層輕煙與魔法之中。我的身體悸動地顫抖，彷彿我眞的飄浮著。當我低頭俯視自己，只見到幽暗氤氳中的一抹影子。**這一定就是史托克在《吸血鬼德古拉》中描述的那種情景**。這思緒沒嚇到我，反而讓我更專注，而我也因此感覺自己變得更幻化無形。我如夢魂般移動，找到了那棵遭受雷劈的大樹，輕飄飄地沿著裂開的樹幹往上爬，爬到倚在牆頭的濃密枝椏上，彷彿我絲毫沒有重量。

果然如愛芙羅黛蒂所言，在一節樹枝的分叉處有一條繩子，牢牢地纏繞在枝椏上，彷彿一尾靜靜等候的蛇。我繼續以夢幻般的靜謐方式移動，將繩子一端丟過牆頭。然後，聽從由我靈魂核心漾起而遍布全身的直覺，我舉起雙手，低聲說：「風和靈，降臨我，如午夜的霧氣，將我帶往土元素。」

我不需從牆頭跳下，因爲我身邊已刮起一陣旋風，彷彿空靈的觸撫，捲起我如靈魂般無形的軀體，讓我騰空移動二十呎，最後落在圍牆另一邊的草地上。有那麼半晌，我滿心驚異，全然忘了被謀殺的老師、多角戀情，以及生活中的種種壓力。雙手依舊高舉著，我快速迴旋，享受風兒和能量不斷拂過我晶瑩剔透的肌膚。我彷彿化身爲黑夜的一部分，雙腳幾乎沒有著地，沿著草徑飄移，直到抵達通往尤帝卡街的人行道。從這裡前往，尤帝卡廣場已經很近了。一切是如此神奇。在讚歎中，我幾乎忘了停步給自己臉上的刺青塗上遮瑕膏。雖然百般不願，我還是停歇下來，從帆布袋裡拿出遮瑕膏和鏡子。一看到鏡中映像，我驚愕地一口氣梗在喉頭。鏡中的我斑斕奪目，肌膚閃爍著如夢似幻的珍珠亮澤，黑色秀髮輕輕飛揚，在只爲我而吹拂的微風中飄浮。我看起來不像人類，我看起來不像吸血鬼。我看起來像是新的物種，一種新的存在狀態，從黑夜誕生，受宇宙元素祝福。

在圖書館時，羅倫是怎麼說我的?他好像說，跟那些受人崇拜，自視如神的人相比，我本身就是女神。此刻我見到自己的模樣，忍不住心想，或許他眞的知道什麼事情。能量顫動，貫穿我全身，我的頭髮從肩頭飛起。我發誓我甚至感覺到臉上刺青出現愉悅的灼熱感，一路蔓延到脖子和背部。或許羅倫很多事情都說對了——譬如說，我們倆可能是一對悲劇戀人。或許我跟西斯說我不能再和他見面之後，也應該斬斷跟艾瑞克的情緣。想到要離開艾瑞克，我覺得有點喘不過氣，但這是可以預期的。我不是無情無義——我真的喜歡他。不過，諾蘭老師的死不就證明世事無常嗎？就連對吸血鬼來說，生命也可能稍縱即逝啊。或許我應該跟羅倫在一起——或許這樣做才對。我繼續望著鏡中神奇的映像。

畢竟，我真的跟其他雛鬼不同。

我應該接受這個事實，別再抗拒或自覺怪異。

既然我跟其他雛鬼不一樣，那麼我需要跟某個特別的人（某個別的雛鬼不該交往的人）在一起，不也合情合理嗎？

可是艾瑞克在乎我，我也在乎他啊。這樣做對艾瑞克不公平……對西斯也不公平……羅倫是個成熟的男人……他的身分是老師……所以，或許我們不該偷偷摸摸私會……

我的良心在對我低語，訴說著愧疚的思緒，但此刻我只能置之不理，默默命令風、煙霧和遮掩了一切的黑暗消失，好讓我能具體現形，以便塗抹遮瑕膏，掩蓋臉上繁複細緻的刺青圖案。然後，我抬起下巴，挺直脊背，沿著人行道邁向尤帝卡廣場，邁向星巴克，邁向西斯。但這時我依然不十分確定自己到底該怎麼做。

我選擇路燈稀微的地方，持續走在街道黑暗的那一側。我一邊慢慢走著，一邊忖度著該跟西斯說些什麼，好讓他能清楚了解我們不能再繼續見面了。距離廣場還有一半路程，我就見到他朝我而來。事實上，我是先**感覺**到他。那種感覺就像皮膚底下發癢，怎樣都搔不到，也像一股說不上來的衝動，要我往前奔去，尋找我知道自己萬分渴望但不清楚該怎麼找到的東西。接著，那衝動從模糊變得清晰具體，從潛意識的堅持變成一種要求。**然後**，我看見他。西斯。他正朝我走來。我們同時看見對方。他走在街道另一側的路燈底下，看到我時正巧站在一盞燈下。我看見他眼睛發亮，笑容燦爛。這時，他開始奔跑，橫越街道。（我發現他根本沒看左右來車。幸好這種爛天氣使得交通流量甚小，否則這傢伙肯定被車子撞得粉身碎骨。）

他張開雙臂環抱我，他的嘴巴和鼻子在我耳際呼吸，搔得我耳朵好癢。「柔依！喔，寶貝，我真的好想妳！」

我真恨自己的身體立即回應他的擁抱。他身上的味道聞起來像家那般熟悉——一種迷人、可口的家——不過還是家。趁著我還沒無助地在他懷裡融化，我趕緊推開他，霎時意識到這陰暗的人行道好漆黑，好隱蔽，甚至好私密，帶給人親暱的遐想。

「西斯，你應該在星巴克等我的啊。」對，那群咖啡因上癮症的路人會讓星巴克室外的小庭院絕對隱密不起來。

他聳聳肩，咧著嘴笑。「我是在那裡等妳啊，不過我感覺到妳接近了，就再也坐不住。」他的褐色明眸閃閃發亮，模樣好可愛。他撫摸著我的臉，告訴我：「我們烙印了，記得吧？就妳和我欸，寶貝。」

我後退半步，不讓他處在我的私人空間內。「我就是要跟你談這個。我們現在回星巴克，喝杯飲料，好好談一談。」在公共場合裡談，我就不會那麼蠢蠢欲動，想把他從人行道拉進暗巷，將牙齒戳入他甜美的脖子，然後……

「不行。」他說，又咧嘴對我笑。

「不行？」我搖頭，想甩掉已經開始在我（蕩女般的）腦袋瓜裡播放的有一點噁心的畫面（好吧，不只有一點）。

「不行，因爲凱拉和她那個賤女幫選了今晚到星巴克。」

「賤女幫？」

「是啊，我和喬許及崔維司都這麼稱呼凱拉、惠特妮、琳賽、雀爾喜及珮姬。」

「噢。呃，凱拉什麼時候開始跟那些討厭的蕩女混在一起？」

「自從妳被標記後。」

我瞇起眼睛看著西斯，問：「那麼，凱拉和她的新朋友怎麼會剛好挑今晚來星巴克？還有，為什麼挑**這家**星巴克，而不挑斷箭市那家？那家離她們住的地方要近得多啊。」

西斯舉起雙手，做出投降狀。「我不是故意的！」

「故意**什麼**，西斯？」要命，這傢伙有時眞的很白癡。

「我把車停在星巴克前面時，不知道她們正從Gap服飾店走出來。我沒看見她們，是她們先看到我。等我發現已經太遲了。」

「難怪她們突然想喝咖啡。她們沒一路跟著你過來，反倒讓我很驚訝。」好吧，沒錯，我確實記得我是要來跟他談分手的，不過想到凱拉還是伺機想巴上他，我仍然一肚子火。

「妳應該不想見到她們吧？」

「不是不想，而是打死都不想。」我說。

「想也知道。好，這樣吧，我陪妳走回學校。」他往我靠近。「我還記得兩個月前我們在牆頭**說話**的情景，感覺好棒。」

我也記得。尤其記得那是我第一次嘗到他的血液。想到這裡，我開始簌簌發顫。我隨即克制住自己。我眞的得好好弄明白嗜血這個問題。「西斯，」我語氣堅定地說：「你不能跟我回學校。你沒看新聞嗎？有個人類白癡殺了吸血鬼。現在那裡戒備森嚴，活像軍營。我必須設法偷溜出來，才能跟你見面，而且我不能在外頭待太久。」

「喔，對，我聽說這事了。」他抓起我的手。「妳還好嗎？妳認識被殺死的那個吸血鬼嗎？」

「對，我認識。她是我戲劇課的老師。還有，不，我不好，所以我才必須來找你談。」我心意已決。「來吧，我們從這條路抄捷徑到伍得沃德公園，到那裡再聊。」那是陶沙市區的公園，就位於城中區的中心，不可能太隱密。至少我這麼希望。

「好啊。」西斯愉快地說。

他不放開我的手，所以我們就像從小學起那樣，手牽手沿著和大街相會的一條小路往前走。他抓著我的手，手腕貼著我的手腕，我可以感覺到——但我努力不去想——我們兩人的脈搏正互相應和，同步跳動。走沒幾步，他突然出聲打斷我的思緒。

「小柔，在坑道裡發生了什麼事？」

我斜斜地瞟他一眼。「你記得些什麼？」

「多半是一片漆黑，還有妳。」

「什麼意思？」

「我想不起自己怎麼去到那裡，不過我記得有牙齒和發出紅光的眼睛。」他捏捏我的手。「我不是指妳的牙齒，小柔。再說，妳的眼睛不是發出紅光，而是閃亮動人。」

「是嗎？」

「當然是。尤其是在妳吸吮我的血液時。」他放慢腳步，就在我們幾乎停住不動時，他把我的手抓起來，貼在他的嘴唇，然後吻它。「妳知道妳吸我的血液時，那感覺有多美好，對不對？」

西斯的聲音變得低沉沙啞。他的嘴唇觸及我手背的肌膚，感覺像是一團火，熱得發燙。我想要依偎著他，迷失在他懷裡，並將牙齒戳入他……

18

「西斯，專心點。」我將閃爍著竄流我全身的熱，轉變成惱怒。「回到坑道的事。你本來是要告訴我你記得些什麼的。」

「喔，對。」他露出可愛壞男孩的笑容。「我真的沒記得多少，所以才想問妳。我只記得牙齒、爪子、眼睛之類的，然後是妳。感覺像噩夢一場，嗯，與妳有關的那部分除外。這部分酷斃了。嘿，柔，是妳救了我吧？」

我對他翻翻白眼，拖著他繼續往前走。「對，是我救了你，呆瓜。」

「從誰手裡救出來？」

「喂，你沒看報紙嗎？這件事就登在第二版啊。」報紙上那個故事很吸引人，但內容全是虛構的。他們引用馬克思警探的話，而他極其簡短的陳述大都不是事實。

「看了啊，不過上面沒說太多。所以，到底發生了什麼事？」

我咬著嘴唇，思緒奔馳。他記不得關於史蒂薇．蕾以及她那幫活死人的事，奈菲瑞特阻卻他記憶的法術顯然依然有效。霎時，我明白就是應該這樣。西斯知道得愈少，奈菲瑞特愈不會想到要找他麻煩，甚至第三度攪亂、阻塞他的心智。萬一奈菲瑞特這樣做，對他來說絕對不是好事。再說，這傢伙得好好過日子，過他的**人類**生活，不能再這樣迷戀我，執著與吸血鬼有關的事物。

「大概就是報紙說的那樣。我不知道兇手是誰，只知道是某個變態的遊民。和殺了克里斯及布雷德的兇手是同一個人。我找到了你，利用我的元素法力將你從他手中救出來，不過你傷得很重。他，呃，把你折磨得很慘，全身多處撕裂傷。或許就是因爲這樣，當你回想時才會有那些奇怪的記憶。」現在換我聳聳肩。「我不擔心記不起這段回憶。若我是你，甚至連想都不會去想。這沒什麼大不了的，眞的。」他開始要說些別的什麼事情時，我們已經走到公園後門。我指著最靠近的那棵大樹下的長椅，說：「我們過去那裡坐吧？」

「妳說了算，小柔。」他手甩上來搭著我的肩膀，我們走向長椅。

我們坐下後，我總算設法從他胳臂底下滑出來，轉身面對他，好讓我的膝蓋在我們兩人之間形成某種屏障，使他無法太親近我。我深吸一口氣，強迫自己注視西斯的眼睛。**我辦得到，我可以辦到**。

「西斯，你和我不能再見面了。」

他額頭皺了起來，彷彿想搞懂複雜的數學題。「小柔，妳爲什麼要這麼說？我們當然可以再見面啊。」

「不行，這樣對你不好。我們之間必須結束。」我趁著他還沒開始抗議之前搶先繼續說：「我知道，對你來說，要不見我似乎很難。不過，西斯，這是烙印產生的影響。眞的。我讀了很多有關的資料。如果我們不再見面，烙印就會慢慢消褪。」我沒有說出全部實情。書上是說，若不相互接觸，**有時候**烙印就會消褪。嗯，我希望那「有時候」包括這一次。「你會沒事的。你會忘了我，回復正常生活。」

就在我說話的當頭，西斯的表情愈來愈嚴肅，身體一動也不動，非常非常安靜。我知道，因爲我感覺得到他的心跳，而現在連他的心跳也變慢了。他再次開口時，聲音變得蒼老，眞的很老，彷彿已經活了上千年，知道一些我只能猜想的事情。

「我不會忘了妳的，甚至死了以後也不會。對我來說，這才算正常，愛妳就是我的正常。」

「你不是愛我，你只是被我烙印了。」我說。

「胡扯！」他咆哮：「別告訴我我不是愛妳。自從九歲起，我就愛上妳了。烙印只是我們之間從小時候以來的另一段插曲罷了。」

「烙印這段插曲必須結束。」我看著他的眼睛，冷靜地說。

「爲什麼？我已經說過，對我來說這是好事，而且，小柔，妳也知道我們屬於彼此。妳必須對我們自己有信心。」

他以眼神懇求我，我覺得自己的五臟六腑全擰在一起。很多地方他都說對了。我們兩個的確已經在一起很久了——若我沒被標記，我們或許會一起上大學，畢業後結婚，生小孩，住在郊區，養條狗。或許偶爾吵個架，多半是因爲他太沉迷於運動，然後他會買花和泰迪熊送我，像我們年少以來他會做的那樣，然後我們會和好。

然而，我的確被標記了。就在新的柔依誕生的那一天，我的舊生命也隨之結束了。我愈想愈覺得跟西斯分手是正確的決定。跟我在一起，他只會受我掌控，就像《吸血鬼德古拉》裡被德古拉掌控的蘭菲爾。而那個窩心的西斯，我從小青梅竹馬的愛人，應該有更好、更明亮的人生。我知道自己該做什麼，也知道該如何做了。

「西斯，事實上，這樣下去對你我都不好。」我的聲音冷淡平靜，不露情緒。「現在不再只有你和我。我有男朋友，**真正**的男朋友。他跟我一樣，不是人類，他才是我現在想要的人。」我不確定自己說的是艾瑞克或羅倫，不過我很確定的是，西斯眼裡蒙上了一層痛苦的陰影。

「如果得跟別人分享妳，我願意。」他的聲音小到近乎低聲自語。他把視線移往別處，彷彿羞愧得無法注視我的眼睛。「只要不失去妳，我什麼都願意。」

這話讓我內心某個東西破裂、崩潰了，但我故意笑他：「你自己聽聽你說的什麼話！聽起來很可悲欸。你知道吸血鬼男人是什麼樣子嗎？」

「不知道。」他的聲音變得有力，而且又敢正視我的眼睛了。「我不知道他們是什麼樣子，或許身材高大、凶猛可怕之類的吧。我相信他們能做出各種很酷的事情，不過我知道有件事我能做而他們辦不到。他們沒辦法像我這樣。」

就在那一瞬間，我還來不及搞不清楚他要做什麼，就已經太遲了。西斯從牛仔褲的口袋掏出剃刀，往自己頸側劃下一道又長又深的傷口。我當下就知道，他沒傷到頸動脈之類的。那傷口不會對他造成致命危險，卻足以汩汩流出鮮血——溫熱、甜美、新鮮的血液流下他的頸和肩。而且，這是西斯的血，勝於一切！跟他產生烙印的我，最渴望的就是這氣味。那甜美滋味撲鼻而來，覆蓋我，帶著火熱的堅持拂過我的肌膚。

我克制不住，旋即傾身向前。西斯的頭側向一邊，伸長頸子，露出美麗閃亮的傷口。

「解除我的痛苦吧，柔依，解除我倆的痛苦。快喝我的血，止住我的灼熱，趁我再也承受不住之前。」

他的痛苦。我造成他的痛苦。這一點，我在進階吸血鬼社會學課本裡讀到過。書裡曾經警告，烙印極其危險，血的繫縛、血的連結可能變得非常緊密，以至於如果妳不去吸吮那人類的血，他會痛苦難當。

所以，我得吸吮……就再這一次吧……爲了解除他的痛苦……

我往他靠得更近，一手搭在他肩上，伸出舌頭，舔舐他脖子上的滑黏紅跡。我渾身悸動，開始發顫。

「喔，柔依，對，就是這樣！」西斯呻吟。「妳減輕我的痛苦了。對，再靠近一點，寶貝，多吸一些。」

他握拳，抓住我的頭髮，壓住我的頭，讓我的嘴巴貼緊他的脖子。於是我吸吮，盡情吸吮。他的血湧入，炸開，不只炸在我的嘴裡，也炸遍我的身體。人類和吸血鬼被嗜血情欲淹沒時所出現的生理反應，究竟出於什麼原因，到底是怎麼回事，我都從書本上讀過。道理很簡單。妮克絲的恩賜，讓原本殘酷而致命的吸血行爲，在烙印雙方產生愉悅的感覺。不過教科書上冷冰冰的單調文字，根本無法精確描述我從西斯脖子上吸吮血液時，我們倆體內所出現的那種感覺。我跨坐在他身上，將自己的私密部位緊貼著他硬挺的地方。他的雙手放開我的頭髮，轉而捧住我的臀部，以規律的節奏擺動我的身體，讓我一次次抵住他。他呻吟喘息，呢喃著要我別停。而我也不想停，壓根兒不想停。我的身體在燃燒，一如他的身體在燃燒。只不過我的痛苦是甜蜜、火熱、美妙的。我知道西斯說得沒錯。艾瑞克跟我是同一類生物，而且我在乎他。羅倫是眞正的男人，能量充沛，神祕難測。但他們兩個都沒有辦法爲我做這種事。他們都不能讓我有現在這種感覺……讓我想要這樣……渴望這樣……

「哇塞，騷貨！騎在他身上，用力騎吧！他爽～～呆了吧！」

「這白人小子沒辦法滿足妳的，我來讓妳眞正地爽一下吧！」

西斯捧住我臀部的手放鬆，試圖把我的身體轉開，幫我擋住那嘲笑的聲音。不過，我能能燃起的怒火已經讓我不顧一切後果。我火冒三丈，無從遏止，立刻做出反應。我將臉從他脖子上抬起來，見到幾呎外有兩個黑人正逐漸逼近。他們身上是那種典型的裝扮，可笑的寬鬆垮褲、尺寸過大的絨毛外套。當我齜牙對他們嘶嗚，他們的表情立刻從訕笑變成驚愕，變成不敢相信。

「滾開，否則我殺了你們。」我對他們怒吼，聲音的力道連我自己都嚇一跳。

「他媽的，還是個吸血騷貨哩！」兩人之中較矮的那個說。

另一個哼了一聲。「哪有？這騷貨又沒刺青圖案。不過如果她想吸東西，我就來讓她吸一吸。」

「好啊，你先上，然後換我。她那個呆瓜小男友可以在旁邊觀摩，看看這種事情該怎麼做。」他們邪惡地笑了一聲後，又開始逼近我們。

仍跨坐在西斯身上的我，一手高舉過頭，另一手的手背則抹過額頭和臉龐，擦去隱藏我身分的遮瑕膏。他們見狀，踉蹌停步。然後我舉高兩手，輕而易舉地集中意念。現在，體內充滿西斯的新鮮血液，我感覺自己變得更強壯有力，而且非常、非常憤怒。

「風降臨我。」我下令。周遭乍起的一陣旋風立刻吹得我頭髮飛揚。「吹吧，甩掉這兩個傢伙！」我雙手揮向他們，憤怒隨著話語一起迸出。風立即遵命行事，以強烈的力道攻擊他們。他們不停搖晃，滑動，叫喊，咒罵，雙腳離地，被風猛然摔開。我好奇、著迷，但無動於衷地看著風將這兩個傢伙捲走，在第二十一街的馬路正中央丟下。

卡車撞上他們時，我的眼睛連眨也沒眨一下。

「柔依，妳做了什麼！」

我低頭看著西斯，他的脖子仍淌著血，臉色蒼白，雙眼圓睜，表情震驚。

「他們要傷害你。」此時，我的怒氣已經釋出，只覺得詭異、麻木，還有困惑。

「妳殺了他們？」他的聲音聽起來很不對勁，驚惶害怕，好像在指責。

我皺眉看著他。「不，我只是把他們趕走，接下來的事要怪就怪卡車。而且，他們或許沒死啊。」我再度抬頭看向馬路，見到卡車在發出尖銳煞車聲，又滑行了一段路後，已經停住。其他車輛也停下來。我可以聽見人群喊叫。「更何況聖約翰醫院就在這條路上，距離不到一哩。」這時不遠處果然傳來警笛聲。「瞧，救護車已經來了，他們或許不會有事的。」

西斯將我從他大腿上抱開，身體往後挪動，一手以衣袖壓住脖子上的傷口。「妳快走。很快這裡就會有大批警察，不能讓他們發現妳在這裡。」

「西斯？」我朝他舉起手，但他往後退縮。我頹然放下手。麻木的感覺已經消褪，我開始發抖。天哪，我剛剛做了什麼事？「你怕我？」

他慢慢地伸出手，抓起我的手，將我拉近，用手臂環抱住我。「我不是怕妳，我是替妳害怕。如果被人發現妳做了這些事，我——我真不知道會發生什麼事。」他繼續摟著我，但身體稍微往後傾，直視著我的眼睛，說：「柔依，妳在變化，而且我不知道妳會變成什麼東西。」

我淚水盈眶。「我會變成吸血鬼，西斯，這正是我會蛻變成的東西。」

他撫摸我的臉頰，然後以拇指抹去剩下的遮瑕膏，露出我臉上的完整記印。他俯身親吻我額頭正中央的那道弦月。「小柔，我可以接受妳變成吸血鬼。不過，我要妳記住，妳也仍然是柔依，我的柔依。而我的柔依絕不是惡毒凶殘的女孩。」

「我不能讓他們傷害你。」我低聲說，渾身顫抖，頓時明白自己剛剛有多殘酷、恐怖。**我說不定害死兩個人了**。

「嘿，看著我，小柔。」西斯抬起我的下巴，逼我迎視他的眼睛。「我身高超過一百八十公分，是學校裡最厲害的先發四分衛，而且奧克拉荷馬大學已經答應提供我全額的足球獎學金。這樣，妳可以相信我會照顧自己了吧？」他放開我的下巴，再次撫摸我的臉龐。他那嚴肅又成熟的聲音突然讓我想起他爸爸，感覺眞怪。「我跟父母出門度假這段期間，讀了不少跟吸血鬼女神妮克絲有關的資料。小柔，與吸血鬼相關的資料很多，但我沒讀到任何資料說你們的女神是惡毒的。我想，這點妳應該牢記在心。妮克絲賜給妳很多能力，我不認爲她會喜歡妳把這些能力用在錯誤的地方。」他的視線越過我肩頭，望向遠處的馬路，以及正在那裡演出的可怕場景。「小柔，無論如何，妳不該那麼殘忍的。」

「你什麼時候變得這麼老成？」

他笑笑。「兩個月前啊。」說完，他輕吻我的唇，然後起身，也拉著我站起來。「妳得離開這裡。我會循著我們剛剛走來的路回去，但妳最好穿越玫瑰園回學校。如果那兩個傢伙沒死，他們一定會說出事情經過，這樣對夜之屋恐怕不好。」

我點點頭。「沒錯，我該回學校了。」然後我喟嘆一聲。「我本來是來跟你分手的。」

他的微笑綻開，咧著嘴變成大笑的臉。「不可能的，小柔。我們注定在一起，寶貝！」他給了我一個深深、久久的吻，然後輕輕把我推向陶沙市玫瑰園的方向。這座花園就緊臨著伍得沃德公園。「打電話給我，我們下週見，好嗎？」

「好。」我喃喃答應。

他開始後退離開，好看著我離去。我轉身走向玫瑰園。不知不覺地，我開始召喚煙霧和夜色、魔法與黑暗來掩護我，熟練得彷彿我已經這樣做了幾十年。

「哇，酷，小柔！」我聽見他在我身後嚷嚷。「我愛妳，寶貝！」

「我也愛你，西斯。」我沒轉身，只在風中喃喃低語，以念力把我的聲音傳送給他。

19

對，我徹底搞砸了。我不只沒跟西斯分手，或許還加深了我們之間的烙印連結。此外，我還可能把兩個人害死了。我發抖，感覺好想吐。我到底怎麼了？那時，我正在吸吮西斯的血，享受愉悅的性快感（噁，我眞的要變成蕩女了），然後那兩個人開始找我們麻煩，我裡面的某種東西突然抓狂，讓原本**正常的柔依**變成**變態殺人魔吸血鬼柔依**。這到底是怎麼一回事？被吸血鬼烙印的人類若受到威脅，吸血鬼就會抓狂嗎？

我想起那次在坑道裡，看見史蒂薇·蕾的「朋友」（她跟那群噁心的死小鬼其實不算眞正的「麻吉」）攻擊西斯時，我怒火攻心的感覺。好吧，我甚至變得很暴力，但那時我並沒有這種想將他們從地球表面抹乾除淨的衝動啊！而此刻，光是回想那兩個人開始接近我們、騷擾我們時突然席捲我全身的憤怒，就足以讓我的手又開始顫抖。並且，我當時感受到的，是「我們倆」受到威脅嗎？不，不是。在我眼中，我只看到他們在威脅西斯！是爲了西斯！只因爲受到威脅的是西斯！

顯然還有很多吸血鬼的事情我不知道。可惡，我還曾寫筆記，熟記有關烙印和嗜血的章節呢。現在，我開始注意到，還有一大堆事情，是那些用來「教育」我們小鬼的教科書略而不提的。如今我需要的是一個成鬼來教導。幸好，我認識一個我確定會非常樂意當我老師的成鬼。

我很確定他會樂意教我很多事情。

我想著那些事情，那些當我體內充滿西斯甜美性感血液時輕而易舉會做出來的事情。我的身體仍在悸動，因我一無所知的熱、力量和興奮而麻麻癢癢。對於這種感覺，我自知不懂，但我渴望，非常渴望。

毋庸置疑，我和羅倫之間確實有那麼一回事，但那種感覺和我與西斯之間的感覺很不同，也迥異於我和艾瑞克之間的感覺。唉，我的生活怎麼這麼複雜，有那麼多感覺？

基本上，我是飄浮著進入愛芙羅黛蒂父母的車庫樓房的，而且像一團困惑的、情欲與力量充盈的迷霧那樣飄動。我滿腦子都是——咳，好吧，都是性，根本沒想到此時我在別人眼中實際上頂多只是煙霧與黑暗。然後，我便站在客廳裡，看見史蒂薇．蕾那雙紅眼淚涔涔地盯著電視螢幕，鼻子還不時抽噎著。我瞥了一眼電視，知道她正在看「每週經典電影」的片子，劇情好像是說一個母親知道自己得了重症，必須跟時間（及廣告休息時間）賽跑，爲她那一大票活潑可愛的孩子尋找新家。

「唉，眞是有夠悲慘。」我說。

史蒂薇．蕾翻身一躍，跳到沙發後方，如野獸般蹲伏著，擺出防衛姿勢，不斷猛轉頭四顧，並對著我所在的大致方向嘶嗚咆哮。

「啊，糟糕！」我立刻解除籠罩著我的黑暗和管他什麼的，回復有形有影，具體可見的我。「對不起，史蒂薇．蕾，我忘了自己正在利用《吸血鬼德古拉》書中描述的那一套隱形戲法。」

她從沙發後方探頭看我，雙眼發出紅光，咧嘴亮出尖牙，但不再嘶鳴了。

「放輕鬆，是我。」我拿起裝著血袋的帆布袋搖晃，血液在袋子裡噁心地晃蕩著。「我宅配食物來給妳了。」

她站起身，瞇著眼睛，說：「妳眞不該那樣。」

我挑眉問：「不該怎樣？不該給妳帶食物來，還是不該變成煙霧與黑暗？」

史蒂薇．蕾一把攫過我朝著她晃動的帆布袋。「我是說，妳不該從我背後偷偷摸過來。這樣很危險的。」

我嘆一口氣，坐在沙發上，努力不去注意她不出幾秒就灌完第一袋血的行徑。「日子這麼難過，如果妳能一口吃掉我，還眞幫了我大忙呢。」

「是啊，我想也是。我還記得活著有多痛苦。生活中充滿約會戲碼、一堆『喔我的天哪』之類的事情，還得煩惱該穿什麼去上學。眞的、眞的有夠悲慘，一點都不像死掉後變成活死人，但感覺仍像死人這種狀態所要面臨的壓力。」史蒂薇·蕾說，以冰冷、譏諷的口氣，完全不像以前的她。見她這樣，我開始火大。幹麼說得好像我在無病呻吟啊？只因爲我人沒死，或沒變成活死人之類的嗎？

「諾蘭老師昨晚被殺死了。看起來好像是信仰子民教會的人將她釘在十字架上，斬下她的頭顱，把屍體丟棄在東牆外活板門旁邊，還留下一張可愛的字條，寫著什麼不能容忍女巫活著之類的話。我想，我那個垃圾繼父很可能涉案，不過我什麼都不能說，因爲我媽在掩護他。如果我去密報，或許她也會被關上一輩子。另外，我剛剛在吸西斯的血，突然跑來兩個小混混，打斷了我的好事，我一氣之下好像不小心害死了他們。還有，我跟羅倫·布雷克有了親密舉動。這就是我的生活。那妳過得如何呀？」

她的紅眼睛閃過一抹原來的史蒂薇·蕾。「**喔我的天哪**。」她說。

「是啊。」

「妳跟羅倫·布雷克親熱了？」本性難移，她還是直接切入要害，急著想挖出最精彩的八卦。「感覺如何？」

我嘆一口氣，看著她開始灌下第二袋血。「很棒，不可思議的棒。我知道這聽起來很荒謬，不過我想或許我們眞的很契合。」

「就像羅密歐與茱麗葉。」她趁著喝血的空檔這麼說。

「嗯，史蒂薇．蕾，我們換個別的比喻，好嗎？羅密歐與茱麗葉的結局很慘欸。」

「我敢說，他嘗起來一定很讚。」她說。

「什麼？」

「我是說他的血。」

「我怎麼會知道？」

「應該會很讚。」她伸手去拿另一袋血。

「說到這個，妳最好別喝那麼快。奈菲瑞特已經召集吸血鬼戰士進駐校園，現在很難溜出來，我不確定何時能再帶新鮮甜美的血來給妳。」

史蒂薇．蕾全身顫抖。她原本看起來幾乎很正常了，一聽我這麼說，臉色驟變，雙眼開始發紅。

「我無法支撐太久。」

她的聲音低沉緊繃，我幾乎聽不清楚。

「有這麼嚴重嗎，史蒂薇．蕾？我是說，難道妳不能省著點喝，分配一下每天額度之類的嗎？」

「不是妳想的那樣！我可以感覺到它正慢慢消失……一天多一點……每個小時都在流逝。」

「什麼東西在消失？」

「我的人性！」她幾乎要哭了。

「但是，親愛的，」我飛奔過去，將她摟進懷裡，無視於她身上的味道有多奇怪，身體僵硬得有多像岩石——「妳現在好多了呀，我人也在這裡，我們會想出辦法的。」

史蒂薇．蕾凝視我的眼睛，對我說：「就在此時此刻，我感覺得到妳的脈搏跳動。妳的心臟每次跳動，我都知道。我體內有個東西在對我吶喊，要我撕開妳的喉嚨，喝下妳的血。現在那個東西愈來愈強壯了。」她推開我，身體往後退，整個人挨緊在沙發尾端。「我可以裝出以前那個史蒂薇．蕾的模樣，但實際上，那個模樣只是我裡面這個怪物的一個面相。我之所以那樣僞裝，只是爲了獵捕妳。」

我深吸一口氣，不讓自己的視線從她臉上移開。「好吧，我知道妳說的這些事情，有一部分是眞的，但我不相信全部都是眞的，我也希望妳別全信。妳的人性還在，就在妳裡面。沒錯，或許可能埋起來了，不過並沒消失。這就表示我們仍然是最要好的朋友。再說，妳想想看，妳根本不必獵捕我。哈囉，我就在這裡，沒躲起來呀。」

「我想，我可能會傷害妳。」她喃喃地說。

我笑笑。「我比妳想的厲害多了，史蒂薇．蕾。」我慢慢往她靠近，免得驚嚇到她。然後，我伸出雙手，分別握在她的兩隻手上面。「妳要善用土元素的力量。我相信妳不同於其他那些，呃——」我停頓，思索著該怎麼稱呼他們。

「噁心的活死人小鬼頭？」史蒂薇．蕾提供我這個稱呼。

「對，妳跟那些噁心的活死人小鬼頭不一樣，因爲妳對土有感應力。善用土元素，它就能幫助妳戰勝妳裡面那個什麼東西。」

「黑暗……我裡面都是黑暗。」她說。

「不全是黑暗，妳裡面也有土元素的力量。」

「好……好的……」她喘著氣，說：「土，我會記住，我會努力試試看。」

「妳可以戰勝的，史蒂薇．蕾，**我們**可以戰勝的。」

「幫助我。」她說，忽然捏緊我的手，力道之猛害我差點叫出來。「拜託，柔依，幫幫我。」

「我會的，我保證。」

「要快，必須盡快。」

「會很快的，我保證。」我重複保證，但其實我根本不知道該怎麼兌現我的承諾。

「那妳打算怎麼做？」史蒂薇．蕾問我，目光殷切地緊盯著我的雙眼。

我衝口說出腦海中瞬間浮現的唯一話語：「我要設立守護圈，請求妮克絲幫助。」

史蒂薇．蕾眨了眨眼。「就這樣？」

「嗯，我們的守護圈非常有力量，而且妮克絲是女神。有了這兩樣，哪還需要其他東西？」我的口氣比我眞實的感覺還要篤定許多。

「妳要我再次代表土元素嗎？」她顫抖著聲音說。

「不。呃，對。」我愧疚地停頓下來，心裡想著要怎麼處理愛芙羅黛蒂的事。從愛芙羅黛蒂可以讓土元素顯靈就可清楚知道，她應該加入我們的守護圈。若史蒂薇．蕾發現她的位置被死對頭占走，她會抓狂吧？另外，現在除了愛芙羅黛蒂，沒有其他人知道史蒂薇．蕾的事，因爲我必須將她隱藏起來，直到我準備好可以讓奈菲瑞特知道我曉得史蒂薇．蕾的狀況。難題啊，我確實有難題要面對。「呃，我不確定。讓我再想想看，好嗎？」

史蒂薇．蕾的臉色再一次轉變，整個人垂頭喪氣。「妳不再想要我在妳的守護圈扮演一個角色了。」

「不是這樣的！只不過妳是那個需要治療的對象，所以或許妳和我待在守護圈正中央會比站在原來的地方好。」我嘆一口氣，搖搖頭。「這事我得再研究研究。」

「盡快，好嗎？」

「我會的。不過妳要答應我，那些血液妳會省著點喝，而且妳會乖乖待在這裡，並專注保持跟土元素的聯繫。」我說。

「好，我會努力的。」

我捏捏她的手，然後將自己的手從她掌心抽開。「對不起，我得走了。奈菲瑞特今天要為諾蘭老師舉行特別儀式，然後我得主持月圓儀式。」況且，我得再度到圖書館翻尋，看能否發現可以幫助史蒂薇．蕾的什麼儀式。此外，我到現在仍不知道該怎麼面對羅倫。還有艾瑞克，他或許會氣我突然偷偷溜出校園吧。另外，我也沒搞定跟西斯分手的事。唉，我的頭又開始痛起來了。

「已經一個月了。」

「什麼？」我站著，失神地想著該面對的一堆「況且、此外、還有、另外」。

「我是上次月圓儀式時死的，到今天剛好一個月。」

她這句話吸引住了我的全部注意力。「沒錯，已經一個月了，我在想……」

「這是不是有什麼意義？會不會今晚就是解決我這種遭遇的最好時機？」

聽到她滿懷希望的聲音，我幾乎畏怯起來。「我不知道。或許吧。」

「或許我今晚應該到學校？」

「不行！現在校園裡到處都是戰士，他們一定會抓到妳的。」

「或許就是該被他們抓到。」她徐徐地說：「或許就是該讓大家知道我的存在。」

我揉了揉腦袋，想弄清楚我的直覺是否告訴我什麼。一直以來，它都大聲叫我把史蒂薇．蕾藏在安全的地方。但都這麼久了，以至於我現在分辨不出我是否應該繼續窩藏她。或者我感覺到的只是回聲和困惑（也許還攙雜了急切和沮喪的情緒在裡頭）。

「我不知道，我──需要再多點時間，可以嗎？」

史蒂薇．蕾的肩頭垮了下來。「好吧。不過，我想，剩下的我已經不多，恐怕無法再多撐一個月了。」

「我知道，我會盡快的。」我隨口答應她，然後快速地俯身抱她一下。「那麼，掰掰，別擔心，我會盡快回來的，我保證。」

「如果妳想到什麼辦法，就傳簡訊給我或怎樣，我立刻過去，好嗎？」

「好。」我走到門口時轉身說：「我愛妳，史蒂薇．蕾，別忘了這一點。我們仍然是最要好的朋友。」

她沒說什麼，只是點點頭，一臉憂鬱。我召喚夜色、迷霧和魔法降臨到我身上，然後火速衝進黑暗中。

20

不用想也知道，我溜回校園時被逮到了。那時我已經飄過牆頭（沒錯，的確是用飄的，酷到難以言語形容），正以我自認完美的速度和隱密性朝宿舍前進。我幾幾乎乎直接撞上他們——一群成鬼和高年級生，還有十來個高頭大馬的戰士護衛著他們（我看到孿生的和戴米恩也在裡頭。所以，愛芙羅黛蒂說得沒錯，奈菲瑞特在原本僅有成鬼和高年級生參與的活動裡，把我的領袖生委員會也叫了過來）。我僵住，趕緊後退，躲到一棵大橡樹的陰影裡，屏住呼吸，希望我新發現的隱形能力（或許比較適當的描述方式是「讓自己隱身在薄霧中的能力」）可以繼續讓別人看不見我。不幸地，就在我盯著他們看時，奈菲瑞特停下腳步，而一整群人也跟著止步。她側著頭，嗅了嗅微風——我發誓，眞像一隻警犬。然後她的眼睛瞟向我這棵樹——我躲藏的地方——那眼神似乎要貫穿我。我被這麼一瞪，整個人立刻閃神，念力渙散，肌膚泛起一陣戰慄，我知道自己徹底現形了。

「喔，柔依，妳在這裡啊！我才在問妳這幾個朋友——」她停頓的時間久到足以讓她對孿生的、戴米恩和（慘啦）艾瑞克綻放一個一百二十五瓦電力的燦爛笑容——「妳跑到哪裡去了？」她慢慢讓笑容暗下來，改換上一個百分之百慈母的關愛表情。「這種時候，妳實在不該自己一個人亂跑。」

「對不起，我，呃，我得……」我意識到所有目光全盯著我，愈說愈小聲。

「舉行儀式前，她需要獨處一下啦。」簫妮說，走上前來，一手勾住我的手臂。

「是啊，每次儀式前，她都需要獨處一下。這是柔依的個人習慣啦。」依琳說，走到我另一邊，勾住我另一隻手臂。

「對，我們都說這是『柔光』——『柔依獨處時光』啦。」戴米恩說，走到我們三人身邊。

「這種習慣有點討厭。不過，能怎麼辦呢？」艾瑞克說，繞到我後面，溫暖的雙手搭在我肩上。「這就是我們的柔嘛。」

我得奮力克制，才沒感動到飆淚。我這些朋友實在太棒了。當然，奈菲瑞特或許知道他們在撒謊，不過他們那樣子應該足以讓人覺得，我可能只是幹了青少年會幹的小壞事（換言之，偷溜出去和男友談分手），而不是犯了什麼重大惡行（換言之，窩藏我那變成活死人的好朋友）。

「嗯，我希望妳最近盡量減少這種**獨處**時間。」奈菲瑞特以略帶斥責的口吻說。

「我會的，對不起。」我喃喃答應。

「好，現在準備舉行儀式吧。」奈菲瑞特像個女王，威嚴地邁步往前走，一干戰士匆忙跟上前，留下我和我這一小撮朋友籠罩在他們浩蕩離去所掀起的煙塵中（抽象比喻的啦）。

當然，我們趨步跟上。不然還能怎麼辦？

「所以，妳辦完那骯髒事了？」簫妮壓低聲音說。

「什麼？」我驚愕地眨巴著眼睛看她。她怎麼知道我像個蕩女跟西斯磨蹭親熱？難道我的樣子讓人一眼就看出來？天哪，果眞這樣，我乾脆死了算了！

依琳翻翻白眼。「西斯。分手。妳和他。」她也壓低聲音說話。

「喔，那件事啊，嗯，呃——」

「今天我很替妳擔心呢。」艾瑞克走上前來，利落地將簫妮從我身邊擠開。我以爲孿生的會不爽地對他齜牙咧嘴吐惡言，沒想到她們對我們挑挑眉毛後，自動落後幾步，跟戴米恩走在一起。我聽見簫妮嘟囔著「眞是帥呆了」。唉，她們可以從容面對奈菲瑞特，一遇到迷人的艾瑞克卻毫無招架之力。

「對不起。」我倉皇地說。他握著我的手是那麼溫暖，害我覺得好愧疚。「我不是故意讓你擔心。不過我有一些，嗯，事情要解決。」

艾瑞克笑笑，跟我十指交纏。「我希望妳已經擺脫他了——我的意思是，處理完那件事情了。」

我轉頭，對孿生的射出殺氣騰騰的目光，她們兩個卻對我擺出一副無辜的模樣。「叛徒！」我嘟噥著抱怨。

「別生她們的氣，是我利用她們的弱點，以我不怎麼正當的優越條件賄賂她們。」

「鞋子？」

「某種她們更愛的東西，至少目前這個時候更愛。堤杰和克爾。」

「你眞狡猾。」我說。

「這其實不難搞定，因爲堤杰和克爾都覺得孿生的**性感得要命**。」艾瑞克說。那口故意裝出來的濃濃蘇格蘭腔，再次證明他果然是愛看老電影的呆瓜（哈囉，我是指王牌大賤諜奧斯丁·鮑爾斯啦）。

「你是說，堤杰和克爾用這種可怕的腔調說孿生的**性感得要命**？」

他戲謔地捏捏我的手。「我的口音哪有可怕？」

「你說得沒錯，一點都不可怕。」我抬頭，微笑看著他那湛藍的眼睛，心想我怎麼會蠢到再次背叛他，陷自己於如此難堪的處境。

「今天還好嗎，柔依？」羅倫的聲音突然冒出來。

我知道艾瑞克透過我和他交纏的手，察覺到我一聽見羅倫的聲音便全身緊繃。

「很好，謝謝。」我說。

「昨晚睡得好嗎？送妳回宿舍之後，我一直在想，妳是否安然無恙。」羅倫對艾瑞克露出的笑容，一看就知道是那種高高在上，「我就是比你年長」的姿態。然後，他對艾瑞克解釋：「柔依昨天受到很大的驚嚇。」

「對，我知道。」艾瑞克說得有點咬牙切齒。我感覺到他們之間開始瀰漫著火藥味，擔心其他人是否也注意到了。這時，我聽見簫妮壓低聲音說：「該死，爲了女人！」也聽見依琳接腔：「嗯—哼！」我得努力按捺，才沒發出呻吟的聲音。顯然其他所有人（換言之：孿生的）都注意到了。

我們跟上走在前頭的成鬼時，他們都已站定不動。這時，我才發覺，眼前就是東牆的活板門。我假裝沒察覺可能爆發的爭風吃醋糾紛，整個人直接擋在他們中間，說：「嘿，爲什麼走到這裡就不再前進了？」

「奈菲瑞特要替諾蘭老師的魂靈祈禱，同時施咒來保護校園。」羅倫說。他的聲音聽起來未免過於友善，而我們四目交接、視線互鎖時，那眼神也未免過於溫暖了。天哪，他眞是帥呆了。我想起他的嘴唇停駐在我雙唇時的感覺……

然後，我才恍然意識到他剛剛說了什麼。

「不過，她的血液和那些東西不是還……」我沒有力氣說下去，只做了一個若有似無的手勢，指向圍牆另一側的草地。昨天就是那片草地浸透了諾蘭老師的血液。

「不，別擔心，奈菲瑞特已經找人把那裡清理乾淨了。」羅倫輕聲說道。

有那麼一瞬間，我以爲他會在這裡當眾碰觸我。我甚至察覺到艾瑞克緊繃的情緒，感覺上他似乎也以爲羅倫會這麼做。這時，奈菲瑞特嚴肅、有力的聲音打破我們這樁三角戀情的小戲碼，讓眾人的注意力轉向她。

「我們現在要穿越活板門，到那樁殘忍暴行的現場。在諾蘭老師慘遭摧殘的屍首被發現的地點，我已經放了一尊女神的雕像。待會兒請大家以我們摯愛的女神爲中心，圍成一個新月形狀的半圓。我要大家集中心思和意念，發送正面的能量給我們殞落的姊妹，讓她的魂靈能自在地飛向妮克絲的奇妙國度。雛鬼們，」她的目光掠向我們，「我要你們每個人站到代表你們各自元素的蠟燭旁邊。」奈菲瑞特的眼神是如此慈祥，聲音是如此輕柔。「我知道，成鬼的儀式很少需要借用雛鬼的力量。不過，以前夜之屋從未同時有這麼多個優秀的年輕人蒙獲女神恩賜。今天，我相信這麼做是正確的。我要善用你們的感應力，讓我們對妮克絲的祈求更有力量。」我幾乎可以感覺到戴米恩和孿生的興奮得身體顫抖。「你們可以幫我，幫我們做這件事嗎，雛鬼們？」

戴米恩和孿生的點頭如搗蒜。奈菲瑞特的綠色眼眸瞥向我。我只點了一次頭。女祭司長臉上堆出溫煦的微笑。我心想，但願還有別人也能跟我一樣，看穿她美麗外表下那個冷酷、工於心計的眞實面目。

奈菲瑞特看起來志得意滿，轉過身後，蹲低身子穿越已經打開的活板門，我們其他人緊緊跟在後面。我做好心理準備，等著見到可怕的景象，至少是見到某種血淋淋的場面。不過羅倫說得沒錯，昨天的血腥現場已經被徹底清理乾淨，不留一絲駭人的痕跡。有那麼半晌，我忍不住納悶，這樣一來，陶沙市的警察還能採集證據嗎？但我隨即把這個疑慮拋開。奈菲瑞特當然會等到警察採集完證據，才找人把現場清乾淨。難道她沒這麼做？

諾蘭老師陳屍的位置已經擺放了一尊美麗的妮克絲雕像，看來是由一整塊縞瑪瑙石雕成的。雕像的雙手高舉，掌心擎著一根代表土元素的綠蠟燭。成鬼們靜靜地圍著雕像，形成一個半圓。戴米恩和孿生的走到代表他們各自元素的大蠟燭後面站定。我很不想跟著做，不過還是站到象徵靈的紫蠟燭旁邊。我看見戰士們已經散開來，背對著我們圍繞一圈，雙眼盯著黑夜，機警戒護。

奈菲瑞特沒先來一段平常會有的戲劇性表演（每次看她這段演出都覺得很酷），而是直接走到緊張地握著黃蠟燭的戴米恩面前，舉起儀式專用的點火器。

「風充盈我們，將生命氣息吹送到我們內裡。我召喚風來到我們的守護圈。」奈菲瑞特的聲音清晰有力，顯然飽含了女祭司長的法力，聽起來格外響亮。她將點火器碰觸燭芯，戴米恩和她四周立刻吹起一陣風。奈菲瑞特背對著我，所以我無法看到她的表情。不過，我看得見戴米恩露出燦爛喜悅的笑容。我努力不面露慍色，畢竟守護圈是如此神聖，不容我在此動怒。只是，我實在按捺不住不悅的情緒。爲什麼只有我看得出奈菲瑞特的虛僞？

她移動到簫妮面前。「火溫暖我們，紓解我們的困苦。我召喚火來到我們的守護圈。」就跟我之前經歷到的那幾次過程一樣，點火器還沒碰著，簫妮手持的紅蠟燭就爆出火焰，而她的笑容幾乎跟她代表的元素一樣明亮。

奈菲瑞特沿著圈子走到依琳面前。「水撫慰我們，洗滌我們。我召喚水來到我們的守護圈。」就在蠟燭點燃的那一剎那，我聽見波浪拍打遠方海灘的聲音，並聞到夜風裡海洋與鹽的氣味。

當奈菲瑞特移步走到妮克絲雕像和綠蠟燭前面站定，我專注地盯著她看。這位女祭司長對著雕像低頭鞠躬。「代表土元素的雛鬼已經離世，今晚將土元素的位置空出，將綠蠟燭放在我們摯愛的派翠西亞．諾蘭的屍首被發現的位置，堪屬合宜。土支撐我們，我們由土而生，也將歸返土。我召喚土來到我們的守護圈。」奈菲瑞特點燃綠蠟燭。然而，雖然燭芯亮晃晃地燃燒著，我卻聞不到一絲綠草或野花的芬芳。

然後奈菲瑞特站到我面前。我不知道她對戴米恩和孿生的露出什麼樣的表情，不過此刻在我眼前，她的神情嚴峻堅定，但美到令人讚歎。看著她，我不由得想起古代亞馬遜族的吸血鬼戰士，幾乎忘了眞實的她是個危險人物。

「靈是我們的本質。我召喚靈來到我們的守護圈。」奈菲瑞特點燃我的紫蠟燭，霎時我感覺到我的靈魂飛揚起來，還出現一種搭乘雲霄飛車時會有的肚子搔癢的感覺。女祭司長沒停頓下來，跟我交換什麼特殊的眼神，而是逕自準備對眾人說話。

她在圈內繞行，跟圍繞在我們四周的成鬼逐一眼神交會，然後開口講話，直接切入重點：「百年來未曾發生這種事——如此公然——如此殘忍。人類謀殺了我們中的一個。他們此舉喚醒的不是沉睡的巨人，而是他們以爲被馴服的獵豹。」奈菲瑞特的聲音昂揚，帶著憤怒的力道。「她沒被馴服！」她這番話說得我手臂上汗毛直豎。奈菲瑞特眞的很了不起。我不能理解，如此蒙受妮克絲恩賜的人何以會做出那些我所知道的錯事。

「他們以為我們的尖牙已被磨平，利爪已被拔除，成了家裡豢養的肥胖虎斑貓。他們大錯特錯。」她雙手高舉過頭。「透過在命案現場所設立的守護圈，我們求告於黑夜的美麗化身，夜后妮克絲。我們祈求她迎接提前數十年早逝的派翠西亞・諾蘭到她的懷抱。我們也祈求妮克絲燃起正義的怒火，以她聖怒的溫柔來應允我們的保護之咒，好讓我們不被人類蓄意埋藏殺機的毒網所擄獲。」接著，奈菲瑞特一邊念著保護咒語，一邊走回妮克絲的雕像前。

祈請保護我們以黑夜，

畢竟我們喜愛黑暗勝於一切。

她轉身面向會眾，我看見她手上拿著一把象牙柄的小刀，彎曲的弧形刀刃無比銳利，讓人怵目驚心。

在此密會我們禱告，

妮克絲的幕簾將垂罩。

她一手舉高彎刀，另一手在她周遭的空氣中比劃，彷彿在編織複雜的形狀。就在她持續念咒之際，這些形狀居然閃爍發亮，依稀可見。

所有進出，我必覺察，

凡成鬼、雛鬼、人類皆受管轄。

若有惡意存心裡，

面向我的意志必屈膝。

接著，以迅雷不及掩耳的速度和猛烈的手勢，奈菲瑞特在自己手腕狠狠劃下一刀，傷口甚深，一道鮮紅、醇厚、溫熱又甜美的血液瞬間噴湧。那氣味撲鼻而來，讓我不自覺地唾涎湧出。奈菲瑞特表情嚴峻，顯露她堅定的決心，沿著圓圈走動，讓她的血液濺灑在昨天才被諾蘭老師的血液濡濕的草地上，在我們四周灑出一道弧形的猩紅血跡。最後，她再次走到妮克絲的雕像前，抬頭仰望夜空，說出最後一句咒語。

我的血液約束你，

so mote it be. ④

我發誓，我們四周夜晚的空氣眞的泛起陣陣漣漪。有那麼半晌，我眞的看見有某種東西，像是黑紗薄幕，落在學校四周的圍牆上頭。**由於她施的咒，一旦有危險侵入學校，她就會知道，而且任何人進出校園，她也會知道**。我得咬緊嘴唇，才不至於哀叫出聲。看來我那點隱形小把戲絕不可能騙得過女神恩賜的帷幔。這樣一來，我要怎麼偷渡血液給史蒂薇．蕾啊？

我失神地想著這些事，幾乎沒注意到奈菲瑞特已經解除守護圈。我楞楞地任憑人潮推著穿過活板門，直到羅倫低沉的聲音在我耳際冒出，我才嚇得頓時回神。

「待會兒活動中心見。」我抬頭看著他，肯定滿臉大問號，因爲他立刻解釋：「妳的月圓儀式啊。今晚我是妳的吟唱詩人，將爲妳的守護圈做開場，記得嗎？」

我還來不及說什麼，就聽見簫妮嬌嗔的聲音說：「我們都好期待聽到你朗誦詩喔，布雷克老師。」

「是啊，絕對不會錯過。就算塞克思百貨的鞋子跳樓大拍賣，我們也不會錯過你的表演。」依琳說，眼睛閃閃發亮。

「那就待會兒見嘍。」羅倫說，目光一直停駐在我臉上。他微笑，對我微微鞠躬，然後匆忙離去。

「真—是—帥。」依琳說。

「深有同感，孿生的。」簫妮說。

「我覺得他油腔滑調，不老實。」

我們都抬起頭，見到艾瑞克怒目盯著羅倫的背影。

「喔，不會吧！」簫妮說。

「帥哥羅倫．布雷克只不過想表示友善啊。」依琳說，對著艾瑞克翻翻白眼，好像他哪根筋不對勁。

---

④譯註：略知巫術的人都知道，最後這一句"so mote it be"是咒語或禱詞常見的結束祈願語，意思大約是「所言必應驗」。部分人類知道，這句話首見於十四世紀的共濟會文獻。但它的源頭在我們吸血鬼世界尚無定論。大家都知道，在悠久的吸血鬼歷史裡，在女神妮克絲的啓示下，我們也會從不同的信仰傳統汲取養分，北美洲原住民的信仰就是一個顯著的例子，而柔依常常就「不自覺地」這樣做。要知道，吸血鬼的信仰系統是活的，不像其他信仰一旦成爲「宗教」便僵化了。另外，一般都直接沿用這句英語，而不會把它翻譯成其他語言。多數人類不明就裡，但吸血鬼都知道，有時聲音本身就是魔法，不能變易。

「喂，柔的男朋友，別這麼愛吃醋啦。」簫妮說。

「呃，我得去換衣服。」我衝口而出，一點也不想對艾瑞克表現得如此明顯的嫉妒心理發表意見。「你們可以先到活動中心確定所有東西都準備妥當嗎？我這就衝回宿舍，會立刻趕過去的。」

「沒問題。」孿生的異口同聲說。

「我們會把所有事情處理得妥妥當當的。」戴米恩說。

艾瑞克沒再說什麼，我對他匆匆展露一個微笑，希望這個笑容沒流露愧疚的神色。我轉身沿著人行道跑向宿舍時，感覺到他的雙眼一路盯著我。我心頭一沉，知道我終究得處理與艾瑞克、羅倫（以及西斯）之間的多角戀情了。可是，我到底該怎麼做呢？

我為西斯癡迷，為他的血液癡迷。

艾瑞克是個很棒的人，我真的、真的很喜歡他。

羅倫則一整個「秀色可餐」到不行。

唉，我真是糟糕透頂。

21

我努力說服自己，今天這場儀式彈指之間就可以結束，輕而易舉。我只需快速設立守護圈，替諾蘭老師祝禱，宣布愛芙羅黛蒂重新加入黑暗女兒（在她顯露對土元素的感應力之後，這是再自然、再明顯不過的事），然後就說由於學校正值非常時期，所以我決定先不「拍肩」指定領袖生委員會新成員，這事延到學期末再說。**所以儀式應該會很簡單。**我一遍又一遍地告訴我已糾結在一起的胃。**不會像上個月史蒂薇·蕾猝死的那一次，今晚不會發生什麼壞事的。**我換好衣服，正準備離開，一打開房門，就看見愛芙羅黛蒂站在門口。

「喘口氣，別急，好嗎？」她說，然後退一步讓路給我。「搞清楚，他們必須等妳。」

「愛芙羅黛蒂，沒人告訴過妳，讓別人等是很沒禮貌的嗎？」我邊說邊沿著走廊跑，幾乎兩階併作一階地衝下樓梯，跑出宿舍，而愛芙羅黛蒂則匆匆忙忙地跟在我後面。我對在宿舍外面站崗的達瑞司點頭致意，他則對我恭敬回禮。

「妳知道嗎，這些戰士還眞是帥。」愛芙羅黛蒂說，還伸長了脖子回頭對達瑞司瞥最後一眼。然後她翹起嘴角，一副不屑的表情看著我，並以她那種富家女的高傲口吻說：「沒有，沒有，從來沒人告訴我讓別人等不禮貌。我從小就讓別人等，我是這樣長大的。對我媽來說，太陽無論要升起或下山都得先等她。」

我翻了翻白眼。

「那，奈菲瑞特的儀式進行得如何？」她問。

「很精彩。她在學校四周降下保護帷幔，現在任何東西進出校園都逃不過她的法眼。反正精彩得不得了，再好不過了——喔，我是說，對我們而言當然是另一回事。」

即使四下無人，愛芙羅黛蒂還是壓低聲音問：「她仍繼續牛飲那一袋袋的血嗎？」

「她快撐不下去了，我們得盡快想辦法。」

「我不知道妳以為**我們**想得出什麼辦法。」愛芙羅黛蒂說：「**妳**才是擁有超強法力的人，我只不過是跟班的。」她停頓一下，聲音壓得更低。「況且，我不知道妳以為能怎麼樣。她現在既噁心又恐怖，看了豈止叫人退避三舍。」

「她是我最要好的朋友。」我的音量雖低，但語氣堅定。

「不對，她以前是妳最要好的朋友，但現在是可怕的活死人女孩，灌血像灌可樂。」

「她仍然是我最要好的朋友。」我固執地重複說。

「好，好，隨便。那妳就把她治好啊。」

「好，不過這可沒那麼簡單。」

「妳怎麼知道？妳試過嗎？」

我的腳步戛然止住，一動也不動。「妳說什麼？」

愛芙羅黛蒂挑起一邊眉毛看著我，聳聳肩，一臉無可奈何的表情，「我是說，妳試過嗎？」

「哇靠！有可能這麼簡單嗎？我是說，我花了好多時間研究，尋找某種咒語、儀式，或者……或者什麼很特別、很神奇的東西，但到頭來，或許只需要祈求妮克絲來治癒她就行了。」我呆呆地站在原地，沉浸在「喔我的天哪」的驚訝中。這時，我聽見妮克絲的聲音在我腦海裡迴盪，重複著女神對我說過的一句話。一個月前，就在我想到可以利用元素力量來恢復被奈菲瑞特抹除的記憶之前，她不斷對我這麼說：**我要提醒妳，元素能破壞，但也能修復。**

「哇靠？妳是說『哇靠』？妳知道嗎，這也算髒話欸。我現在要開始擔心妳那張『出口成髒』的嘴巴了。」

我頓時滿心喜悅，燃起無限希望，就連愛芙羅黛蒂這番話都沒能惹毛我。我興奮地笑著說：「來！稍後再來擔心我『出口成髒』。」我立刻再度邁開步伐，幾乎是在人行道上奔跑。

活動中心外面有一個黑人戰士站崗，同樣人高馬大，看起來以前應該是職業摔跤選手。愛芙羅黛蒂對她嬌嗔地打了聲招呼，他對她露出一個性感但仍帶著戰士精神的微笑。她流連不走，想繼續跟他調情。

「別遲到了！」我回頭厲聲對她說。

「放輕鬆。我一會兒就到。」她揮手要我先走，並給我一個眼神，提醒我最好別讓別人看見我跟她走在一起。我對她微微點頭，然後疾步走進活動中心。

「柔！妳來了啊。」傑克蹦蹦跳跳地跑向我，戴米恩緊跟在後頭。

「對不起，我已經盡量快了。」我說。

戴米恩笑著說：「沒關係，一切已準備就緒，就等妳。」接著，他的笑容稍微黯淡下來。「嗯，除了愛芙羅黛蒂。她到現在還不見人影。」

「我剛看見她。她就快到了。現在各就各位吧。」

戴米恩點點頭，走回圈子，傑克則橫跨房間，走到音響器材區（這孩子對任何電子器材都很在行）。

「妳一準備好，就隨時告訴我。」傑克大喊著說。

我對他笑笑，然後回頭看著圈子。孿生的分別從南方和西方她們所在的位置跟我揮手，艾瑞克站在土蠟燭後方的空位旁。他和我眼神交會，對我眨眨眼。我對他笑笑，不過心裡納悶他怎麼會站在那裡。他明知那是愛芙羅黛蒂要站的位置啊。

說到……我不禁有點惱火，因爲我這時才想到，愛芙羅黛蒂得逞了，她竟然讓**我**等**她**。我的目光瞥向門口時，正好見到她猛地衝進房間。我看見她躊躇了一下，覺得她望著一圈正在等待的黑暗女兒和黑暗男兒時，臉色似乎有點蒼白。不過她隨即抬起下巴，將一頭漂亮金髮往後甩，目中無人似地，大搖大擺地直直走到圓圈的最北端，站在綠蠟燭的後面。原本在閒聊的眾雛鬼一見到她，立刻噤口，彷彿有人突然按下靜音鍵。有那麼半晌，全場鴉雀無聲，隨後大家開始竊竊私語。愛芙羅黛蒂就只是站在蠟燭後面，看起來平靜、美麗，而且依然非常非常地趾高氣昂。

「趁著還沒發生叛變，妳最好趕快開始。」

這次，我沒被羅倫從我身後傳來的低沉性感嗓音給嚇到。不過，我依然轉過身來，免得別人（艾瑞克）看見我對他露出的笑臉。我很確定這種微笑「不適合給大眾觀賞」。

「我準備好了。」我說。

「那她本來就該站在那裡嗎？」羅倫抬起下巴朝愛芙羅黛蒂的方向揚了一下。

「很不幸，但的確如此。」我說。

「這下子有好戲看了。」

「我這個人和我的人生就是這樣呀——老是有好戲可看，而且還是那種在車禍現場看熱鬧的好戲呢。」

羅倫笑了出來。「好了，祝妳跌斷腿。」⑤

「對我來說，的確很可能眞的跌斷腿。」我嘆了一口氣，調整好臉部表情後，轉身面向整個圈子的人。「我準備好了。」我說。

「我來下音樂。我一開始朗誦詩，妳就舞進圈子中間。」羅倫說。

我點點頭，專注呼吸，鎮定自己。音樂一下，整圈竊竊私語的學生立刻鴉雀無聲，所有目光集中到我身上。我認不出這首曲子，不過節拍穩定，韻律優美，而且鏗鏘有力，讓我想起脈搏的跳動。我的身體不知不覺地抓住拍子，開始隨著音樂在圈子外起舞。

羅倫的聲音與音樂搭配得完美無瑕。

我是熟悉黑夜的人，

在雨中出走——在雨中歸來……

這首古詩完美地營造出整個氛圍，讓我有一種不似在人間的感覺，腦海裡不自覺地浮現一個不同於塵世的異樣世界。這次我獨自離開校園，潛行於陶沙市，來去無蹤，就是這種感覺。我已經開始習慣那個世界了。

俯瞰最傷感的城市街道，
途經值勤的巡守員，
垂下眼簾，我無意解釋。

此刻，我幾乎可以觸摸到昨夜的黑暗，感覺到夜色滲入我的肌膚。我再次明白自己更屬

---

⑤譯註：英語"break a leg"是劇場用語，通常在演員上台表演前對演員說的，意思其實是「祝你好運，演出成功」，而不是字面上的「跌斷腿」。起源不明。一個說法是：出於劇場的迷信，認爲直接說「祝你好運」反而會招致噩運。在這裡，我們說的固然是華語，卻因爲接下來柔依故意用字面意思開玩笑，只能學英語的說法，很難另做翻譯。這個用語，應該是吸血鬼跟人類學來的。

於那個世界，而非周遭的人世間。我舞著進入圈子時不自覺地顫抖著，聽見戴米恩驚愕地倒抽一口氣，我知道薄霧和魔法已占領我的身體。

在遠離塵世的杳渺高處，
穹蒼懸著一只發光的鐘，
宣示時間沒有對錯。
我是熟悉黑夜的人。

羅倫的聲音慢慢消逝，我最後一次迴轉，以念力除去籠罩自己的氤氳之氣和魔幻，於是我再度現形，具體可見。體內仍充盈著黑夜的魔力，我拿起圓圈中央豐盛供桌上的儀式專用點火器時，忽然意識到，這或許是我首次覺得自己眞的像是妮克絲的女祭司長，浸潤在夜后的魔力中，具備了她的能量。我面臨的所有壓力，霎時被喜悅的波浪沖刷淨盡。我輕盈地移動，站到戴米恩面前。

他微笑，壓低聲音說：「眞的好酷！」

我對他笑笑，舉起點火器。此刻心頭直覺冒出的那些話語肯定來自妮克絲，因爲我從來就不是這麼有詩意。「遠處飄來呢喃的輕柔微風，我迎接你。以妮克絲之名，我召喚你吹來清新與自由，召喚你降臨於我！」我將火焰輕觸戴米恩手中黃蠟燭的燭芯，霎時甜美輕柔的微風陣陣飄送。

我快步走到簫妮和她的紅蠟燭面前，決定善用此刻感受到的女祭司的神奇力量，不拿起點火器而直接開始召喚。「遠處升起溫暖甦活的火焰，帶著喚醒生命的溫暖光芒。以妮克絲之名，我迎接你，召喚你降臨於我！」我手指朝燭芯一彈，蠟燭立刻燃起美麗燭火。簫妮和我相視而笑，然後我沿著圈子走向依琳。

「遠處有沁涼湖水與溪流，我迎接你，神奇地在此顯現清澈純淨的流動。以妮克絲之名，讓眾人得以親睹，我召喚你降臨於我！」我拿起點火器碰觸依琳的藍蠟燭，滿意地看著鄰近的學生驚歎、歡笑，因為他們看見水浪正一波波拍打依琳的雙腳，自己卻碰觸不到一絲水花。

「小事一樁。」依琳低聲說。

我對她笑笑，以順時針方向移動到愛芙羅黛蒂和綠蠟燭面前。隨著我的移動而繞著圈子游移的輕柔笑聲和喜悅低語，此時逐漸靜默下來。愛芙羅黛蒂的臉是一張毫無表情的面具。只有在她眼底，我才能見到她的緊張害怕。我在片刻之間不禁納悶，這女孩隱藏自己的情緒有多久了。想起她那對令人做噩夢的父母，我猜，應該隱藏很久很久了吧。

「不會有事的。」我幾乎沒動嘴唇地悄聲說。

「搞不好我要嘔吐了。」她低聲答腔。

「不會的！」我笑著說，然後提高音量，說出在我腦海飄浮而過的美麗字句。「遠處大地和荒原曠野，我迎接你。從苔蘚覆蓋之處甦醒，帶給我們大地之豐饒、美麗與安定。以妮克絲之名，我召喚你降臨於我！」我點燃愛芙羅黛蒂手持的蠟燭，一陣新刈草地的芬芳、醇厚氣息旋即瀰漫整個活動中心。四周鳥兒啁啾，紫丁花香讓空氣甜美得宛如我們每個人都噴灑了最清新得宜的香水。我迎視愛芙羅黛蒂的閃閃目光，然後環顧四周的會眾。所有人都凝視著愛芙羅黛蒂，驚愕得沉默無語。

「沒錯。」我直截了當地說，切入正在他們腦袋裡盤旋的所有問題，（希望）就此平息他們的懷疑。他們或許不喜歡她——或許無法信任她——但他們必須接受妮克絲確實賜給她天賦的事實。「愛芙羅黛蒂已經被賜與對土元素的感應力。」然後我走到圓圈正中央，拿起我的紫蠟燭。「充滿魔力與黑夜的靈，女神呢喃低語的魂，朋友與陌生人、神祕與知識，以妮克絲之名，我召喚你降臨於我！」紫蠟燭瞬間點燃，我靜止不動地佇立原地，感受所有五元素熟悉的騷動盈滿我，盈滿我的靈魂和身體。

這感覺是如此神奇，我幾乎忘了呼吸。

恢復鎮定之後，我點燃以乾燥尤加利樹枝和鼠尾草編成的薰沐草束，然後吹熄火焰，深深吸入香草的氣味，專注想著我阿嬤族人所讚歎的植物特性——尤加利具療癒、保護和淨化功能，而白色鼠尾草則可以袪除負面的惡靈和能量。在芳香煙霧的繚繞下，我意識到所有目光集中在我身上，也察覺到一條歷歷可見的閃耀銀線串起我的守護圈。我面向圈子，大聲說：「歡喜相聚！」而會眾也齊聲應道：「歡喜相聚！」一開口對大家說話，我可以感覺到原本緊繃的情緒開始放鬆了。「大家現在應該都知道昨天諾蘭老師被謀殺了。這件事的確如大家耳聞的那般恐怖。現在，我要眾人跟著我一起懇求夜后妮克絲撫慰諾蘭老師的靈魂，也撫慰我們受驚的情緒。」我停頓，視線找到艾瑞克。「我來到夜之屋不算太久，但我知道有許多人跟諾蘭老師非常親近。」艾瑞克試圖擠出笑容，但沉重的憂傷讓他的嘴角難以揚起。他拼命眨眼，不想讓藍色眼眸裡濕潤閃爍的淚水滑下臉龐。「她是位好老師，也是個好人，我們深深懷念她。現在讓我們一起替她的靈魂獻上最後的滿滿祝福。」眾人發自內心地自動齊聲喊道：「祝福滿滿！」

我停頓一下，等著聲音漸歇，然後繼續說道：「我知道今天應該在此宣布我要對誰『拍肩』，挑選領袖生委員會的新成員，然而，由於過去這個月發生了許多事，我決定將此事延至學期末。屆時，我和委員會將齊聚討論出幾位人選，再交由大家票選。在此之前，我已決定讓一位雛鬼自動成為委員會的一分子。」我小心翼翼地故意以不帶絲毫情緒的語調說話，彷彿我所說的是再自然不過的事，而非多數人認為荒謬的想法。「如大家所見，愛芙羅黛蒂被賜與對土的感應力。如同史蒂薇．蕾，這天賦讓她順理成章地成為我們委員會的成員。而且她也跟史蒂薇．蕾一樣，已經同意遵守我替黑暗女兒立下的新準則。」我轉身注視愛芙羅黛蒂雙眼，看見她對我露出拘謹的笑容，並點了一下頭，我整個人鬆了一口氣。接著，沒讓大家有時間竊竊私語，我立刻從妮克絲的供桌上拿起裝滿甜美紅酒的酒盅，開始誦念月圓儀式的祈禱詞。

「過去這個月，隨著月圓之日臨近，我們發現有許多新事物必須面對。上個月是建立黑暗女兒和黑暗男兒的新準則，這個月則有領袖生委員會的新成員加入。另外，我們也得面對一位老師慘死的哀慟。我成為大家的領導人區區一個月，但我已經知道，我——」我打住話語，立刻糾正自己。「我的意思是，**我們**可以相信妮克絲確實愛我們，與我們同在，即便是在發生這麼可怕的事情的時候。」我舉起酒盅，繞行圈子，朗誦一個月前就牢記在心的美麗古詩。

月亮的輕幻光芒
深沉大地的神祕
流水的力量
灼焰的溫暖
以妮克絲之名，我們召喚你！

我向每位雛鬼獻上醇酒，點頭回應他們給我的笑容。我集中心念，讓自己表現出能爲他們所倚靠，能讓他們全然信任的模樣。

疾病得醫治
錯誤被匡正
不淨給清除
渴望真理
以妮克絲之名，我們召喚你！

我很高興聽到大家嘗過紅酒後，都低聲說「祝福滿滿」，看來沒有發動叛亂的意思。

貓的視力
海豚的聽覺
蛇的速度
鳳凰的神祕
以妮克絲之名，我們召喚你
願你與我們同在得祝福！

最後，在我自己飲下剩餘的酒之前，我把酒盅遞給愛芙羅黛蒂。她啜飲之前對我低聲說：「表現得很棒，柔依。」她聲細如蚊，我幾乎沒聽到。喝完後，她將酒盅遞回給我，以標準的方式說「祝福滿滿」——這次她的音量大到足以讓在場每個人聽見。

我鬆了一口氣，也對自己感到驕傲。喝完酒盅裡的酒後，我將酒盅放回供桌，然後以相反順序感謝諸元素，送走它們。先是愛芙羅黛蒂，再來是依琳、簫妮和戴米恩，則依序跟著吹熄他們的蠟燭。然後我總結整個儀式，「月圓儀式到此結束，歡喜相聚，歡喜散場，期待歡喜再聚！」

雛鬼齊聲應和：「歡喜相聚，歡喜散場，期待歡喜再聚！」

我記得我咧嘴笑得像個沒頭沒腦的蠢蛋，而就在這時，艾瑞克痛苦地哀號一聲，雙膝跪地。

22

跟史蒂薇·蕾猝死時的反應不同，這次我沒有發楞，也沒有半點遲疑。

「不！」我大叫一聲，跑向艾瑞克，跪在他身旁。他雙手雙膝著地，痛苦地呻吟，頭垂得幾乎碰地。我看不見他的臉，但我看到汗水——或許還有血液，雖然尚未聞到——已經濕透他的襯衫。我知道接下來會發生什麼事：血液會從他的眼、鼻、口湧出，最後他會溺死在自己的血和組織液裡。而且，對，就是會這麼可怕，但誰都無力阻止，也無法改變。現在我能做的只有陪伴他，希望他跟史蒂薇·蕾一樣，能設法保留一些原來的人性。

我一手搭在他顫抖的肩膀，感覺灼灼熱氣從他的襯衫穿透散發出來，彷彿他的體內正在燃燒。我發瘋似地左右張望，尋求協助。戴米恩果然在我最需要的時候出現我身旁。「快去拿毛巾，找奈菲瑞特。」我說。戴米恩迅速離去，傑克緊跟在後。

我轉回頭看著艾瑞克，就在我要將他擁入懷中之際，聽見愛芙羅黛蒂的聲音劃破他的呻吟和一旁受驚學生的嘈雜聲。

「柔依，他不會死。」我抬頭看她，不懂她在說什麼。她抓住我的手臂，將我拉離艾瑞克。我開始掙扎，但她接下來的話終於穿入我心底，我霎時整個人僵住。「聽我說！他不會死，他正在蛻變。」

突然，艾瑞克大聲嘶喊，身體猛然蜷縮，好似胸腔裡面有什麼東西正在奮力掙扎，想要破殼而出。他的手緊緊蒙著自己的臉，全身劇烈顫抖。一看就知道他非常痛苦，整個人正在經歷劇烈的變化。不過，很肯定的是他沒流血。

愛芙羅黛蒂說得沒錯。艾瑞克正在蛻變爲成鬼。

傑克飛奔回我身邊，塞了幾條毛巾到我手中。我抬頭看他，這孩子正哭得一把鼻涕一把眼淚。我站起來摟住他。

「艾瑞克不會死，他正在蛻變。」我重複愛芙羅黛蒂的話，聲音聽起來很怪異——沙啞、緊繃。

然後奈菲瑞特和戴米恩一起衝入房間，身後還跟著幾名戰士。她跑到艾瑞克身邊，我緊盯著她的面容，見到她原本緊張焦慮的表情瞬間改變，煥發出喜悅時，我整個人終於放鬆，感覺到一陣暈眩襲上來。奈菲瑞特優雅地蹲在艾瑞克身邊，喃喃地說了些什麼，聲音輕柔到我聽不見。她還溫柔地撫摸他的肩膀，他身體劇烈抽搐一下，接著開始放鬆。停止劇烈顫抖後，他也不再發出駭人的痛苦哀號。慢慢地，艾瑞克的身體從蜷曲的姿勢舒展開來，用雙手和雙膝將自己撐起來。不過，他的頭依舊低垂，所以我看不見他的臉。

奈菲瑞特又對他喃喃地說了些什麼，他點頭回應。然後，她起身看著大家，笑容燦爛，喜悅洋溢，美到令人眩目。「歡慶吧，雛鬼們！艾瑞克．奈特已經完成蛻變了。起來，艾瑞克，跟著我去進行你的淨化儀式，展開你的新生命吧！」

艾瑞克起身抬頭。我跟著眾人驚呼。他的臉光芒四射，彷彿有人點亮了他身體裡面的燈。他以前就很俊美，但現在更令人驚豔：雙眼更加湛藍；濃髮變得狂野、烏黑，甚至令人驚悚；就連體型也似乎變得更高大了。同時，他的記印變完整了，變成一道實心的深藍弦月。眼眶及眉毛四周，一直順延到輪廓鮮明的顴骨，出現令人讚歎的連扣繩結圖案。這樣的圖案構成面具的形狀，讓我立刻想起諾蘭老師美麗的記印。我意識到這是多麼恰當的安排，不覺感到一陣暈眩。

艾瑞克的視線與我交會片刻，他豐滿的雙唇微微上揚，對我露出一個特別的微笑。我覺得自己的心臟快要爆開了。然後他雙手高舉過頭，以充滿力量和純然喜悅的聲音呼喊：「我蛻變了！」

在場學生爆出歡呼，但朝他圍攏的只有奈菲瑞特和成鬼。在一片興奮與喧嚷的歡呼聲中，他跟著他們離開活動中心。

我站在原地，恍神震驚，覺得非常非常沮喪。

「他們會帶他去塗抹聖膏，敬拜女神。」愛芙羅黛蒂說。她仍然站在我身旁，聲音聽起來就跟我此刻突然出現的感覺一樣陰鬱。「雛鬼不可能清楚知道塗抹聖膏的過程。這是成鬼的大祕密，任何成鬼都不得洩漏。」她聳聳肩說：「無所謂，反正我們早晚會知道。」

「要不，就是死去。」我麻木的雙唇吐出這幾個字。

「要不，就是死去。」她附和，然後看著我。「妳還好嗎？」

「嗯，很好。」我心不在焉地說。

「嘿，柔！這很酷吧？」傑克說。

「喔，不，那是不可思議。我仍覺得頭暈目眩。」戴米恩誇張地說，還猛給自己搧風。

「喔，寶貝！現在艾瑞克．奈特加入吸血鬼型男的陣營了，就像飾演超人的布蘭登．羅素、《珍珠港》的喬許．哈奈特，還有《斷背山》的傑克．葛倫霍。」

「還有羅倫．布雷克，孿生的。別忘了他也是型男唷。」依琳說。

「怎麼可能忘了他呢，孿生的。」簫妮說。

「實在太酷了，柔的男友現在是個成鬼，我是說貨眞價實的吸血鬼。」傑克說。

戴米恩深吸一口氣，想說些什麼，但隨即閉上嘴巴，看起來有些不自在。

「怎麼了？」我問。

「嗯，只是……呃……嗯……」他支支吾吾。

「天哪，什麼啦？直接說出來啦！」我氣急敗壞地說。

見他被我的口氣嚇得畏縮，我眞覺得自己是混蛋一個，幸好他還是回答我。「嗯，我不是很清楚啦，不過聽說雛鬼一旦蛻變後，就必須離開夜之屋，展開成熟吸血鬼的新生活。」

「柔依的男友要離開？」傑克說。

「遠距戀情呢，柔。」依琳立刻接腔。

「是啊，不過你們兩個一定不會有問題的。小事一樁啦。」簫妮說。

我的視線從孿生的轉移到戴米恩，然後，看看傑克，最後落在愛芙羅黛蒂臉上。

「慘唷。」她說：「至少妳慘了。」愛芙羅黛蒂挑起眉毛，聳聳肩說：「看來我該高興他甩了我。」說完後，她將那頭秀髮往後甩，走向擺設在另一個房間的食物餐檯。

「如果不能叫她惡劣至極的母夜叉，那可以叫她賤人嗎？」簫妮問。

「孿生的，是我的話，會叫她『可惡的賤人』。」依琳說。

「喂，別聽她亂扯。」戴米恩堅持地說：「艾瑞克依然是妳的男朋友，雖然他要離開去過成鬼的生活。」

他們全都望著我，我只好對他們笑笑。「是啊，我知道。沒事的，只是——只是一時難以接受，如此而已。我們去吃點東西吧。」爲了避免大家再多說些什麼安慰的話，我趕緊朝著食物所在的地方邁步前進，他們一行人像小鴨子般地跟在我後頭。

感覺上，黑暗女兒和黑暗男兒似乎吃喝了好久才慢慢解散離去。不過，我一看時鐘，竟發現其實他們很快就吃完，而且提早離開。我記得大家熱烈討論艾瑞克的事情，而我只知道點頭，隨便敷衍幾句不太合宜的回話，想掩飾自己有多驚愕和不對勁。我想，從大家提早離開，就可知道我表現得有多不稱職。最後，我發現在場只剩傑克、戴米恩和孿生的。他們安靜地處理廚餘，打包垃圾。

「呃，各位，我來處理就好了。」我說。

「我們就快弄好了，柔。」戴米恩說：「現在只要把妮克絲供桌上的東西收好就行了。」

「我來。」我說，努力表現得很鎮定。（但從他們臉上的表情看來，我顯然不成功。）

「柔，妳都還好——」

我舉起手阻止戴米恩往下說。「我累了，可能被艾瑞克的事情嚇到。老實說，我需要獨處一下。」我不想讓人覺得我很難搞，不過我實在無法再扮出愉快神情，繼續假裝沒萬分震驚。而且，我寧可朋友以爲我是出現經前症候群，也不願他們看出我其實快要崩潰了。見習女祭司長怎麼能崩潰？她應該有辦法掌握任何狀況的啊。我真的、真的不希望他們發現我**這麼無法面對事情**。「各位，給我一點時間好嗎？拜託？」

「沒問題。」孿生的異口同聲說。「待會兒見，柔。」

「好吧，那，我也待會兒見。」戴米恩說。

「掰，柔。」傑克說。

我等他們關上門，然後慢慢走進旁邊那間作爲舞蹈和瑜伽教室的房間。房間角落堆著軟墊，我頹然坐在上面。當我從衣服口袋掏出手機，我發現自己雙手在顫抖。

妳還好嗎？

我打好簡訊，傳送到我買給史蒂薇．蕾的可拋式手機。感覺像是過了幾萬年才收到她的回覆。

還好。

撐著點。我回她。

要快。她回傳。

我會的。

我關上手機，靠在牆上，感覺整個世界壓在我的肩頭。我開始啜泣，涕淚縱橫。

我不停哭泣，不斷顫抖，將雙腿緊抱在胸口，前後搖晃。我知道自己哪裡不對勁，不過我很驚訝地發現，竟然沒人了解我的心情，這些朋友沒一個懂。

我以爲艾瑞克就要死了，那情景讓我回想起史蒂薇·蕾死在我懷裡那一晚。一切彷彿重新上演——那血液、那悲傷和驚駭。那種情緒突襲過來，讓我毫無招架餘地。我以爲自己已熬過史蒂薇·蕾猝死的打擊，畢竟她沒眞的死去。

但我發現我在欺騙自己。

我嚎啕大哭，哭得這麼厲害，絲毫沒察覺他在這裡，直到他碰觸我的肩膀。我抬頭，抹去淚水，開始思索該說些什麼，好讓回來安慰我的人（不管他是誰）能夠寬心。

「我感覺得到妳需要我。」是羅倫的聲音。

我哭著投向他的懷抱。他坐在我身邊，將我抱到他的大腿上。他緊緊摟著我，輕聲細語安慰我，告訴我現在沒事了，他絕不會離開我。終於，我的情緒平復下來，打嗝取代了抽泣。羅倫將他那老式的亞麻布料手帕遞給我。

「謝謝。」我喃喃地說，一邊抹臉擤鼻涕。我避免去看我們對面那一整個牆面的鏡子，不過還是瞥見自己哭腫的雙眼和紅通通的鼻頭。「喔，太好了，我看起來眞是一團糟。」

羅倫呵呵笑，把坐在他大腿上的我稍微調整位置，好讓我能面向他。他溫柔地將我的頭髮撫到腦後。「妳看起來就像遇到壓力和困難而一時難過的女神。」

我胸口某處彷彿要冒出歇斯底里的笑聲。「我想女神不會讓自己哭得一把鼻涕一把眼淚吧。」

他笑笑。「喔，這我可不太確定。」然後他的臉嚴肅起來。「艾瑞克蛻變時，妳以爲他要死了，對不對？」

我點點頭，眞怕自己一開口又會嚎啕大哭。

羅倫的下巴先是繃緊，然後放鬆。「愛芙羅黛蒂還是黑暗女兒的領導人時，我曾多次跟她說過，**所有的**雛鬼，而不只是五年級或六年級生，都必須清楚蛻變進入最後階段時會有什麼現象。這樣一來，親眼目睹時才不至於被驚嚇到。」

「當事人的眞正感覺就像外表那樣痛苦嗎？」

「是很痛苦，不過那是好的痛苦——若這麼說合理的話。可以想成運動過後的肌肉痠痛，雖然痛，但不是不好的痛。」

「那種痛苦看起來遠超過肌肉痠痛。」我說。

「沒那麼糟——事實上，應該是震驚遠大於痛苦。強烈的感覺乍然湧入你的身體，對任何刺激都變得異常敏感。」他的手撫摸著我的臉頰，手指輕輕順著我的記印的線條滑動。「有一天妳自己會體驗到的。」

「希望如此。」

半晌，我們兩人默然不語，但他的手繼續撫摸我的臉，滑過我頸側的記印圖案。他的撫觸讓我的身體開始放鬆，但也有一種刺刺麻麻的感覺。

「有別的事讓妳煩心，對吧？」羅倫輕聲說。他的聲音低沉悅耳，具有催眠的魔力。「不只是因爲艾瑞克的蛻變讓妳回想起朋友的猝逝。」

見我不說話，他俯身吻我的前額，雙唇輕輕落在我的弦月刺青上。我渾身顫動。

「妳可以對我說，柔依。我們之間如此親密，妳應該知道，妳可以信任我。」

他的嘴唇拂過我的唇。若能對羅倫訴說史蒂薇·蕾的事就好了，他會幫我的。老天爺知道我正需要他的協助啊，特別是現在——我幾乎已經相信，只要祈求妮克絲，史蒂薇·蕾就可以治癒，而這就表示我必須設立守護圈。換句話說，要不是我帶戴米恩、孿生的和愛芙羅黛蒂去找史蒂薇·蕾，就是帶史蒂薇·蕾來這裡。但光靠我們自己，肯定穿越不了奈菲瑞特對校園施咒設下的保護網，不過或許羅倫知道一些成鬼才懂的技巧，可以祕密進出校園。我努力傾聽自己的直覺，想知道它是否仍力勸我閉嘴——但此刻我只感受到羅倫落在我身上的手和唇。

「告訴我吧。」他在我唇邊低聲說。

「我——我想……」我幾乎喘不過氣來，喃喃回應：「只是，好複雜。」

「讓我幫妳，我的愛。我們攜手面對，沒有過不了的難關。」他的吻愈來愈久，愈來愈火熱。

我想告訴他，但我頭暈目眩，連思考都沒辦法，更遑論開口說話。

「我來讓妳看看我們可以多麼親密……可以多麼徹底地在一起。」他說。

羅倫原本撫挲著我頭髮的手，轉而拉扯起自己的襯衫，釦子迸開，露出胸膛。然後他緩緩地以拇指指甲劃過自己左胸，留下一道完美的猩紅線條。鮮血的氣味旋即籠罩我。

「吸吮吧。」他說。

我克制不住自己，臉埋入他的胸膛，開始舔舐。他的血液汩汩流入我的身體。那味道與西斯不同，沒那麼火熱，沒那麼醇厚，卻更爲強烈。它帶著熾紅急切的渴望，怦怦地湧動，流遍我全身。我緊貼著他的軀體，想要更多，再更多。

「現在換我了，讓我來嘗妳！」羅倫說。

我還沒搞懂他要做什麼，他就已經扯掉我的衣裳。我來不及因他見到我只剩胸罩與內褲的胴體而驚慌失措，他已舉起拇指劃過我的胸脯。我猛地痛得倒抽一口氣，然後他的唇落下，開始吸吮我的血液。疼痛不再，一波波強烈的愉悅感受襲來。我只能喘息呻吟。羅倫一邊吸吮我，一邊扯下自己的衣服，我伸手幫他解開。我只知道我必須擁有他，現在只感受到火熱、激情和渴望。他的手和唇游遍我全身，但我仍然無法滿足。

然後，就這麼發生了。我感覺到他的心跳在我體內搏動，與我脈搏的律動一致。我可以感覺到他和我的激情漫溢氾濫，我可以聽見他的渴望在我腦海裡恣意狂吼。

接著，在我混亂的腦海深處我聽見西斯吶喊著：「**柔依！不！**」

我的身體在羅倫懷中抽搐。「噓！」他悄聲說：「沒事的。這樣很好，心愛的，這樣做絕對更好。跟人類烙印太麻煩——會有太多事端。」

我的呼吸變得又急又喘。「打破了嗎？我和西斯的烙印解除了嗎？」

「解除了，被我們的烙印取代了。」他翻過身，把我壓在他的身體下面。「現在，讓我們完成這件事吧，讓我跟妳做愛，寶貝。」

「好。」我喃喃回應。我的唇再次找到羅倫的胸膛，我吸吮他，他跟我做愛，直到我們的世界在血液與激情中爆裂。

23

我趴在羅倫身上，沉浸在感官愉悅的朦朧濃霧中。他的手慢慢往下摩挲著我的背，一遍又一遍撫著我的刺青花紋。

「妳的刺青眞是細緻，就跟妳的人一樣。」羅倫說。

我幸福地嘆一口氣，依偎在他懷裡。不經意轉頭一瞥，我們在落地鏡裡的映像深深迷惑我。我們倆一絲不掛，身上沾著血跡，親密地交纏在一起，只有我的烏黑長髮半遮掩住兩人的胴體。我那充滿異國風味的華麗刺青，從我的臉龐和頸部往下沿著彎曲的脊椎線條延伸到下背，身體上一層薄薄的汗水將刺青輝映得如藍寶石般閃亮耀眼。

羅倫說得沒錯，我是細緻的。對於我們的關係，他說得也很對。他比我年長，是個成鬼（還是學校的老師），但這些事實都不重要，因爲我們之間已經超越了這些。我們擁有的感覺非常特別，遠甚於我對艾瑞克，甚至西斯的感覺。

西斯……

帶著慵懶睡意的滿足感瞬間消失，彷彿有人突然往我身上潑冷水。我的視線從我們的鏡中映像移轉到羅倫的臉龐。他嘴角微揚，看著我微笑。天哪，他真的是好看得要命，我實在不敢相信自己能擁有他。隨後，我在心裡甩頭，努力回神，問他那個我必須得到答案的問題：「羅倫，我和西斯的烙印真的解除了嗎？」

「對，真的。」他說：「妳和我之間的烙印，切斷了妳和人類男孩之間的連結。」

「不過，我讀過吸血鬼社會學課本，裡頭只談到解除吸血鬼與人類之間的烙印是很痛苦而且困難的事。我不懂怎麼可能如此簡單就辦到了。而且，書裡沒提到新的烙印會解消舊烙印。」

他的微笑蕩漾開來，給我一個甜蜜溫柔的吻。「妳以後就會知道，有很多與吸血鬼相關的事情，教科書裡沒提。」

他這番話讓我覺得自己稚嫩又愚蠢，而且相當尷尬。他立刻察覺到我的心情。

「嘿，我沒別的意思。我還記得，當初我不是真正懂得自己會蛻變成什麼東西時，有多麼迷惘。沒關係的，我們都是這樣過來的，而現在妳有我可以幫妳。」

「我只是不喜歡這種無知的感覺。」我說，再度放鬆地依偎在他懷裡。

「我知道。所以，我來告訴妳打破烙印是怎麼一回事。妳和那個人類的確有連結，不過妳還沒完成蛻變，還不是吸血鬼。」他停頓一下，然後語氣篤定地說：「所以，這種烙印還不成熟。而妳和我分享血液後，我們之間更強烈的連結就會壓過妳和人類之間較弱的連結。」他的笑容變得好性感。「因爲我**是**吸血鬼。」

「這樣會傷害到西斯嗎？」

羅倫聳聳肩。「或許吧，不過痛苦不會持續太久。況且，長期來看這樣比較好。柔依，很快地，整個吸血鬼世界將爲妳敞開，妳會成爲非凡的女祭司長。在那個世界裡，沒有人類容身的地方。」

「我知道你說得沒錯。」我試著釐清腦袋裡的所有事情，想起那晚我非常確定必須與西斯分手。這樣很好。如果和羅倫在一起就能打破我跟西斯之間的烙印，那事情就簡單多了──對我和西斯來說。此時，另一個念頭出現，我隨口就說：「幸好我沒同時對你及西斯產生烙印。」

「不可能這樣的。妮克絲讓我們只能烙印單一對象。我想，這是避免我們故意烙印一大群人類來當爪牙。」

他說的話和他充滿譏諷的語氣，讓我吃驚。「我可從沒想過要這麼做。」我說。

羅倫輕聲笑了笑。「很多吸血鬼會想要這麼做。」

「那你會嗎？」

「當然不會。」他又一次親吻我，接著說：「再說，能跟妳烙印我是再開心不過了，我不需要其他任何人。」

他的話讓我興奮。他是我的，而我也是他的！然而，艾瑞克的容顏浮現在我眼前，我的悸動隨即消褪。

「怎麼了？」他問。

「艾瑞克。」我小小聲地說。

「妳屬於我！」羅倫的語氣突然變粗暴，然後猛烈地吻我，表現出強烈占有欲，我的血液隨之澎湃奔流，怦怦作響。

「是的。」當他的嘴唇放開我，我只能這麼回應。他就像無法抵抗的浪濤，我只能任憑他沖走我心裡的艾瑞克。「我是屬於你的。」

羅倫的雙臂緊緊摟著我，然後輕輕舉起我，並移動自己身體，以便注視我的眼睛。「妳現在可以告訴我了嗎？」

「告訴你什麼？」我嘴巴這麼問，但在心裡，我想我知道他想知道什麼。

「告訴我妳爲什麼這麼難過。」

我不理會突然揪緊的胃，下定決心要信任他。在我們之間發生這一切事情之後，我必須信任羅倫。

「史蒂薇．蕾沒死，至少沒像我們以爲的那樣死去。她活著，但變得不一樣了。而且她不是唯一死了卻還活著的雛鬼。他們爲數眾多，不過跟她不同。史蒂薇．蕾總算保留住了一些人性，而其他那些怪物已經泯滅人性。」

我感覺到他的身體緊繃，心裡暗自期待他會說我瘋了，這些都是我胡思亂想的。然而，他說：「妳說的是什麼意思？柔依，把所有事情一五一十告訴我。」

我說出一切，告訴羅倫所有事情——從我撞見「鬼」，到發覺他們其實不是鬼魂，到那些可怕的活死人殺死聯合隊足球隊員，到我將西斯拯救出來。最後，我還告訴他史蒂薇．蕾的事，關於她的所有事情。

「所以，現在她就在愛芙羅黛蒂家的車庫樓房裡等著？」他說。

我點點頭。「對，她每天都需要喝血。她保住人性的狀況不太好，無法維持太久。我怕萬一沒血喝，她會變得跟其他怪物一樣。」我打了個寒顫，他的手臂將我摟得更緊。

「他們眞的那麼可怕嗎？」他說。

「遠超出你的想像。他們不是人類，也不是吸血鬼，彷彿是最惡的吸血鬼**和**最惡的人類的綜合體。他們沒有靈魂，羅倫。」我搜尋他的眼神。「而且他們無可救藥。幸好史蒂薇·蕾對土的感應力讓她仍保有一些靈魂，雖然她的靈魂不再完整。我眞的認爲我可以替史蒂薇·蕾做些什麼，來幫助她變回原來的樣子。」

「妳眞的這樣認爲？」

我腦海裡突然閃過一個念頭：羅倫的反應似乎有點怪，因爲他聽到我說我可能可以治癒史蒂薇·蕾時，似乎甚感驚訝，但聽到猝死的雛鬼變成活死人時似乎毫無疑問，很自然地接受了活死人存在的事實。

「嗯，對，我或許錯得離譜，不過我相信只要利用元素的力量，就能辦到。你知道的，」我停頓下來，移動一下重心，心裡納悶自己是不是變重了。「我對五個元素都有感應力。我猜，我所需要做的，就是好好利用這一整個特殊的能力。」

「或許行得通。不過妳要牢記在心，妳召喚的是充滿力量的魔法，而這麼做總是要付出代價。」他緩緩說道，彷彿在開口吐出每個字之前都仔細思量過（哪像我說話老是不經大腦，說出口後才覺得懊悔或丟臉）。「柔依，這麼可怕的事爲什麼會發生在史蒂薇·蕾和其他那些雛鬼身上？罪魁禍首是誰，或者是什麼東西？」

就在我要開口說背後主使者是奈菲瑞特之際，**別說出她的名字**這幾個字狠狠地撞上我的心頭。好吧，這些字沒眞的撞上我，不過我知道那種乍然作嘔的感覺代表什麼。隨後，我有點驚訝地察覺，我其實沒對羅倫吐露**所有**事情。剛才在提到我從那些活死人小鬼手中救出西斯，第一次見到史蒂薇．蕾時，我沒提到奈菲瑞特。我敘述這件事的經過時，壓根兒沒想到這件事。我不是故意漏掉不說，但在我告訴他的故事裡的確省略了這部分。

妮克絲。一定是女神透過我的潛意識在作工。她不想讓羅倫知道任何與奈菲瑞特有關的事情。女神是爲了保護他嗎？或許吧……

「柔依，怎麼了？」

「喔，沒什麼，我只是在想──不，」我呑呑吐吐地說：「我──我不知道怎麼會發生這種事，但我希望我知道。我眞的希望自己能弄清楚來龍去脈。」我趕快補上這句話。

「史蒂薇．蕾不知道嗎？」

我內心又響起警告鐘聲。「她現在還不太能溝通。咦，你是不是聽說過以前發生過類似的事情？」

「沒有，沒聽說過。」他撫挲著我的背，要我寬心。「我只是在想，如果知道事情是怎麼發生的，或許有助於妳解決這件事。」

我凝視他的雙眼，希望內心不安的感覺能消褪。「羅倫，這事你絕不能告訴別人，**任何**

人都不行，就連奈菲瑞特也不能說。」我努力表現出女祭司長該有的從容和鎮定，但聲音偏偏有些顫抖和沙啞。

「心愛的，這點妳不必擔心！我當然不會告訴任何人。」羅倫摟緊我，撫摸我的背。

「除了妳和我，這事還有其他人知道嗎？」

「沒有。」謊言就這麼自然地衝口而出，連我自己都嚇一跳。

「那愛芙羅黛蒂呢？妳說妳把史蒂薇．蕾藏在她家的車庫樓房，不是嗎？」

「愛芙羅黛蒂不知道。我是無意間聽她告訴幾個同學，說她父母會外出避冬，大家可以利用她家的車庫樓房辦派對。不過，嗯，現在大家對愛芙羅黛蒂都相當不爽，所以沒人接受她的邀請。我就是這樣才知道她家那棟樓房空著，所以決定將史蒂薇．蕾偷偷藏在那裡。」我並不是有意識地故意隱瞞愛芙羅黛蒂的事，不過我的嘴巴似乎替我做了決定。我在心裡祈求好運，希望他不會察覺我在扯謊。

「嗯，或許這樣安排最好。柔依，妳說史蒂薇．蕾不是原來的她，還說她不太能跟人溝通，那妳怎麼跟她交談？」

「嗯，她可以說話，不過她很迷惘，而且……而且……」我焦急地左思右想，忖度著該怎麼解釋，才不會說出不該說的話。「有時候更像野獸而不像人類。」然後我不經意地說了一句不太相關的話：「今天參加奈菲瑞特的儀式之前，我才跟她見過面。」

我感覺到他在點頭。「所以妳是從那裡回學校的。」

「對。」我決定不提西斯的事。光想到他我就滿心愧疚。我們的烙印消失了，但我沒鬆口氣，反而有種奇怪的落寞空虛。

「不過，妳怎麼知道她此刻仍在愛芙羅黛蒂家，而且平安沒事？」

正在恍神的我驟然回神。「什麼？喔，我給了她手機，可以打電話或傳簡訊給她。剛剛我才確認過她的狀況。」我指指從我衣服口袋掉到軟墊旁邊地板上的手機。我在心裡將西斯拋到腦後，決定先專注在眼前更急迫的問題。「我或許得請你幫忙。」

「儘管開口。」他說，溫柔地將散落在我臉上的頭髮往後撥。

「我必須將史蒂薇．蕾弄來學校，要不然就得讓這夥人和我到她那裡去。」

「這夥人？」

「你知道的，就是戴米恩、孿生的和愛芙羅黛蒂，這樣我們才能設立守護圈。我有感覺，必須藉由他們感應元素所帶來的力量，才能幫助史蒂薇．蕾。」

「不過妳說他們不知道史蒂薇．蕾的事。」他說。

「他們是不知道。我得告訴他們，但我想等到要開始解決史蒂薇．蕾那個東東時才說。」天哪，我竟然用「東東」這種低能的語詞來說我想解決的問題。我嘆一口氣，搖搖頭。「不過，我當然是不希望告訴他們。」我說得可憐兮兮，代表史蒂薇．蕾那東東給我帶來多大壓力，**還有**我多麼擔心那些朋友會因爲我隱瞞這麼重要的事情而對我大發脾氣。

「那，妳和愛芙羅黛蒂眞的是朋友嗎？」

羅倫問話的口氣彷彿是隨口問問，臉上帶著笑容，還順手扯了一下我的一綹長髮。不過，就像跟西斯烙印之後會有的反應，我和羅倫的烙印也連結了我們，所以我感覺得到他問話時整個人緊繃著。他對答案的在意程度遠超過他表現出來的樣子。這一點讓我感到不安——同時，我的胃又開始揪緊，警告我最好緘口別提。

所以，我設法配合他那種隨口問問的語氣。「不是啦，愛芙羅黛蒂這女孩很可怕。只不過不曉得爲了什麼緣故，妮克絲竟然賜與她對土元素的感應力——這一點讓我、戴米恩和孿生的到現在怎麼想都想不透。沒有她，我們的守護圈無法好好設立，所以她就這麼自然而然地參與了進來。我們當然談不上交情或什麼。」

「很好。就我所知，愛芙羅黛蒂是很有問題，妳千萬不要相信她。」

「我不會相信她的。」然而，這麼一說，我才發現自己其實很相信愛芙羅黛蒂。或許，我對她的信任遠甚於我對羅倫的信任，而我剛剛才對他獻出童貞，並且跟他產生烙印。太好了，眞是走運啊我。

「嘿，輕鬆點，我看得出來聊這些事讓妳心情不好。」羅倫撫摸我的臉龐，我不自覺地將臉貼緊他的掌心。每次他碰觸我，感覺就是那麼奇妙。「現在我在這裡，我們會想出辦法解決的。一步一步來。」

我很想提醒他，史蒂薇．蕾的時間不多了，不過他的嘴唇已經又落在我的唇上，我滿腦子只有與他肌膚相親的美妙感覺……我可以感覺到他的脈搏加速……我的心跳頻率與他一致。我們吻得愈來愈激情，他的手開始往我的身體下面游移，我緊貼著他晃動，腦袋裡什麼都不想，只想到溫熱的感覺、血液和羅倫……羅倫……羅倫——

忽然，一聲奇怪的嗆到的聲音劃破籠罩著我的溫熱迷霧。這時羅倫已經將他的唇往下游移到我赤裸的喉嚨，我做夢一般地循聲轉頭，一陣驚恐倏地撼動我的身體。

艾瑞克就站在門口，難以置信的表情就掛在那張帶著新記印的面容。

「艾瑞克，我——」我往前撲，抓起衣服，想遮掩自己。但其實我毋須擔心艾瑞克會看見我的裸體，因爲羅倫已先一步以迅雷不及掩耳的速度將我往後拽，用他的身體擋住我的身軀。

「你打擾到我們了。」羅倫悅耳的聲音此時是幽暗的，難掩勉強壓抑住的暴烈怒氣。那股力道直接向我裸露的肌膚擠壓，讓我驚愕得喘不過氣來。

「對，我看得出來。」艾瑞克說。接著，他沒再說什麼，轉身離去。

「喔，我的天哪！我的天哪！我不敢相信會發生這種事！」我將灼燙的臉埋進掌心。

羅倫雙手又回來摟著我，聲音就跟他的撫摸一樣帶給人安慰。「寶貝，沒關係，反正他早晚必須知道我們的事。」

「但不該在這種情況下，不該像這樣子呀。」我哭著說：「竟然讓艾瑞克看見這種畫面，實在太糟糕了，我不曉得該怎麼說。」我仰起臉看他。「現在所有人都會知道了。羅倫，這樣一來，怎麼可能沒關係！你是老師，我是學生欸。難道學校沒有規定不能發生師生戀嗎？更何況我們還彼此烙印了。」接著，我想到另一件可怕的事，整個人開始顫抖。萬一我因爲跟羅倫在一起而被踢出黑暗女兒，那該怎麼辦？

「柔依，心愛的，聽我說。」羅倫雙手搭著我的肩，輕輕地搖晃我。「艾瑞克不會對任何人說任何事的。」

「會，他會的！你看見他臉上的表情了，他絕不可能爲我保守祕密的。」事實上，他不可能再爲我做任何事了，永遠不可能了。

「他不會說的，因爲我會叫他閉嘴。」

羅倫關心的表情驟變，瞬間變得就像他說艾瑞克「打擾到我們」時的口吻一樣可怕。一陣恐懼襲上心頭，我開始納悶，或許羅倫不只有他讓我看到的那一面。

「別傷害他。」我低聲說，無暇理會撲簌滾下臉龐的淚珠。

「喔，寶貝，別擔心，我不會傷害他的。我只是要找他談一談。」他將我擁入懷中。雖然我的身體、我的心跳，以及我最深的內心，都很想親近他，我還是將自己推出他的懷抱。

「我得走了。」我說。

「噢，好吧，我也該走了。」

他將我的衣服遞給我，我們穿上衣服。我告訴自己，他急著離去，是因爲他必須去找艾瑞克，不過一想到要和羅倫分開，我的胃好像一個坑洞，有一團噁心、黑色的東西在裡頭烹煮、翻攪。被他舔舐過血液的胸脯傷口開始刺痛，而且我的身體以前從未疼痛過的私密部位也在發疼。我瞥了一眼那面牆上的鏡子，看到自己的眼睛又紅又腫，臉孔滿是污痕，鼻頭呈粉紅色，頭髮一團亂。我看起來好糟。不過這沒什麼好驚訝的，因爲我現在確實覺得自己很糟。

羅倫握住我的手，我們穿越活動中心空蕩蕩的房間。走到門口時，他再次親吻我，然後才開門。

「妳看起來很累。」他說。

「我是很累。」我瞥了一眼活動中心的時鐘，很驚訝發現才凌晨兩點半。不過短短兩個小時，卻似乎已經過了好幾晚。

「回去睡覺吧，心愛的。」他說：「明天我們又能見面的。」

「怎麼見面？什麼時候？」

他微笑撫摸我的臉頰，摩挲著上面刺青的紋路。「別擔心，我們不會分開太久的。我們先睡一會兒，然後我會去找妳。」他在我肌膚上的觸撫好溫暖。當他的手指親暱地沿著我的頸部弧度往下滑，我的身體彷彿有它自己的意志，自動朝他靠過去。他吟誦起詩句：

我從夢見妳的夢中醒來，
在初次甜美的夜眠中。
風兒低拂，
繁星閃耀，
我從夢見妳的夢中醒來。
我雙腳的精靈

引領著我——誰知它如何辦到呢？——
走向妳的寢室窗邊，我心愛的！

他的愛撫讓我簌簌發顫，他的言語讓我怦然心動，暈醉眩迷。「這是你寫的嗎？」他親吻我的頸時，我喃喃問道。

「不是，是英國詩人雪萊寫的。很難相信他不是才華洋溢的吸血鬼，對吧？」

「喔。」我沒認眞聽他說話。

羅倫呵呵笑，伸手摟著我。「我明天會去找妳的，我保證。」

我們一起走出活動中心，但旋即分開，他朝老師宿舍的方向離去，而我慢慢走回自己的宿舍。幸好四周沒有太多雛鬼或吸血鬼。我很高興是這樣，因爲我可不想在這時候撞見任何人。夜色黝暗陰霾，古老的煤氣燈幾乎照不亮籠罩著我的漆黑。但我無所謂，我想讓自己被黑夜包覆、掩蓋。不知怎麼地，黑夜撫慰了我心靈上的焦慮和刺痛。那種痛，跟羅倫在我身體造成的痛是分開的，不一樣的。

我不再是處女之身了。

這個事實突然竄上我心頭，帶著奇怪的尖銳穿刺的聲音。事情發生得太快，我根本沒時間思考，但我的確**已經做了**。天哪，我得跟史蒂薇．蕾聊聊——就算變成活死人，她也會想聽我訴說這件事的。失去處女之身的我，現在看起來不一樣嗎？不可能，這麼想太蠢了。所有人都知道不能從外表看出某人是否失身，至少通常看不出來。嗯，不過我不完全是正常的青少年（說得好像眞有哪個青少年是正常的）。待會兒回到寢室，我最好趕緊照鏡子，仔仔細細地端詳自己。

我剛踏上通往宿舍的人行道，思索著該怎麼跟我那夥朋友說什麼。他們此時很可能正聚在電視機前看什麼片子或怎樣。我當然不能告訴他們我和羅倫的事，不過我得設法編個說法來交代為何我和艾瑞克會分手。話說回來，或許我不必這麼做，因爲羅倫會找他談，所以艾瑞克應該不會跟任何人說什麼。如此一來，我只需說因爲他完成蛻變，所以我們必須分手。也許這樣交代就行了，不必多說。對於我的沉默，應該沒有人會太訝異，他們會認爲我是難過得不想談。對，就這麼辦。

突然，芬芳的香柏樹下閃出一個身影，走上前來，站在我面前。

「爲什麼，柔依？」艾瑞克說。

24

我抬頭看著艾瑞克，身體僵住。他的記印仍叫人讚歎，是那麼獨特出眾，讓他看起來甚至比以前俊美。

「爲什麼，柔依？」他再一次問我，而我只能站在原地，像個說不出話的白癡，呆望著他。

「對不起，艾瑞克！」我努力擠出這句話。「我不是故意傷害你，我並不想讓你像這樣發現這件事。」

「是啊，」他冷冷地說：「如果妳——我不知道——也許在校刊吧，直接公布自己是個騷貨，這樣一來，或許我發現我的女朋友，那個一直以來在我面前裝清純的女朋友，其實是個蕩婦時，就可以輕而易舉地接受這個事實。沒錯，或許那樣會比較好。」

他那充滿怨恨的語氣讓我害怕。「我不是騷貨。」

「那麼，看來妳模仿騷貨模仿得可眞好啊。我就知道！」他吼叫著：「我就知道你們兩個之間有問題！但我竟該死的蠢到相信妳說你們啥事都沒有。」他大笑，但他的笑絲毫沒有笑意。「天哪，我實在太白癡了。」

「艾瑞克，我們不是故意這麼做的，但羅倫和我就是愛上了。我們曾試著遠離對方，但就是辦不到。」

「妳一定是在開玩笑吧！難不成妳眞的相信那混蛋愛妳？」

「他是愛我。」

艾瑞克搖頭，再次發出那沒有笑意的大笑。「如果妳這麼相信，那就比我還蠢。他在利用妳啊，柔依。像他這種男人對妳這種女孩就只有一個企圖，現在他得到了。等到他玩膩之後就會甩掉妳，拍拍屁股一走了之。」

「不會這樣的。」我說。

他繼續往下說，彷彿我剛才什麼都沒說似的。「該死，我眞高興我明天就要離開這裡，雖然我很想留下來，親眼目睹布雷克甩掉妳，然後對妳說『早就告訴過妳吧』。」

「你不知道自己在說什麼，艾瑞克。」

「妳知道嗎，或許妳說得沒錯。」他那冷酷無情的口吻聽起來眞像個陌生人。「這一段時間以來，我總是說妳和我相愛；我總是跟別人說妳有多棒，我跟妳在一起有多快樂。天殺的，我的確不知道自己在說什麼。我眞的以爲我是愛上了妳。」

我的胃揪緊。他的話語像把利刃，字字句句都戳進我的心。「我也以爲我愛上你了啊。」我輕聲說，努力眨眼不讓自己掉淚。

「放屁！」他大吼，聲音惡狠，但我見到他眼眶噙淚。「別再耍我了。還有，妳覺得愛芙羅黛蒂是個可惡的賤貨嗎？跟妳一比，她簡直他媽的像個天使！」

他開始後退，準備離去。「艾瑞克，等等，我不希望我們之間以這種方式結束。」我說，淚水溢出眼眶，撲簌滑落。

「不用哭！這就是妳想見到的結果，妳和布雷克就是這麼計畫的。」

「沒有，我沒故意這麼做！」

艾瑞克的頭前後擺動，用力眨眼，說：「離我遠一點。結束了。我不想再見到妳。」然後，他幾乎是跑著離開我。

我的胸口又緊又熱，淚水怎樣都停止不了。我的雙腳開始移動，帶我到唯一我能去的地方──去找我此刻最想見到的人。走往詩人閣樓的路上，我總算平撫了情緒。好吧，或許沒完全鎭定下來，但至少看起來還算正常，途中遇到的那些人（兩名吸血鬼戰士和兩、三個雛鬼）都沒攔住我，問我發生了什麼事。我停止哭泣了，而且我以手指梳過頭髮，並將一些頭髮往前撥，垂掛在肩膀前面，稍稍遮掩住了我滿是淚痕的臉。

當我走到住校老師宿舍所在的那棟建築，我絲毫沒有遲疑。我只是深深吸一口氣，心裡默默祈禱，希望沒有人看見我。

我一進入這棟校舍，就發現自己多慮了。在這裡，根本毋須擔心被人看見，因爲這裡的空間設計不像雛鬼的宿舍，沒有一走進去就見得到吸血鬼閒聚看電視的偌大起居室。這裡只有一道石砌地板的大廊道，兩旁是一扇扇緊閉的房門。樓梯就位於我的右手方，我迅速拾級而上。我知道或許羅倫還沒回房間，或許他還在尋找艾瑞克，不過沒關係，我可以窩在他床上等他，這樣我至少能夠覺得再次與他親暱靠近。當我跨出樓梯間，踏上頂層的地板，走向不遠處那扇大木門，我頓時覺得自己的身體僵硬又陌生。

我慢慢走近，發現門開了一道小縫。我聽見羅倫的聲音從房裡流瀉而出。他在笑。那聲音掠過我的肌膚，拂過艾瑞克帶給我的悲傷和痛苦。我來找他，果然是對的。我幾乎已經可以感覺到他的雙手擁抱著我。羅倫一定會摟著我，喚我「心愛的」，喚我「寶貝」，然後告訴我一切都會沒事的。他的撫觸會抹去艾瑞克對我的傷害和那些難聽的話語，讓我不再難過傷心。我一隻手平貼著門，準備將門推開，走進去，直接走進他的懷抱。

這時，她笑了。低沉、愉悅、魅惑的笑聲。我的世界瞬間凍住。

是奈菲瑞特，她在房裡，和羅倫在一起。不會錯，就是那聲音——悅耳、充滿誘惑的笑聲。奈菲瑞特的聲音，就跟羅倫的聲音一樣，鮮明易辨。當笑聲停止，她的話語如毒霧，從門板與門框之間的縫隙滲出，襲向我。

「你做得很好，親愛的。現在我明白她知道哪些事情了。一切都配合得很完美。我們可以輕而易舉地繼續孤立她。我只希望你扮演的角色不會讓你太不舒服。」奈菲瑞特的聲音充滿挑逗，但也帶著一絲冷酷。

「我三兩下就把她耍得團團轉。只要送上閃亮的禮物，來幾句甜言蜜語，她就付出眞愛，獻上童貞，綻開的櫻桃就這樣成爲欺罔與荷爾蒙之神的祭品。」羅倫再次大笑。「年輕女孩眞可笑——這麼容易就被人玩弄於股掌之上。」

他的話語從上百個地方刺進我的肌膚，但我還是強自鎮定，靜悄悄地往前移動，以便窺視屋內動靜。我瞥見眾多燭台照亮了偌大房間，裡面擺設了昂貴的皮革家具。我的視線立刻被吸引到閣樓裡最主要的家具——一張擺在房間正中央的鐵鑄大床。羅倫斜躺在上面，靠在好幾個蓬鬆的枕頭上，全身一絲不掛。

奈菲瑞特則穿著一件緊身紅洋裝，曲線畢露地包覆著她的完美身軀，而領口則低到露出大半個乳房。她邊說邊來回踱步，美容過的修長手指撫過羅倫那張大床的鐵鑄欄杆。

「讓她繼續忙著談戀愛。我會讓她那一小撮朋友背棄她的。她法力很強，但如果沒有那群朋友在她像個花癡緊追著你時穩住她，她絕對沒辦法發揮她的天賦的。」奈菲瑞特停頓一下，一根纖細手指點了點自己的下巴。「不過，你知道的，我很驚訝你們之間會產生烙印。」我看見羅倫的身體抽搐了一下。奈菲瑞特笑笑，繼續說：「你以爲我察覺不到嗎？你身上飄散出她的血液的氣味，而她的血液裡有你的味道。」

「我不知道怎麼會這樣。」羅倫趕緊回答。他明顯不悅的口氣宛如利刃，插入我的心。我可以感覺到，它已破裂成無數細小碎片。「我想，我低估了自己的演戲技巧。其實我才剛鬆了一大口氣，我們之間沒眞的發生什麼事——我沒有心亂如麻的情緒，也沒有伴隨眞正烙印而來的連結感。」他笑了笑。「她和那個人類男孩就有這種感覺。他們之間的烙印被打破時，他一定很痛苦。奇怪的是她還沒蛻變完成，就能跟他烙印得這麼徹底。」

「這更加證明她法力很強，」奈菲瑞特厲聲說：「雖然她耳根子軟到很可笑，隨便被人唬弄就迷失自己——就一個女神揀選的雛鬼而言，這的確荒謬。還有，別假惺惺地抱怨她跟你烙印了。你我都知道，對你而言，烙印會讓性愛變得更愉悅。」

「嗯，我正想告訴妳，妳太早把那品德高尚的艾瑞克送來找他的小女友了，眞是煞風景。妳就不能多給我幾分鐘，好把事情辦完嗎？」

「你要多久時間我都可以給你。這樣吧，我現在就走，讓你去找你的小玩物，好好**把事情辦完**。」

羅倫坐起身，往前抓住奈菲瑞特的手腕。「來嘛，寶貝，妳明知道我不是**真的**想要她。別跟我生氣了，心愛的。」

奈菲瑞特輕易就掙脫他，不過那姿態分明是挑逗多於惱怒。「我沒生氣，我高興得很呢。你們的烙印打破了柔依和人類男孩的連結，現在她更加孤立了。反正你和那小妞兒的烙印不是永遠的。等她蛻變完成或死去，你們的烙印就會消失。」她發出小小一聲邪惡的笑聲，說：「不過，你是不是不希望它消失？搞不好你比較喜歡稚嫩和天真的小女孩，不喜歡我這種熟女吧？」

「不可能，心愛的！我對其他人絕不會像對妳這麼渴望。」羅倫說：「來，寶貝，我證明給妳看。現在就讓妳瞧瞧我有多想要妳。」他迅速移動到床尾，將她一把拉入懷中。我看見他的手從上到下愛撫著她的身體，就像不久前他撫摸我那樣。

我用手摀住嘴，免得哭出聲音。

奈菲瑞特在羅倫懷中轉身，微拱著背，背緊貼著他。他的手不停地撫遍她全身。她面對著門口，雙眼緊閉，嘴唇微啓，愉悅地呻吟著，然後眼睛徐徐睜開，眼神迷濛。接著，奈菲瑞特直直盯著我。

我迅速轉身衝下樓梯，奔出這棟建築物。我想一直跑，跑得遠遠的，哪裡都好，愈遠愈好。但是身體背叛我，我只能蹣跚地跑離門口幾步，就再也跑不動。但我總算勉強走到一叢修剪整齊的冬青樹的後方陰暗處，這才彎腰嘔吐。

等不再噁心乾嘔後，我開始往前走。我的理智無法正常運作。混亂痛苦的思緒讓我茫然，不知何去何從。現在我只有感覺，無法思考，而我所能感覺到的東西僅有痛苦。

那痛苦告訴我，艾瑞克是對的，只不過他低估了羅倫的邪惡。他以爲羅倫把我當成性玩物，但事實上羅倫根本對我不屑一顧。他利用我，只是因爲他眞正要的女人要他這麼做。我甚至稱不上是他的洩欲對象。對他來說，我是個麻煩。他愛撫我，跟我講那些話……那些甜言蜜語，全是因爲他在執行奈菲瑞特交付他的任務。對他來說，我什麼都不是。

我壓抑住抽泣，伸手將耳垂上的鑽石耳墜拽下，隨著一聲哭喊，用力將耳墜丟得遠遠的。

「該死，柔依，如果妳厭煩了那些鑽石，大可說一聲啊。我有一些珍珠耳墜很配艾瑞克送給妳當生日禮物的那串雪人蠢項鍊，我可以用那些耳墜跟妳換這對鑽石啊。」

我慢慢轉身，彷彿動作太快就會粉身碎骨。愛芙羅黛蒂從通往用膳堂的人行道走過來，一手拿著奇怪的水果，另一手拎著一罐可樂娜啤酒。

「幹麼這種眼神？我喜歡芒果，不行嗎？」她說：「我們宿舍一直都沒有，不過成鬼廚房裡的蔬果冰箱永遠不缺，好像他們隨時隨地都在想念芒果。」見我沒答腔，她繼續說：「好吧，好吧，我知道啤酒很常見而且很俗氣，不過我就是喜歡這一味嘛。嘿，幫個忙，別告訴我媽，否則她會抓狂的。」然後，她仔細打量我，我看見她雙眼睜得老大。「見鬼啊，柔依！妳看起來很糟欸。怎麼了？」

「沒什麼，別理我。」我幾乎認不得自己的聲音。

「好吧，隨便妳。那我們就各人自掃門前雪吧。」她說完後，咻地轉身離去。

留下我獨自一人。果然像奈菲瑞特說的，他們全都會離開我，而且這是我自作自受。我讓西斯承受可怕的痛苦，也傷害了艾瑞克，還被謊言所矇騙而失身。羅倫是怎麼說的？我獻上眞愛，綻開的櫻桃就這樣成爲欺罔與荷爾蒙之神的祭品。果然是桂冠詩人，對遣詞用字很有一套。

霎時，我覺得自己非奔跑不可。我不知道要往哪裡去，只知道我必須不停地移動，快速移動，否則腦袋就會爆開。我一直跑，跑到喘不過氣才停步，然後靠著一棵老橡樹喘氣。

「柔依？是妳嗎？」

我抬頭，眨著眼睛，穿過愁雲慘霧，看見達瑞司，那個人高馬大、帥氣年輕的戰士大山。他站在厚實圍牆的牆頭上，好奇地打量我。

「妳是否一切無恙？」他以一種奇怪的文言措詞說話。戰士們似乎都有這種特色。

「沒事。」我趁著喘息空檔擠出這句話。「我只是想散個步。」

「妳這不是在散步。」他實事求是，合乎邏輯地說。

「這只是一種比喻說法。」我迎視他的目光，知道自己有多厭倦說謊了。「我覺得整個腦袋快要爆開了，所以就拼命地跑，能跑多遠就跑多遠，結果跑到這裡停了下來。」

達瑞司徐徐點頭。「這裡是能量之地，我不訝異妳被吸引到這裡來。」

「這裡？」我眨眨眼，環顧四周，然後——喔我的天哪——驚覺自己置身何處。「這裡是東牆靠近活板門的地方。」

「是的，女祭司。就連野蠻的人類也感覺到這裡的能量，所以他們將諾蘭老師的屍首丟棄在此處。」他的頭朝肩後一撇，指向牆外我和愛芙羅黛蒂發現諾蘭老師的地方。這裡也是我尋見我的貓咪娜拉（或者該說她尋見我）的地方。而我第一次設立守護圈、第一次撞見後來知道是已經變成活死人的雛鬼，以及我祈求元素和妮克絲解除奈菲瑞特對我記憶力的封鎖，都是在這個地方。

這裡果然是能量之地。我眞不敢相信直到此刻我才察覺這一點。當然，這都是因爲我一直忙著和西斯、艾瑞克，尤其是羅倫交往。**奈菲瑞特說得沒錯**，我想著想著又開始作嘔，**我耳根子軟到可笑，隨便被人唬弄就迷失自己**。

「達瑞司，你可以讓我在這裡獨處一會兒嗎？我想——我想祈禱，希望自己用心傾聽，能聽到妮克絲要告訴我的答案。」

「獨處確實讓人更容易傾聽女神的聲音。」他說。

我點點頭，但不確定女神是否仍在乎我。

「我這就讓妳獨處，女祭司。不過，妳可別遠離了這地方。記住，奈菲瑞特已對校園周邊下了咒語，若妳從活板門跨出她咒語所畫的界線，立刻就會有大批冥界之子圍住妳。」他的笑容嚴肅卻和善。「這樣一來，妳可就無法專心祈禱了，尊貴的小姐。」

「我會記住的。」我努力不因他稱我女祭司和「尊貴的小姐」而露出自慚形穢的表情。該死，這兩種稱呼我都不配。

他以流暢、從容的動作，從二十呎高的牆頭一躍而下，雙腳利落著地。他握拳放在心臟位置，微微頷首，向我致意，然後無聲地消失在黑夜中。

見他離去，我的雙腿癱軟，再也支撐不住，整個人重重跌坐在那棵熟悉的老橡樹下方的草地上。我雙膝縮到胸前，雙手抱住膝蓋，開始哭泣，安靜但持續地哭泣。

我實在太可悲了，可悲到難以置信的地步。我怎麼會這麼愚蠢？怎麼會相信羅倫的謊言？我真的相信他，結果我不僅把童貞獻給了那混蛋，甚至還跟他烙印，成了一個蠢上加蠢的白癡女孩。

我好想找我阿嬤。我一邊哽咽，一邊將手伸入口袋拿手機，準備把所有事情都告訴她。這麼做很丟臉，但我知道她不會因此離開我或評斷我。阿嬤會一樣愛我的。

但我那該死的手機不在口袋裡。我隨即想起，剛剛寬衣解帶跟羅倫裸裎相對時，手機從口袋掉了出來。我當時一定忘了撿起來。肯定是這樣。我閉上眼睛，頭無力地仰靠在老樹的粗糙樹皮上。

「喵—呦—嗚！」

娜拉溫暖濕潤的鼻子磨蹭著我的臉頰，我繼續閉著眼睛，張開雙臂，讓她跳到我的大腿上。她把小小的前掌搭在我的肩上，臉埋入我的頸窩中，大聲地打呼嚕，彷彿這樣可以讓我心情好一些。

「噢，娜拉，我徹底毀了。」我抱起貓咪，任由哭泣搖晃我的肩膀。

25

我聽見腳步聲接近，心想一定是達瑞司回來看我是否無恙。我努力振作起來，以衣袖抹去淚水，設法停止哭泣。

「可惡，愛芙羅黛蒂，給妳說對了，她看起來的確很慘。」簫妮說。

我抬頭，發現孿生的正朝我走來，後面緊跟著愛芙羅黛蒂和戴米恩。

「柔，妳臉上有鼻涕。」依琳對我說，然後搖搖頭，告訴簫妮：「眞慘，我也必須承認，愛芙羅黛蒂眞的沒說錯。」

「我就說嘛。」愛芙羅黛蒂得意洋洋。

「我不認爲因爲愛芙羅黛蒂說得沒錯，柔依確實非常不對勁，就對愛芙羅黛蒂褒讚有加，是特別合宜的做法。」

「戴米恩，行行好，」依琳說。

「別再搬出西薇補習班教的那些狗屎辭彙。」簫妮替依琳把話說完。

「兩位可否斷了這個念頭死了這個心，別再跟我說這種話？或許妳們就找本字典研究研究吧？」戴米恩說得一本正經。

我知道這麼說很怪，不過他們的唇槍舌劍竟讓我心情好很多。

「你們這隊解救小組很可悲欸。」愛芙羅黛蒂說。「拿著。」她遞給我一團（希望是）乾淨的面紙。「我比你們三個傢伙更會照顧人，該死的眞丟人。」

戴米恩氣呼呼地將孿生的推開，擠了過來，蹲在我身邊。我擤了鼻子，擦完了臉，才看著他。

「發生了很不好的事，對吧？」他說。

我點點頭。

「完蛋了，是不是又有誰死了？」依琳說。

「沒有。」我的聲音破了。於是，我清了清嗓子，再嘗試一次。這次聽起來有鼻音，但總算比較像我的聲音：「沒有，沒人死掉。不是因爲這樣。」

「那就把事情告訴我們吧。」戴米恩說，輕輕拍我的肩膀。

「是啊，妳知道我們同心協力的話，幾乎沒有什麼事情辦不到。」

「深有同感，孿生的。」依琳說。

「她們兩個這種一搭一唱的蠢把戲，真讓我想吐。」愛芙羅黛蒂說。

「閉嘴！」孿生的異口同聲喝斥。

我看著我這些朋友，一個個地看。儘管我百般不願，我還是得跟他們講羅倫的事，也得把史蒂薇．蕾的狀況告訴他們，而且，必須在奈菲瑞特所說的情況還沒發生之前說出來——也就是說，趁我的謊言和祕密還沒把他們氣到甩掉我之前。

「我要說的事情很亂、很複雜，而且很醜陋。」我說。

「喔，妳是說像愛芙羅黛蒂那樣嗎？」依琳說。

「這沒問題啊，反正我們開始慢慢習慣她了。」簫妮說。

「妳們這兩個蠢孿生的，去死吧。」愛芙羅黛蒂回罵。

「可否麻煩妳們三位閉嘴，讓柔依好好把事情說清楚。」戴米恩說得好像他已經極端有耐心了。

「對不起。」孿生的喃喃道歉。

愛芙羅黛蒂則翻了翻白眼。

我深吸一口氣，張開嘴巴，正準備說出這些可怕的事情，傑克爽朗的聲音打斷我。

「我找到他了！」

傑克蹦蹦跳跳地跑過來。一見到我的模樣，他原本可愛的笑容瞬間黯淡，證明我真的看起來很糟，跟我的感覺一樣糟。然後他匆忙坐到戴米恩身邊，留下艾瑞克一人站在那裡盯著我。

「說吧，親愛的。」戴米恩說，並再次拍拍我的肩膀。「現在我們都在這裡了，告訴我們到底怎麼了。」

我說不出口，只能直楞楞地看著艾瑞克。他的臉是一張俊美卻難以了解的面具。至少，在他開口說話之前，我真的讀不出他的表情。接著，他原本毫無表情的面容露出一臉嫌惡的樣子，而他低沉生動的嗓音只剩譏諷的語氣。

「妳要告訴他們嗎，**親愛的**？還是由我來說？」

我想說些什麼，想大聲吼叫，叫他別這樣——求他原諒我——告訴他他說對了，我大錯特錯，錯到想一頭撞死。然而，唯一從我嘴裡吐出來的聲音，只是一個小小聲的「不」字，聲音微弱到連身旁的戴米恩或許都沒聽見。但我隨即明白，就算我大吼大叫也沒用，艾瑞克已經來到這裡，他來這裡就是要羞辱我，報復我。什麼都阻止不了他的。

「好，我來說。」艾瑞克看著我這些朋友，一個個地看。「我們的柔跟羅倫·布雷克上床了。」

「什麼？」孿生的異口同聲驚呼。

「不可能。」戴米恩說。

「不──不會吧。」傑克結結巴巴。

愛芙羅黛蒂什麼都沒說。

「是眞的，我親眼見到的，就在學生活動中心裡。你們知道嗎，就在你們大家以爲她因爲我完成蛻變而非常沮喪的時候。是啊，柔依，我見到妳有多**沮喪**了，沮喪到必須吸吮布雷克的血，像騎馬一樣跨在他身上。」

「眞的是羅倫‧布雷克？」簫妮說，語氣無比震驚。

「秀色可餐先生？那個我們整學期都在說嘗起來肯定像巧克力棒一樣美味的帥哥？」依琳說話的口氣就跟她那孿生的好姊妹一樣震驚，而且還投給我一個難以置信的眼神。「妳一定早就覺得我們兩個花癡很可悲。」

「是啊，妳早先幹麼不說呢？」簫妮說。

「柔依不說，是因爲她若告訴妳們她和羅倫有多**相愛**，當她利用我，假裝我們是一對，好偷偷摸摸背著妳們跟布雷克幽會，妳們恐怕就不會接受她了。總之，搞不好她也樂得取笑妳們兩個。」艾瑞克竟說出這麼惡毒的話。

「我沒有利用你。」我反駁艾瑞克，驚訝自己的聲音突然變得如此有力。「而且，我發誓，我也從來沒取笑妳們兩個。」我對孿生的說。

「是喔，難不成她們眞的可以相信妳的鬼話？」艾瑞克說：「她是個滿口謊話的賤貨，她利用我，也利用了你們。」

「夠了，你該閉嘴了吧。」愛芙羅黛蒂說。

艾瑞克大笑。「喔，眞讚，現在有賤貨站出來挺另一個賤貨了。」

愛芙羅黛蒂怒瞇著眼，舉起右手，老橡樹最靠近艾瑞克頭上的枝椏朝他傾斜過去，我聽見樹枝劈啪裂開的聲音，彷彿在提出警告。「你最好別惹毛我。」她說：「你口口聲聲說多麼在乎柔依，卻這樣攻擊她，待她如一條癩皮狗，只因爲她傷害了你那小不拉嘰的自尊心。我可以跟所有人證實，你的東西眞的非常小。好，你來這裡的目的達到了，現在可以離開了。」

艾瑞克閃亮的湛藍眼睛倏地轉回來看著我，有那麼片刻，我覺得我在那雙眼睛裡見到了以前的艾瑞克——跟我相愛的那個好男孩——但是，接著，他痛苦的表情隨即淹沒他最後的一絲溫柔。「沒問題，我這就走。」他說完後轉身離去。

我看著愛芙羅黛蒂。「謝謝。」

「不客氣。我懂那種不小心犯了大錯，就被人攻擊一輩子的感覺有多痛苦。」

「妳眞的跟布雷克老師在一起？」戴米恩問。

我點點頭。

「這簡直……」簫妮說。

「太扯了。」依琳接腔。

「他是眞的、眞的很帥。」傑克說。

我又深吸一口氣，然後衝口而出：「羅倫．布雷克是我見過最操他媽的大混蛋。」

「哇，妳飆髒話。」愛芙羅黛蒂說。

「所以，他只是騙妳跟他上床？」戴米恩說。他回過頭來，再度拍拍我的肩膀。

「不盡然如此。」我停頓下來，舉起一隻手抹臉，彷彿這樣做就能神奇地讓我開口說出該說的事。現在該是告訴他們史蒂薇．蕾的事情的時候了。眞希望開口之前有機會先排練過。我的眼睛往上瞥，看見愛芙羅黛蒂正注視著我，突然很高興有她在這裡陪我。眞是荒謬。不過，有她在，至少可以給我當靠山，證明我所言不假，或許也有助於取得孿生的和戴米恩的諒解。

這時，我身後的圍牆某處傳來奇怪聲響。我不確定自己眞的聽見什麼聲音，直到戴米恩望向我的肩後，說：「什麼東西啊？」

「是活板門，」愛芙羅黛蒂說：「被開啓的聲音。」

一股不祥的感覺像寒顫一般，沿著我的脊椎往下竄。我站起來，惹得懷中的娜拉不高興地大聲抱怨。當敞開的活板門的另一側傳來史蒂薇·蕾的聲音，孿生的皺起額頭，滿臉狐疑地看著我。

「柔依嗎？是我。」

我衝向活板門，大聲喊道：「不行，史蒂薇·蕾！妳得留在——」

接著，只見史蒂薇·蕾穿過活板門走出來，皺眉看著我。「柔依？我——」她開口要說話，然後，她注意到我身後站著這群朋友，整個人立刻楞住。

在我腳邊的娜拉開始咆哮，憤怒地拱起背，像隻發瘋的貓，齜牙嘶嗚，準備撲向史蒂薇·蕾。幸好，我身爲雛鬼的反應夠快，搶在她從我身邊衝出去前一把抓住她。「娜拉，別這樣！是史蒂薇·蕾啊。」我一邊說，一邊與這隻想掙脫的抓狂貓咪纏鬥，還得小心別被她抓傷或咬傷。史蒂薇·蕾往後一跳，拱背擺出防衛姿態，蹲踞在牆邊的陰暗處。現在我能見到的，只有她眼睛發出的紅光。

「史蒂薇·蕾？」戴米恩的聲音聽起來像是被人掐住了喉嚨。

我對貓咪下令：「乖，娜拉。」然後將她丟開，以便專心面對這群朋友。不過，在轉身面對他們之前，我先走向史蒂薇．蕾。她沒跑開，不過顯然隨時準備咻地走人。而且她看起來更憔悴了，臉龐消瘦慘白，一頭金色短髮未經梳理，打結糾纏，毫無光澤。事實上，她全身上下唯一看起來明亮、健康的地方，就是那對發出可怖紅光的眼睛——而我早知道這紅光可不是什麼好徵兆。

「妳還好嗎？」我以鎮定、平靜的聲音問她。

「不好。」她說，雙眼望向我的背後，皺縮著臉。「我不能再多看他們一眼，尤其我感覺自己快失去人性了。」

「妳不會失去人性的。」我說得很篤定。「妳先做好心理準備，他們還不知道妳的事。」

「妳還沒告訴他們？」史蒂薇．蕾的表情好似我突然甩了她一巴掌。

「說來話長。」我趕緊解釋，接著問她：「那，妳怎麼會跑來這裡？」

她蹙起眉頭。「因為妳發簡訊給我，要我來這裡跟妳見面。」

我閉上眼睛，抵抗一陣突來的痛苦感覺。是羅倫，他拿了我的手機，發簡訊給史蒂薇．蕾。或者更正確地說，很可能是奈菲瑞特幹的，是她發的簡訊。奈菲瑞特不知道我會來這裡，但她知道——拜羅倫之賜——我還沒把史蒂薇．蕾的事告訴我的朋友。她也知道，羅倫根本不擔心艾瑞克把我們的事情告訴其他人。她知道艾瑞克會抓狂，告訴全世界（至少告訴我的朋友）我和羅倫的事，這樣一來祕密就會傳開。現在，如果史蒂薇．蕾出現在校園被發現，那我就會多一項祕密被揭露。我幾乎可以聽見我這幾個朋友腦袋裡的聲音：**我們現在怎能再相信柔依**？同時，我感覺到他們離我愈來愈遠。

這一回合奈菲瑞特得兩分，柔依掛鴨蛋。

我不顧史蒂薇．蕾抗拒，抓起她的手，用力拉著她走向戴米恩、孿生的、傑克和愛芙羅黛蒂站立之處。他們五人當中有四人目瞪口呆地看著史蒂薇．蕾。最好趕緊把事情說清楚，把問題解決，免得到時候被吸血鬼戰士團團圍住。若全校發現所有祕密，我的人生就會徹底完蛋。

「史蒂薇．蕾沒死。」我告訴他們。

「死了，我死了。」史蒂薇．蕾說。

我嘆一口氣。「史蒂薇．蕾，我們別再爭論這一點了。妳明明活生生地在我面前走路和說話，而且有皮有肉欸。」我舉高我們拉在一起的手來證明。「所以，妳沒死。」

就在我還在跟史蒂薇．蕾爭論的當兒，我聽見啜泣聲。是孿生的。她們仍盯著史蒂薇．

蕾，不過兩人已經抱在一起，哭得跟嬰孩似的。我想開口跟她們說點什麼話，但戴米恩打斷我。

「怎麼可能？」他一臉慘白，毫無血色，遲疑地往前跨出一步。「這怎麼可能？」

「我死了。」史蒂薇．蕾的聲音就跟戴米恩的面容一樣虛脫無力。「然後，我醒來，發現自己成了這副模樣。這模樣，萬一你們還看不出來，一點也不像以前的我。」

「妳身上的氣味好怪。」傑克說。

史蒂薇．蕾那雙發出紅光的眼睛瞥向他，說：「而你的氣味像晚餐。」

「夠了！」我猛地扯了一下史蒂薇．蕾的手。「他們是妳的朋友，妳不應該嚇他們。」

她將手從我的掌心使勁抽開。「這就是我一直想讓妳明白的事啊，柔依。他們不再是我的朋友，妳也不是，現在不再是了。自從我發生這些事，我們就不再是朋友。我知道妳以爲妳可以解決這個問題，不過我今晚來這裡的唯一目的，就是想告訴妳，該結束了。妳要不一次徹底治好我，要不就別再管我，讓我變成我本來就該變成的東西，管他那是什麼東西，反正該怎麼樣就怎麼樣吧。」

「我們沒時間爭論這個。奈菲瑞特在校園四周施了咒，任何人類、吸血鬼或雛鬼進出校園，她都會發現。妳跨越了周緣那道界線，不消幾秒鐘，冥界之子就會出現。我想，妳應該先離開，等我可以脫身就立刻去找妳。要結束的話，我們到時候再來結束吧。」

「嘿，柔依，看在妳今天已經夠難捱的分上，我不想跟妳唱反調，不過我還是得告訴妳，戰士不會跑來的，因爲奈菲瑞特不知道史蒂薇．蕾在這裡。」愛芙羅黛蒂說。

「什麼？」我不懂。

「愛芙羅黛蒂說得沒錯。」戴米恩緩緩地說，彷彿他的腦袋剛剛解凍，這時才開始恢復運轉。「奈菲瑞特對校園周緣所下的咒能偵測出是否有任何人類、雛鬼或成鬼跨越它，但史蒂薇．蕾不是這些生物中的任何一種，所以這個咒對她無效。」

「這女人怎麼會在這裡？」史蒂薇．蕾說，一雙灼熱的紅色眼睛狠狠地盯著愛芙羅黛蒂。

愛芙羅黛蒂翻了翻白眼，不過我注意到她後退幾步，拉開她和史蒂薇．蕾之間的距離。接著，孿生的突然站到史蒂薇．蕾面前。她們兩人仍在哭泣，但現在是無聲的哭泣，只是她們彷彿毫不自覺。

「妳活著呀。」簫妮說。

「我們好想妳啊。」依琳說。

兩人伸出四隻手臂，團團抱住史蒂薇．蕾，而她像個她自己的雕像，一動也不動。後來，不知什麼時候，戴米恩也加入，跟她們三人抱在一起。史蒂薇．蕾仍全身僵硬地杵著，沒張開手臂回抱他們。她閉上眼睛，靜靜站著。我看到攙血的紅色淚珠從她眼眶溢出，滑下臉龐。

26

「現在，你們得讓我走。」史蒂薇．蕾的聲音刺耳、緊繃，聽起來完全不像她。所以，她這一開口果然獲得預期的效果。戴米恩和孿生的立刻鬆手，不再擁抱她。

「妳的氣味眞的好怪。」簫妮說，努力在淚水中擠出笑容。

「是啊，我們這麼說可沒惡意什麼的。」依琳說。

「雖然怪，但我們不在乎。」戴米恩接著說。

「喂，你們這幾個還活著的蠢蛋幫，」躲到大橡樹底下的愛芙羅黛蒂喊道：「我建議你們離那個活死人遠一點，她會咬人喔。」

「妳才會咬人！」依琳回擊。

「賤人！」依琳補上一句。

「愛芙羅黛蒂說的是實話。」史蒂薇．蕾說，然後她的目光從戴米恩和孿生的移向我。

「跟他們解釋吧。」

「史蒂薇．蕾現在有血液方面的難題。她必須吸血，否則就會抓狂。」

仍站在大樹底下的愛芙羅黛蒂哼了一聲。

「把實情告訴他們。」史蒂薇．蕾說。

我嘆了一口氣，屈從她的要求，決定對他們長話短說。「有一幫雛鬼死了又活過來，變成這種模樣，史蒂薇．蕾就是其中一個。上個月聯合隊的足球隊員被殺害，就是他們幹的，連西斯也差點被他們殺死。我就是在從他們手中救出西斯時見到史蒂薇．蕾的。但她和他們其他人不同，她仍然保有人性。」

「不過，正逐漸消失中。」愛芙羅黛蒂插嘴。

我對她皺起眉頭。「對，可以這麼說。所以現在我們必須做的，就是治療史蒂薇．蕾，讓她恢復原來的樣子。」

孿生的和戴米恩不發一語。許久之後，戴米恩開口說：「妳知道這事已經一個月，卻沒對我們吐露半個字？」

「妳讓我們以爲史蒂薇．蕾已經死了。」簫妮說。

「而且妳的行爲舉止也表現得像是她眞的死了。」依琳說。

「白癡！她不能告訴你們。你們根本不知道這件事的背後是一股什麼樣的勢力。」愛芙羅黛蒂說。

「妳這話真像爛科幻片裡的台詞。」簫妮說。

「是啊，我們可不買帳，賤人。」依琳接著說。

「妳知道這事已經一個月，卻沒對我們吐露半個字。」這次戴米恩說的不是問句。

「愛芙羅黛蒂說得沒錯。」我說：「我不能說，情勢不容許。」現在情勢依然不容許。還不能讓他們知道奈菲瑞特就是背後那股勢力，這樣做對他們比較好，即使我會因此得不到他們的諒解。

「我不在乎愛芙羅黛蒂怎麼說。我們是妳的朋友，妳的死黨，妳應該告訴我們的。」戴米恩說。

「情勢不容許？」依琳說：「看來愛芙羅黛蒂突然間在這種情勢裡參了一腳。」

「那妳瞞著羅倫的事不說，也是情勢不容許？」簫妮說，話中帶刺，瞇著一雙黝黑的眼睛不信任地盯著我。

我不知道該說什麼。我可以感覺到他們正慢慢離我遠去。最慘的是，我知道自己活該被他們唾棄。

「如果妳什麼都瞞著不說，我們要如何信任妳？」如同往常，戴米恩以一句話歸納出大家的心聲。

「我就知道這主意很爛。」史蒂薇．蕾說：「但我眞的要閃人了。」

「什麼？妳是不是還要去吃人——還是要去什麼地方製造恐慌？」愛芙羅黛蒂說。

史蒂薇．蕾迅速轉身，對著愛芙羅黛蒂齜牙怒吼：「或許就從妳開始吃，母夜叉。」

「拜託，輕鬆點嘛，我只不過問問啊。」愛芙羅黛蒂想讓自己聽起來像是一派輕鬆，不過我還是見到她眼底的恐懼。

我再次抓住史蒂薇．蕾的手。當她試圖掙脫，我抓得更緊。我不理會她的抗拒，逕自將視線從戴米恩身上移到孿生的。「你們要幫我治癒她嗎？」

略微遲疑後，戴米恩說：「我願意幫妳，不過我不再信任妳了。」

「深有同感。」孿生的異口同聲說。

我的胃往後翻滾，糾結成一團緊縮、痛苦的小球。眞想整個人撲通一聲趴跪在草地上，哭著求他們：**別和我絕交，別不做我的朋友，請繼續相信我**！但我沒這麼做。我不能這麼做。畢竟他們說得沒錯。我點點頭，說：「好，那現在讓我們來設立守護圈，把她治好。」

「現在沒蠟燭。」戴米恩說。

「我可以跑去拿。」傑克說，但他連瞧也不瞧我一眼，而是直接看著戴米恩說話。

「不用，沒時間了。」我說：「我們不需要蠟燭。我們有能力彰顯元素。蠟燭只是儀式性的。」我停頓了一下才接著說：「不過，傑克，我想，你或許應該離開。我不確定接下來會發生什麼事，我不想冒險讓你受到傷害。」

「好─好吧。」他有點結巴地回答，雙手插在口袋，慢慢踱步走開。

「看來今晚我們要廢除儀式了。」戴米恩說，嚴厲地看著我。

「是啊，今晚要廢除的東西可多著呢。」簫妮也看著我，不過她的眼神好像陌生人。依琳點頭，不發一語，不過顯然完全同意簫妮的話。

我咬緊牙關，緊閉著嘴巴，才沒失控吶喊出我的痛苦、傷心和恐懼。我僅有的就是這群朋友，如果失去他們，我要怎麼活下去？我要怎麼對抗奈菲瑞特？怎麼面對羅倫？怎麼處理失去西斯和艾瑞克的情傷？

這時，我想起之前在圖書館尋找能治療史蒂薇．蕾的神奇法寶時，在其中一本老舊、發霉的古書裡讀到一句話。這句話是古代亞馬遜族的一位吸血鬼女祭司長說的，就印在她那凶悍、美麗的照片下方。

她說：**成為女神揀選的人非常榮耀，但也非常痛苦**。

我現在開始了解夜后妮克絲的這位古代女祭司長所說的意思了。

「到底要不要進行啊？」仍站在大樹底下的愛芙羅黛蒂喊著問。

我恢復鎮定，集中精神。「要，我們要進行。北方在那裡。」我指指愛芙羅黛蒂的那棵樹。「大家各就各位。」我仍抓著史蒂薇．蕾的手腕，帶著她走到這些朋友所圍成的圓圈正中央。

「如果妳不放手，我就不能到代表土元素的位置。」史蒂薇．蕾說。

我凝視著她紅通通的雙眼，想從中瞥見一絲我這位好友殘留的痕跡，卻只見到另一個眼神冰冷的陌生人從裡面往外盯著我。

「今晚妳不代表土，妳要和我待在圓圈正中央。」我說。

「這樣一來，要由誰來完成守護圈啊？傑克走了，況且他也不可能——」她的視線掃到圓圈最頂端的北方位置，看見愛芙羅黛蒂站在那裡，話語頓時打住。「不！」史蒂薇．蕾咆哮道：「不能由她代替我！」

「喔，夠了！」我大聲喝道，使得元素擾動四周的空氣，回應我的沮喪和憤怒。「愛芙羅黛蒂現在代表土站在那裡。我很抱歉妳不想接受這個事實。我很抱歉妳不喜歡她。對於我無能為力的這整件天殺的事情，我也很抱歉。但妳必須面對，像我一樣去面對它。現在，站好，安靜，讓我們看看我是否辦得到。」

我知道所有人都瞪著我。孿生的和戴米恩帶著指控的陌生眼神，史蒂薇·蕾帶著憤怒和深刻的恨意，只不過我不確定那恨意是只針對愛芙羅黛蒂，還是也針對我。我快速瞥了一眼愛芙羅黛蒂，她站在北方位置，保持警戒地直盯著史蒂薇·蕾。

太讚了。這種氣氛適合敬拜女神嗎？

我閉上眼睛，做了幾個長長的深呼吸，集中精神。**妮克絲，我知道我搞砸了，不過求妳與我及我的朋友同在。現在，治療史蒂薇·蕾這事遠比我們之間吵吵鬧鬧更重要。奈菲瑞特要把我從所有人隔開，這樣一來我也會跟妳疏離。但我不想離開妳，我想繼續仰望妳……相信妳……直到永遠。**

然後我睜開眼睛，堅定地走向戴米恩。通常他這時會帶著可愛的笑臉迎接我，但今晚他的眼睛雖然直視著我，裡面卻不見一絲窩心或友誼。

「身爲偉大女神妮克絲的見習女祭司長，我藉由女神的力量和權威召喚守護圈的第一個元素，風！」我以清晰有力的聲音召喚，說出元素的名稱時雙手高舉過頭。當我見到戴米恩和我四周吹起一陣強風，揚起我們的頭髮，刮得我們衣裳翻飛拍打，心上一塊大石頭終於落地，整個人頓時輕鬆無比。我立刻向右轉，走向簫妮。

我沒期望她會熱情歡迎我。果不其然，她不發一語，帶著警戒眼神的黝黑雙眸直盯著我。我不去想她這樣排斥我讓我有多難過，只專注地召喚火。

「身爲偉大女神妮克絲的見習女祭司長，我藉由女神的力量和權威召喚守護圈的第二個元素，火！」

我幾乎沒停下來感受拂過我肌膚的那股熱氣，迅速地走向依琳。她也一樣緘口不語，一副不想與我有瓜葛的模樣。

「身爲偉大女神妮克絲的見習女祭司長，我藉由女神的力量和權威召喚守護圈的第三個元素，水！」

我轉身背向海水的氣息，直接走向愛芙羅黛蒂。她直視著我的眼睛，對我露出幽幽的微笑。

「被朋友不爽的感覺很糟，對吧？」她聲音壓得很低，只有我聽得見。

「是啊。」我悄聲回答：「不好意思，我之前也讓妳朋友對妳不爽。」

「沒有。」她搖搖頭。「跟妳無關。那是我自己做了愚蠢的選擇，造成那樣的結果。就像妳做了愚蠢的選擇，才把自己搞到這種地步。」

「多謝妳的提醒啊。」我說。

「我只是來這裡幫妳。」愛芙羅黛蒂說：「最好快點進行吧。我看那嚇人的史蒂薇・蕾就快不行了。」

我不用轉頭看史蒂薇．蕾，就知道愛芙羅黛蒂說得沒錯。我可以感覺到史蒂薇．蕾愈來愈煩躁不安。她就像一條繃得過緊的橡皮筋，要不是馬上就會斷裂，就是會失控地彈出。

「身爲偉大女神妮克絲的見習女祭司長，我藉由女神的力量和權威召喚守護圈的第四個元素，土！」

春天草原的清新甜美氣味旋繞在愛芙羅黛蒂和我周遭。我帶著微笑回到圓圈中央，準備召喚最後一個元素靈，完成守護圈的設立。這時史蒂薇．蕾突然開口。

「不！」那咆哮的聲音充滿憤怒和絕望，幾乎讓人認不得。「她不能代表土！我才是土！現在我僅有的只剩這個！我不會讓她奪走的！」

史蒂薇．蕾以迅雷不及掩耳的速度撲向愛芙羅黛蒂。

「不行！史蒂薇．蕾，住手！」我大喊，想將史蒂薇．蕾拖開，但這簡直就跟要移動大理石巨柱一樣困難。史蒂薇．蕾力大無窮。愛芙羅黛蒂說得沒錯，她不是人類，也不是雛鬼或成鬼，她是遠超出於這些生物的某種東西——也就是說，她遠比這些生物危險。她攫住愛芙羅黛蒂的姿勢，像是擁抱，但那是怪異、醜陋的擁抱。我看見她的尖牙瞬間閃現銳利的光，隨即聽見愛芙羅黛蒂尖叫。史蒂薇．蕾將尖牙戳進了她的脖子。

「快來幫我把她拉開！」我大喊，焦急地看著戴米恩和孿生的，同時持續使勁想將史蒂薇．蕾從愛芙羅黛蒂身上拉開。

「我沒辦法！」戴米恩叫道：「我無法移動。」

「我們也動不了！」簫妮說。

他們三個已經被各自的元素固定住了。戴米恩被強風壓伏在地上，簫妮被火籠禁錮住，而依琳則突然陷身於一池深不見底的水。

「妳必須完封守護圈！」戴米恩在強風中大喊。「召喚所有的元素來幫妳。只有這樣妳才救得了她。」

我衝回圓圈中央，雙手高舉過頭，完成守護圈的設立。「身爲偉大女神妮克絲的見習女祭司長，我藉由女神的力量和權威召喚守護圈的第五個元素，靈！」

一股力量湧遍我全身，我咬著牙，努力克制身體裡的震顫。愛芙羅黛蒂的哀號聲愈來愈弱，但我不能分心。我閉上眼睛，好讓自己專注。然後，我說出女神恩賜且自動浮現我心頭的話語，這些話語彷彿是面對孩童的祈禱，女神所給予的溫暖而篤定的回應。我的聲音出奇地響亮，我甚至感覺到這些話語具體成形，在我四周的空氣裡閃閃發亮。

風吹走受污染的東西
火燃燒怨恨帶來的漆黑
水洗滌無厭的邪惡企圖
土滋養她的靈魂，黑暗消褪
靈充盈她，讓她從死亡中解放！

我以擲球的動作，將兩掌之間嘶嘶作響的元素力量擲向史蒂薇．蕾。這時，一股熟悉的強烈灼熱的痛從我的脊椎底部如漣漪般蔓延開，竄升到我的腰際。我痛苦的尖叫聲，與史蒂薇．蕾的吼叫聲互相呼應。

我睜開眼睛時，見到奇怪的景象。由於史蒂薇．蕾的攻擊，愛芙羅黛蒂原已倒在地上。史蒂薇．蕾背對著我，所以我只見得到愛芙羅黛蒂的臉。一開始我不懂發生什麼事，只知道所有五元素合成一個急速旋轉的閃亮球體，籠罩住她們兩個。隨著她們四周的能量不斷滾動增厚，這兩個女孩的影像忽顯忽隱。不過，我看得見史蒂薇．蕾不再緊抓著愛芙羅黛蒂，現在反而是愛芙羅黛蒂抓著史蒂薇．蕾，強迫史蒂薇．蕾不斷吸吮她頸部傷口的血液。史蒂薇．蕾繼續吸吮著，但看得出來她掙扎著想停止——想讓自己抽身。

我往前衝，再次試圖分開她們兩個。但一碰到那個能量球體，我就像撞到一道玻璃門。我無法穿過，也不知道該怎麼開啓這道門。

「愛芙羅黛蒂！放她走！她想停止，免得害死妳！」我大喊。

愛芙羅黛蒂的雙眼迎向我的眼睛。她的嘴唇沒有動，不過我腦袋裡清楚聽見她的聲音。

不，我要這樣彌補我之前做過的所有壞事。這一次，女神揀選的人是我。記住，我的犧牲是出於自願。

接著，我看見愛芙羅黛蒂翻白眼，身體癱軟，吁出長長一口氣，氣息從微笑的雙唇之間緩緩流出。發出一聲可怕吶喊後，史蒂薇·蕾終於抽開，癱倒在愛芙羅黛蒂身邊。能量之球破裂，消散於無形。我知道守護圈也破裂了。我感覺到所有元素都已消失。我不知道該怎麼辦，整個身子似乎動彈不得。

然後，史蒂薇·蕾抬頭看我。她的眼睛仍是奇怪的紅色。她在哭，流下粉紅色的淚珠。不過，她的面龐已經恢復成原本的模樣了。她還沒開口，我就知道，不管當初奈菲瑞特破壞了她內在的什麼東西，使她變成會走路、說話的活死人，現在那東西已經被治癒了。

「我殺了她！我——我不想那麼做！我努力要停止，但她不放我走，我就是無法抽身脫離！喔，柔依，對不起！」她哭著說。

我踉蹌走向她，腦海響起羅倫的話語。**妳要牢記在心，妳召喚的是充滿力量的魔法，而這麼做總是要付出代價**。「這不是妳的錯，史蒂薇．蕾。」我告訴她，「妳沒有——」

「她的臉！」戴米恩的聲音從我身後傳來。「看看她的記印。」

我眨眨眼，不明白發生了什麼事，但隨即驚愕地倒抽一口氣。我一直忙著看史蒂薇．蕾的眼睛，忙著凝視原本的史蒂薇．蕾，以至於沒注意到如此明顯的改變。她額頭正中央的弦月已經變實心，由漩渦狀花朵與優雅長莖的圖案互相糾結構成的美麗刺青，盤繞在她眼睛四周，並往下延伸到她的顴骨。

但那刺青圖案不是吸血鬼會有的深藍色，而是鮮血的艷紅色。

「你們在看什麼？」史蒂薇．蕾說。

「拿—拿著。」依琳從她手上永遠不離身的小包包裡翻找出化妝鏡，遞給史蒂薇．蕾。

「喔我的天哪～～！」史蒂薇．蕾大喊，還拖長了尾音。「這代表什麼意思？」

「這代表妳已經痊癒，而且妳成功蛻變了。不過妳變成的是另一種新的吸血鬼。」愛芙羅黛蒂說，費力地坐起身。

27

「哇咧，見鬼了！」簫妮尖聲叫了出來，還踉蹌往後退，抓住依琳的手臂才免於跌倒。

「妳死了呀！」依琳也驚呼。

「我想我沒死。」愛芙羅黛蒂說，一手揉搓著額頭，另一手小心翼翼地摸了摸脖子上的咬痕。「好痛！該死，我全身都在痛。」

「我眞的、**眞的**很對不起，愛芙羅黛蒂。」史蒂薇．蕾說：「我是說，我是不喜歡妳，但絕對不會咬妳，至少現在不會這麼做。」

「好，好，隨便啦。」愛芙羅黛蒂說：「別擔心，反正這都是妮克絲的計畫，雖然這個計畫果然既麻煩又痛苦。」她再次因爲脖子上的痛而皺縮著臉。「天哪，誰有ＯＫ繃？」

「我包包裡有面紙。等等，我來找一下。」依琳說，又在包包裡翻找。

「找張乾淨的給她，孿生的。愛芙羅黛蒂現在壓力已經夠大了，可禁不起再來個傷口感染之類的啊。」

「哇，妳們兩個還眞他媽的好心啊。」愛芙羅黛蒂說，瞥了孿生的一眼，臉上露出要笑不笑的表情。我趁機首次好好地看清她的面容。

我整個胃往下沉，幾乎沉到腳踝那一帶。

「不見了！」我驚呼。

「喔，完蛋了！柔依說得沒錯。」戴米恩說，盯著愛芙羅黛蒂猛瞧。

「什麼？」愛芙羅黛蒂說：「什麼東西不見了？」

「啊—噢。」簫妮說。

「眞的，不見了。」依琳說，將幾張面紙遞給愛芙羅黛蒂。

「你們這幾個傢伙到底在說什麼啊？」愛芙羅黛蒂說。

「拿著，照照鏡子。」史蒂薇．蕾將鏡子遞給愛芙羅黛蒂。「看看妳的臉。」

愛芙羅黛蒂嘆了一口氣，顯然有點惱怒。「好，我知道我看起來很慘。喂，那是因爲剛剛史蒂薇．蕾咬我啊。聽著：就連我都沒辦法永遠看起來光鮮亮麗，尤其是——」這時她終於專注地看著鏡子，瞧見自己臉龐的映像。她的話語戛然而止，彷彿有人按下她身體上的「停止說話鍵」。她顫抖著手，舉起來摸額頭正中央，那裡原本有著妮克絲賜與的記印。

「不見了。」她的聲音沙啞了，低聲呢喃道：「怎麼可能會不見了呢？」

「我從來沒聽說過這種事。沒在書裡看過，沒在任何地方聽過。」戴米恩說：「一旦被標記，記印就不可能去除啊。」

「史蒂薇・蕾就是因爲這樣才痊癒的。」愛芙羅黛蒂悵然說道，手繼續摸著記印消失的額頭正中央。「妮克絲把我的記印拿走，給了史蒂薇・蕾。」愛芙羅黛蒂忽然全身劇烈發抖。「現在我又成了普通人類了。」她費力地站起來，手中的鏡子掉了下去。「我得離開，我不再屬於這裡了。」她開始木木然地倒退著走向敞開的活板門，雙眼圓睜無神。

「等等，愛芙羅黛蒂。」我說，追上前去。「或許妳沒變回人類，或許這種奇怪現象只會持續一、兩天，一段時間之後，妳的記印又會回來的。」

「不！我的記印消失了，我知道。你們——你們別理我！」她哭著跑出活板門。

愛芙羅黛蒂一穿越學校圍牆，四周空氣開始像泛起漣漪般震動起來，還出現清晰的爆裂聲，彷彿什麼巨大的東西墜地破裂。

史蒂薇・蕾抓住我的手臂。「妳留在這裡，我去追她。」

「可是妳——」

「沒事，我現在很好。」史蒂薇・蕾對我露出甜美燦爛、充滿生命活力的笑容。「妳成功治癒我了，柔。所以別擔心。愛芙羅黛蒂會這樣是我造成的，我會找到她，確定她沒事。

然後我會回來找妳。」

我聽見遠處傳來聲響，彷彿有什麼巨大的東西快速地朝我們而來。

「是戰士們。他們知道有人闖出校園。」戴米恩說。

「快走！」我告訴史蒂薇．蕾：「我會打電話給妳。」然後又補了一句，「我**不會**傳簡訊給妳，絕對不會。所以如果妳收到我的手機發出的簡訊，那絕對**不是**我。」

「好，好，好，我會記住的。」史蒂薇．蕾說完後，咧嘴對著我們四人笑。「你們大家，很快再見。」她低頭穿過活板門，出去後將身後的門關上。我注意到她穿過時，四周空氣並沒出現什麼震盪，不禁納悶，不知這代表什麼意思。

「那，我們要怎麼交代自己爲何在這裡？」戴米恩問。

「就說因爲艾瑞克甩了柔依。」簫妮說。

「對，所以她很傷心。」依琳說。

「別把愛芙羅黛蒂和史蒂薇．蕾的事告訴他們。」我說。

這些朋友看著我的表情好似我剛剛說的是：**我們別把喝啤酒這種小事告訴爸媽**。

「別鬧了吧？」簫妮的口氣好譏諷。

「我們會一五一十全盤托出的。」依琳說。

「是啊，因爲我們無法保守祕密，沒法讓人信任呀。」戴米恩說。

唉，要命，他們鐵定還在生我的氣。

「所以，闖過界線的是誰？」戴米恩問。我注意到他連看都不看我一眼，只對孿生的說。

「當然是愛芙羅黛蒂啊，不然還有誰？」依琳說。

我還來不及抗議，就聽見簫妮補充說：「對呀，我們不能說出她記印消失的事，我們只能說她跟我們來這裡，後來被柔依的哭訴惹惱了。」

「還有柔依的自憐自艾。」依琳補充。

「還有謊言。所以她氣沖沖地跑掉了。反正這是愛芙羅黛蒂典型的反應。」戴米恩做出結論。

「這麼說會讓她惹上麻煩的。」我說。

「是啊，麻煩的下場本來就是個賤貨。」簫妮說。

「而且賤貨顯然會牢牢跟著某些人。」依琳說，還投給我一個銳利的眼神。

就在這時，由達瑞司領軍的幾名戰士衝入我們所處的這片空地。他們拿著武器，看起來眞嚇人，彷彿隨時準備狠狠地教訓誰（很可能就是我們）。

「誰闖出界線？」達瑞司詢問的語氣幾乎像咆哮。

「愛芙羅黛蒂。」我們四人異口同聲回答。

達瑞司迅速對兩名戰士比了個手勢。「去找她。」然後，他轉身對我們說：「女祭司長已經召集全校開會。現在你們必須到大禮堂，我這就護送你們過去。」

我們乖乖地跟在達瑞司後頭。我試著和戴米恩的眼神交會，但他就是不願意看我。孿生的也是。我彷彿跟陌生人走在一起。事實上，比這還慘。至少陌生人還會跟妳笑笑，打聲招呼，而這些朋友卻連個笑臉或一句寒暄都沒有。

我們走沒幾步，就有一陣疼痛襲向我。感覺上好像有人拿著一把隱形刀子戳進我的胃。我很清楚自己快吐了，弓著身子，開始呻吟。

「柔依？怎麼了？」戴米恩說。

「我不知道，我——」我無法說下去。這時，身邊的景物變得模糊不清。我的胃愈來愈痛。我知道戰士們就圍在我身邊，但我伸手去抓的還是戴米恩的手。我知道他仍在生我的氣，但他牢牢扶著我，我還聽見他不停地安慰我，說一切都會沒事的。

疼痛從胃往上刺向心臟。我快死了嗎？我沒咳血啊。會不會是心臟病要發作了？我彷彿闖入別人的噩夢，被夢裡的無形刀刃和看不見的手不停地凌遲折磨。

忽然，灼熱的痛往上竄到脖子，痛到我的視角邊緣黑成一片。那種痛實在難以忍受，我知道我就要倒下去了。我什麼都不能做……我就快死了……

這時，一雙有力的手撐住我，將我抱起來，我隱約知道是達瑞司抱著我。

接著，我體內出現可怕的痛苦感覺，彷彿有什麼東西在扭來轉去。我一次又一次地不斷尖叫哀號，覺得自己的心臟就要活生生被人扯掉。就在我覺得自己撐不住時，痛楚戛然而止，就像疼痛乍然出現一樣，是那麼突然，一下子就消失了。我喘著氣，汗流不止，但感覺好得不得了。

「等等，停步，我現在好了。」我說。

「尊貴的小姐，妳剛剛很痛苦，應該去醫護室看看。」達瑞司說。

「好，喔，不用。」我很高興自己的聲音已完全恢復正常。我捶了一下達瑞司那肌肉過度發達的肩膀。「放我下去。我是說眞的。我沒事了。」

達瑞司勉爲其難地停下腳步，輕輕把我放下，讓我站著。孿生的、戴米恩和其他戰士全都瞠目結舌地看著我，當我是什麼科學實驗品。

「我很好。」我堅定地說。「我不知道剛剛發生了什麼事，不過現在已經好了，眞的。」

「妳應該去醫護室。待會兒女祭司長發表完談話後，她會去那裡幫妳檢查檢查。」達瑞司說。

「不，絕對不要。」我說：「她很忙。她眞的不需要爲了這種小事操煩。我不過是因爲一次奇怪的痙攣或什麼的，而……呃……肚子突然痛起來。」

達瑞司一臉不信。

我抬起下巴，嚥下個人的最後一絲尊嚴。「我很會放屁，非常會。問我朋友就知道。」

達瑞司轉頭看著孿生的和戴米恩。

「是啊，她是個放屁大王。」簫妮說。

「臭屁小姐，我們都這麼叫她。」依琳說。

「她眞的超級會脹氣。」戴米恩補充。

眞好。我知道，我這夥朋友現在之所以又聚集在我身邊支援我，不是因爲他們原諒了我的一切過往，我們又成了最要好的死黨。他們只不過是抓住了一個絕佳的機會，故意讓我難堪。

天哪，我的頭好痛。

「屁？尊貴的小姐？」達瑞司說，嘴唇微微抽搐。

我聳聳肩，毫不費力地羞紅了臉。「對，屁。」我向他保證。「那現在我們可以去大禮堂了嗎？我真的好多了。」

「就依照妳的吩咐，尊貴的小姐。」達瑞司對我敬禮。

我們一行人改變前進方向，再次向大禮堂進發。

「到底怎麼一回事？」戴米恩走到我身邊，壓低聲音問我。

「我不知道。」我悄聲回答。

「不知道？」簫妮低聲說。

「我看，妳是知道但不想告訴我們吧。」依琳嘟囔著。

我什麼也不能說，只能難過地搖搖頭。這是我自找的。沒錯，我瞞著他們是有很正當的理由，至少某些事情是如此。但無論如何，實情是我真的欺騙他們太久了。

就像簫妮說的，下場是一個賤貨。而且，依琳所下的評語也沒錯，這個賤貨果然牢牢地跟著我。在前往禮堂剩下的路途上，他們沒人再跟我說半句話。我們穿過大門時，傑克趕上我們，他甚至看都沒看我一眼。大家坐在一起，但依然沒人跟我說話，一個都沒有。孿生的兩人照常嘰嘰喳喳，而且毫不掩飾地挪出位置給堤杰和克爾。其實是他們兩人先看見她們，立刻衝過來坐在她們身邊。之後，他們在我眼前上演的調情戲碼，噁心到我發誓再也不約會。唉，說得好像我還有得選擇。

我比大家晚進禮堂，所以坐在後排的最後一張椅子上。戴米恩就跟其他死黨一起坐在我前面。我聽見他跟傑克悄聲說話，把愛芙羅黛蒂和史蒂薇．蕾後續發生的事情告訴傑克。他們兩人都沒跟我說半句話，就連轉過頭來看我一眼都沒有。

大家開始煩躁不安，彷彿已經等了一輩子之久。我納悶奈菲瑞特到底想幹麼。我的意思是，她爲什麼要召開這麼大的集會，基本上把全校師生都聚集到這裡了。不過，即使全校都在這裡，我卻有一種淒涼的孤單感。我環顧四周，想看艾瑞克是否從禮堂裡哪個地方看著我，但沒見到他的身影。我倒是見到瘦小可憐的伊恩．包瑟坐在前排。愛慕諾蘭老師的他紅著雙眼，神情落寞，彷彿失去了最好的朋友。我非常了解他的感受。

會眾開始騷動，終於看見奈菲瑞特進入禮堂。她身後跟著幾位資深教師，包括龍．藍克福特和蕾諾比亞老師。奈菲瑞特被一群冥界之子簇擁著，以女王的姿態走向舞台。所有人安靜下來，將注意力集中到舞台上。

她沒浪費時間，立刻開門見山地說：「長久以來，我們一直都設法跟人類和平相處。然而，過去幾十年，他們不斷污辱我們，排斥我們。他們嫉妒我們的才華和美貌，還有我們的財富和權勢。這種嫉妒日積月累，變成憎恨，而現在憎恨已經變成暴力，被那些自稱**虔敬**與正直的人用來對付我們。」她的笑聲悅耳卻冷酷。「眞是令人厭惡啊。」

我得承認她眞的很厲害。她能讓會眾聽得如癡如醉。如果她不是女祭司長，她絕對能成爲當世的最佳女主角。

「的確，人類的數量遠多於吸血鬼，而他們就是因爲我們人數較少而看輕我們。不過我跟大家保證：若他們再殺害我們任一個兄弟或姊妹，只要再一個，我絕對會向他們宣戰。」戰士們立刻響起歡呼聲。她得等歡呼聲漸歇，才能繼續說下去，不過她似乎不以爲意。「這不會是一場公然進行的戰爭，但絕對會很致命，而且——」

禮堂的門忽然撞開，達瑞司和兩名戰士衝進來，打斷奈菲瑞特。她和所有人一樣，不發一語，靜靜地看著臉色凝重的吸血鬼走向她。我覺得達瑞司臉色很怪，不是蒼白，而是像塑膠，彷彿他的臉變成了一張活面具。

奈菲瑞特離開麥克風數步，俯下身來，好讓達瑞司附在她耳邊低聲說話。他說完後，她起身，站得非常筆直，彷彿因承受極大痛苦而費力撐住。然後，她輕輕搖晃著，用一隻手抓住自己的喉嚨。龍老師趕緊過去攙扶她，不過女祭司長揮手拒絕他幫忙。她慢慢地走回麥克風前，以死亡一般的聲音說：「我們摯愛的吸血鬼桂冠詩人羅倫·布雷克的屍體被發現釘在學校大門上。」

我感覺到戴米恩和孿生的轉頭盯著我。我像之前撞見羅倫和奈菲瑞特在一起時那樣，用手摀住嘴巴，壓制住驚恐的哭泣。

「剛才，妳就是因爲這樣才會突然那麼痛苦。」戴米恩低聲說，臉色極度蒼白，幾乎像是灰色的。「因爲妳跟他烙印了，對不對？」

我只能點頭回應。現在我的全副注意力都放在奈菲瑞特身上。她繼續說：「羅倫被人挖出內臟，還被斬首。跟諾蘭老師一樣，他的身體也被他們釘了一張邪惡的字條，上面的經文摘自舊約裡的以西結書：**他們必到那裡，也必從其中除掉一切可厭可憎的物。悔改。**」她打住話語，低頭平撫情緒，但看起來宛若在祈禱。然後她挺直身體，抬起頭，臉上的憤怒是如此明亮、莊嚴，我的心跳不覺加快。

「戰士攜來這個悲慘的消息時，我正要對各位說，這不會是一場公然進行的戰爭，但絕對會很致命，而且我們一定會贏得勝利。也許現在時候到了，是吸血鬼在世界上取得他們應得的地位的時候了，而這應得的地位，絕不能被人類欺壓、控制！」

我知道自己快吐了，趕緊跑出禮堂。幸好我坐在最後一排的尾端。我知道我的朋友不會跟上來，他們會繼續坐在裡面，跟著大家一起鼓譟。而我將可以獨自待在外面，任由五臟六腑翻騰，因爲我的靈魂深處清楚知道，與人類宣戰是錯誤之舉。這不是女神妮克絲的旨意。

我急促地不停大口呼吸，深深吸氣，試圖讓自己不再發抖。好，就算我知道戰爭不是女神的旨意，那現在我該怎麼辦？我只是個孩子啊——而我最近一些行爲還證明，我不是聰明的孩子。搞不好妮克絲也對我生氣了。她是該對我生氣的。

接著，我想起剛才竄上腰際那股熟悉的灼熱的痛楚。我先左右張望，確定四下無人後，撩起衣襬，察看自己的肌膚。果然有，果然出現在那裡！美麗繁複的記印圖案，環繞我的腰部一圈。我閉上眼睛。**喔，謝謝妳，妮克絲！謝謝妳沒遺棄我！**

我靠在禮堂的牆上，忍不住開始哭泣。我爲愛芙羅黛蒂和西斯哭泣，我爲艾瑞克和史蒂薇．蕾哭泣。還有羅倫。我的淚水多半爲羅倫而流，因爲他的死震撼了我。我心裡知道他不曾愛我，他是在利用我，因爲他聽從奈菲瑞特的命令來接近我。但對我的靈魂來說，這似乎不算一回事。失去他的痛苦，就像有人把他從我心頭狠狠扯掉。我知道他的死不對勁，並且事情遠比將凶手指向某些人類宗教狂這種說法更爲恐怖。而那些宗教狂可能跟我有關，或許殺死羅倫的直接或間接凶手就是我的繼父。

他死了……羅倫死了……

一想到他已經不在，羅倫的死再度重擊我。我靠在禮堂牆上哭泣、顫抖。我不知道自己哭了多久。我只知道，我哀傷，不只爲了羅倫的死，更爲了我曾經是的那個女孩，她也死了。

「都是妳的錯。」

奈菲瑞特的聲音劃破我的思緒。我抬頭，用衣袖抹去淚水，看見她站在那裡，紅著眼睛，但不見淚水。

看到她我就想吐。

「他們以爲妳沒哭泣是因爲妳很勇敢，很堅強。」我說：「但我知道妳沒哭泣是因爲妳沒有心。沒有心，所以妳根本無法因爲關心、傷心而哭泣。」

「妳錯了。我愛他，他也同樣愛我。這點妳早就知道，不是嗎？妳像一條小蛇鬼鬼祟祟地偷看我們。」她說。然後，她轉頭瞥了身後的門一眼，舉起食指，彷彿在說她需要一點時間。這時我看見原本要朝她走來的一名戰士旋即停步，轉身背對著門，顯然他的職責是阻止別人干擾我和奈菲瑞特。她將注意力轉回我身上。「羅倫會死都是因爲妳。他感應到妳很難過，所以界線被闖越時，他以爲是妳衝出學校。他以爲妳和那**可憐、震驚的艾瑞克**在我的設計下發生爭執，難過地從那場難堪的小小場景逃開。」她帶著譏諷的訕笑語氣說：「於是羅倫出去找妳。就因爲他出去找妳，才會被殺害。」

我搖頭，任由憤怒和厭惡的情緒壓過痛苦與恐懼。「妳才是所有事情的罪魁禍首，這點妳知道，我知道，更重要的是，妮克絲也知道。」

奈菲瑞特哈哈大笑。「妳之前就曾以女神之名來威脅我，不過妳看看，我在這裡，仍然是權勢在握，力量強大的女祭司長。而妳呢？妳在這裡，一個愚蠢的雛鬼，被朋友唾棄。」

我用力嚥了嚥口水。她說得沒錯。她的確是那一切，而我什麼都不是。我做了愚蠢的決定，並且因為這樣，摧毀了朋友對我的信任，而她依然大權在握，掌控一切。我心裡知道奈菲瑞特內裡隱藏了邪惡與憎恨，但即便是我，此刻看著她，也依然無法從她的外表看出這一點。她光芒四射，美麗動人，力量強大。她看起來就像女祭司長該有的完美形象，是女神親自揀選的人。我怎麼會以為自己有能力挺身對抗她呢？

接著，我感覺到輕輕吹拂而來的風兒、夏日的熱浪、海灘的清涼水氣、大地的野曠廣袤，以及我的靈的力量。我的腰際感受到一陣麻癢，那是妮克絲依然寵愛我的新證據，而女神呢喃的話語在我腦海裡浮現：**黑暗不一定等於邪惡，就像光亮不必然帶來良善**。

我挺直脊背，專注想著五元素，然後舉起雙手，掌心朝外，隔空推開奈菲瑞特。女祭司長踉蹌後退，失去平衡，一屁股準準地跌坐在地上。幾名戰士衝出禮堂，要過來扶她起身。我彎腰靠向她，假裝是要探望，看她是否沒事，然後我在她耳邊壓低聲音說：「想惹我，最好重新考慮一下，老女人。」

「我們之間還沒完。」她咬牙切齒地說。

「這次我完全同意妳說的話。」我說。

然後我退開，讓戰士及從禮堂衝出來的雛鬼和成鬼圍繞著她。我聽見她要他們放心，說她只是一根鞋跟斷了，所以才會絆倒——沒事的——然後，人群淹沒她的身影和聲音。

我沒有留在原地，等孿生的和戴米恩出來對我視而不見。我逕自轉身，背對所有的人，邁步朝宿舍走去。忽然間，艾瑞克從禮堂牆邊的陰暗處走出來，我立即停步。他雙眼圓睜，一臉震驚慘白。顯然，他剛剛目睹奈菲瑞特和我之間的整個情景。我抬起下巴，眼睛迎向那熟悉的湛藍眼眸。

「對，這裡發生的事情遠超出你的想像。」我說。

他搖頭，但比較像驚訝得難以置信而非不相信。「奈菲瑞特……她是——她是……」他囁囁嚅嚅，從我肩膀望向仍圍繞著女祭司長的那群人。

「她是邪惡的賤人？你想這麼說嗎？沒錯，她是。」將這些話說出來的感覺好棒，尤其是對艾瑞克說。我想跟他多做一些解釋，不過他接下來的話阻止了我。

「這也不能改變妳做過的那些事。」

突然，我腦筋一片空白，而且非常、非常疲憊。「我知道，艾瑞克。」然後我不發一語離開。

破曉曙光劃破天際，在籠罩薄霧的清晨，讓黑暗的天色露出一抹淡光。我深呼吸，吸入嶄新一天的涼冽氣息。和奈菲瑞特及艾瑞克對峙之後，我反而有一種奇怪的平靜感。我的思緒三兩下就自行釐清，整理出清清楚楚的兩個欄位。

好事：一、我最要好的朋友不再是瘋狂嗜血的活死人；當然，我還不怎麼確定她現在變成什麼東西，或者人在哪裡。二、我不需再因爲有三個男友而傷腦筋。三、我現在跟誰都沒烙印，這也是好事一樁。四、愛芙羅黛蒂沒死。五、我終於把長久以來一直想告訴朋友的那些事說出來了。六、我不再是處女。

壞事：一、我不再是處女。二、我沒有男朋友了，一個都沒有。三、吸血鬼桂冠詩人羅倫的死或許是我造成的；就算不是我造成的，也可能與我家裡的某人有關。四、愛芙羅黛蒂變回人類，而且顯然難過極了。五、我大部分的朋友都在生我的氣，而且不再信任我。六、我還在繼續對朋友說謊，因爲我仍無法讓他們知道奈菲瑞特的眞面目。七、我捲入吸血鬼（我還沒眞正隸屬的物種）與人類（我不再隸屬的物種）之間的戰爭，準準地介於中間。還有，獲得冠軍的是——八、當世法力最爲高強、權勢最爲強盛的女祭司長是我的死對頭。

「喵—呦—嗚！」娜拉發牢騷的聲音適時警告我，在她撲上來之際，我得張開雙臂接住她。

我親暱地摟著她。「總有一天妳會跳得太快，跌得屁股開花。」我笑著說，想起奈菲瑞特。「就像奈菲瑞特重重摔在屁股上。」

娜拉發出快樂的呼嚕聲，臉磨蹭著我的臉。

「唉，娜拉，看來我掉進了很爛很爛的便便的正中央。我生活裡的壞事遠遠超過好事。而且，妳知道嗎？我竟然開始習慣這種日子了。」娜拉繼續打呼嚕，我親吻她鼻子上的白色小斑點。「雖然鳥事接踵而來，不過我真的相信妮克絲親自揀選了我，而這就代表她會與我同在。」娜拉發出她特有的貓叫聲，像極了一個壞脾氣的老太太。我趕緊糾正自己：「我是說**我們**，妮克絲會與我們同在，守護著我們。」我挪動娜拉在我手臂上的位置，以便空出手打開宿舍的門。「當然，妮克絲會挑選我，讓人不免懷疑她的決策能力。」我半開玩笑地喃喃說道。

相信妳自己，我的女兒，準備好迎接即將到來的事。

女神的聲音突然從我心頭飄過，嚇得我叫出聲來。太棒了。**準備好迎接即將到來的事**，這句話聽起來不怎麼妙。我看著娜拉，嘆了一口氣。

「記得嗎，之前我們還認爲有個爛生日是我們最大的問題呢！」

娜拉直接對著我的臉打了個噴嚏，惹得我邊說「噁」，邊哈哈大笑，邊衝入寢室去拿床邊桌上的那盒面紙。

如同往常，娜拉替我的生活做了完美的總結：有一點好笑，有一點噁心，而且不只有一點亂七八糟。

抉擇 / 菲莉絲.卡司特（P. C. Cast），克麗絲婷.卡司特（Kristin Cast）著；
郭寶蓮譯.
-- 初版. -- 臺北市 : 大塊文化, 2010.08
面； 公分. -- (R;32夜之屋; 3)
譯自 : Chosen : the house of night , book 3
ISBN 978-957-0316-42-1(平裝)

874.57 99012102

LOCUS

LOCUS

L O C U S

LOCUS